KB082042

이십 대의 장남을 두고 있으려면 아무리 젊게 쳐도 사십 후반에
가까운 나이일 텐데, 해인의 눈에 비친 그녀의 모습은 윈일의
나이 많은 누이라고 해도 믿을 만큼 젊어 보였다.

"닭고기 수프, 좋아해요?"

여행을 좋아하는 활동적인 성향의 어머니라고 들었는데, 그 때문일까.
눈가에는 연륜이 느껴지는 깊은 빛이 사분히 내려앉아 있었지만,
입가에는 장난기 가득한 천진한 어린아이의 미소가 잔뜩 어려 있었고,
부산히 식재료를 고르는 손끝에는 생기가 넘쳤다.
누가 이 사람을 두 아이의 어머니라고 생각할까.

"어서 오게, 이원일 하사.
실제로 보는 것은 처음이군."

잘 정돈된 카이저수염과 이마에 깊게 패인 일자 주름.
빳빳하게 잘 다려진 제복과 어깨에 달린 원수 견장.
이 모든 일의 책임자이자 연방의 만인지상인—

그가 내 앞에 있었다.

마리얼✚케트리

멋진 신세계

5

Brave New World

오소리

NOVEL V

Brave New World

1. 에스프레소 · 008

2. 카츠샌드 · 013

3. 불고기 · 034

4. 허니 토스트 · 077

5. 건빵 · 088

6. 닭고기 수프 · 114

7. 베이컨 · 153

8. 맥주 · 170

9. 담배 · 272

10. 디저트 · 302

후기 · 346

일러스트 Fluf, P **편집** 김원재 **마케팅** 이수빈

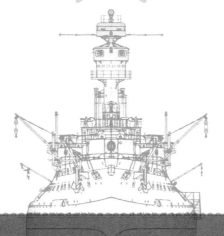

건강과 미용을 위해 식후에는 한 잔의 홍차.

양 웬리 (은하영웅전설)

1. 에스프레소

"못 해 먹겠네…."

쇼우코 대위는 죽은 마우스를 병리계 폐기물 박스에 던져 넣으며 한숨을 푹 내쉬었다. 벌써 오늘 처리한 마우스의 숫자만도 네 마리째. 아무리 실험용 동물이라지만 살아 있는 짐승의 목숨을 손으로 빼앗는 일은 아무리 해도 익숙지가 않았다.

대위는 폐기물 박스에 너부러진 마우스의 사체를 힐긋 쳐다보았다. 마우스의 사체는 일견 평범해 보였지만, 자세히 보면 **양쪽 뒷다리가 정반대로 뒤바뀌어 있었다.** 날 때부터 기형으로 태어난 마우스는 아니었다. 마우스가 저렇게 변해 버린 건 쇼우코가 행한 실험의 결과 때문이었다.

쇼우코가 진행하는 실험은 간단했다.

블루홀에서 수집한 변수를 기계 장치에 입력하고 마우스를 송신 장치에 넣고 동작 버튼을 누른다. 그리고 마우스가 사라진 것을 확인하면 수신 장치에서 어떤 결과물이 출력되었는지 확인한다. 실험은 출력된 결과물이 **만족스러울 때까지** 반복된다.

처음으로 동물을 실험에 사용하였을 때는 신체가 조각나거나 젤화(gel化)된 상태로 출력되는 바람에 수신 장치의 청소에 꽤 애를 먹었지만, 이제는 적어도 겉모습만큼은 제대로 된 형태로 출력되고 있었다.

하지만 대부분의 마우스는 여전히 죽은 채로 발견되고 있었으며, 일부 살아남은 마우스도 갑작스럽게 신체에 가해진 고통을 견뎌내지 못하고 사납게 울부짖어댔다. 그럴 때는 신경 독을 주사하는 수밖에 없었다.

"언제쯤이면 이 지긋지긋한 실험이 끝날는지."

쇼우코 대위는 새로운 라텍스 장갑을 손에 끼며 한숨을 푹 내쉬었다. 그녀는 잿빛 10월에 승선한 이후로 계속 이 실험을 이어 오고 있었지만, 군의관이 사관 구역의 후미진 곳에서 비밀스러운 실험을 진행하고 있다는 사실은 이 배에서도 함장과 포술장밖에 알지 못했다. 그마저도 포술장은 이 실험이 정확히 어떤 실험인지도 알지 못했다.

이렇게 괴로운 실험을 반복할 줄 알았더라면, 적어도 실험이 동중국해 해상 한가운데에서 이루어진다는 사실을 알았더라면 학회에 지원하지 않았을 텐데.

쇼우코는 의자에 비스듬히 앉은 채 그런 생각을 했다.

학교를 졸업하고 의사로서의 경력을 막 밟으려던 그때, 교수를 통해 알게 된 학회의 지인은 3D 프린터처럼 세포 조직을 '출력'하는 연구를 진행 중이라며 그녀를 꼬드겼었다. 쇼우코는 새로운 의료 기술 개발에 기여할 수 있다는 기대감으로 무작정 프로젝트에 뛰어들었지만, 거기서 마주한 것은 그동안 들은 적도 본 적도 없는 추악한 진리의 잔재뿐이었다. 그나마 학창 시절에 헤어졌던 카밀라를 다시 보게 된 것은 좋은 일이었지만….

레퍼런스를 알 수 없는 찜찜한 연구에 참가하게 된 것도, 국제적인 범죄 조직에 가담하게 된 것도. 모든 게 그놈의 호기심이라는 녀석 때문이다.

"설마 고양이로 태어난 것도 아닌데, 호기심 때문에 죽을 만큼 괴로워질 줄이야…."

쇼우코는 기계 장치에 변수를 수정하여 입력하고 케이지에서 마우스를 꺼내 왔다. 육상에서 데려온 마우스는 오늘로 이게 마지막이었다. 마우스는 자신의 운명도 모른 채 쇼우코가 안아 들자 빨간 눈을 반짝거리며 그녀의 라텍스 장갑을 연신 핥아댔다.

"…으으."

이런 기분으로는 아무것도 할 수 없다. 우선 에스프레소나 한 잔 마시자. 쇼우코는 마우스를 송신 장치에 먼저 넣어 두고 책상 위에 올려 둔 에스프레소 머신으로 다가갔다.

연구실에 비치해 둔 에스프레소 머신의 물받이는 오랫동안 씻지 않아 바닥에 커피가 까맣게 말라붙어 있었다. 의무실에 있는 커피 머신도 예전에는 이런 꼴이었지만… 의무장이 부임한 이후로는 매일 반짝반짝하게 관리되어 커피 맛도 훨씬 좋아졌다.

"이번 실험만 끝내면 의무실에 돌아가서 의무장한테 라떼를 만들어 달라고 하자. 시럽을 잔뜩 넣어서…."

쇼우코는 누구에게 하는지도 모를 혼잣말을 반복하며 에스프레소 머신의 작동 버튼을 꾹 눌렀다. 곧 그라인더가 요란스러운 소리로 커피콩을 분쇄하더니, 예열된 스팀기가 고압의 수증기를 내뿜으며 물받이에 엎어 둔 컵 위로 에스프레소를 쭉 내려 주었다.

쇼우코는 냉동고에서 각 얼음을 꺼내 에스프레소 위에 거칠게 쏟아

부은 다음, 티스푼으로 커피를 휘휘 저어 입에 한 모금 흘려 넣었다.

"쓰다…."

커피의 향도 맛도 제대로 느껴지지 않는, 연료를 주입하는 것과 같은 무식한 취식법이었지만 덕분에 정신은 또렷해졌다.

쇼우코는 컵을 든 채 마우스의 상태를 살피러 송신 장치 앞으로 가까이 다가갔다. 하지만 이상하게도 송신 장치 내부에는 아무것도 없었다. 혹시나 싶어 수신 장치 쪽을 확인해 보니… 놀랍게도 마우스는 그곳에 있었다.

"내가 마우스를 여기에 넣어뒀던가?"

쇼우코는 머리를 긁적이며 컴퓨터를 다시 돌아보았다. 컴퓨터에서는 방금 실행한 시험의 결과라며 데이터를 순차적으로 뱉어 내고 있었다. 순간, 쇼우코는 온몸의 털이 주뼛하고 곤두서는 것만 같았다.

설마, 그동안 한 번도 성공한 적이 없었는데.

쇼우코는 황급히 장치에서 마우스를 꺼낸 다음, 상태를 조사했다. 마우스는 갑작스러운 상황 변화에 놀란 것처럼 보이기는 했지만 체온, 맥박, 호흡, 혈압, 모든 바이탈 사인이 정상이었다.

쇼우코는 황급히 내선 전화를 들어 함장에게 연락을 걸었다. 그녀의 손이 어찌나 떨리고 있었는지. 쇼우코는 다른 한 손으로 책상 위에 잔을 내려놓다가 손이 미끄러지는 바람에 책상 위의 보고서를 커피로 축축하게 적시고 말았다. 황급히 닦을 만한 물건을 찾아보았지만 책상 위에는 조막만 한 거즈밖에 없었다.

그녀가 허둥대는 사이, 전화는 연결되었다.

[…여보세요?]

카밀라는 방금 잠에서 깨었는지 퍽 피곤한 목소리로 전화를 받았다. 쇼우코는 보고서에서 커피를 털어내며 황급히 말했다.

"카밀라, 지금 바로 내 방으로 와 줘. 커피 쏟았으니까 오는 길에 와이퍼도 한 통 가져오고."

[…너는 지금 그깟 일 때문에 함장을 호출한 거야?]

쇼우코의 갑작스러운 심부름에 카밀라 대교가 수화기 너머에서 어처구니가 없다는 투로 반문했다.

2. 카츠샌드

-1-

선체 정비가 모두 끝나고 함 행동도 정상 궤도로 돌아오면서 잿빛 10월은 지난주부터 다시 동중국해에서의 지원 업무를 수행하기 시작했다. 주된 업무는 그동안 지급이 밀렸던 물자를 잠수함에 하역하고 잠수함에서 수집한 데이터를 백업하는 것뿐이었지만, 잠수함 승조원들은 다른 의미에서 잿빛 10월의 복귀를 열렬히 반기고 있었다.

"아아… 정말 이 음식들이 얼마나 그리웠는지 몰라."

잠수함 '검은 3월'의 함장인 요나하 중교(中校)는 해인이 가져온 런치 박스를 보물 상자처럼 쓰다듬으며 황홀한 표정을 지어 보였다.

듣자 하니 잿빛 10월이 불의의 일격으로 해역을 이탈한 이후로 동중국해 해역의 잠수함 승조원들은 반년이 넘도록 레토르트 음식으로만 끼니를 해결했다는 모양이었다.

물론 맛 자체는 나쁘지 않았겠지만… 뭉근하게 푹 끓인 환자식 같은 음식만 반년 동안 먹어야 했다니. 어떤 의미로 잠수함 전대의 승조원들은 기함을 지키지 못한 대가를 톡톡히 치른 셈이었다.

"…그보다 저와 조리장이 같이 동석을 해도 괜찮을까요? 자리도 좀

은데… 식사는 배에 돌아가서 해도 괜찮습니다."

"아냐, 괜찮아. 우리 배에 지원 나와서 반나절을 도와줬는데 이 정도쯤이야. 그리고 금남의 공간에 첫발을 디딘 그 소문의 남자 승조원에게 물어보고 싶은 것도 있었거든. 후후후."

요나하 함장은 카밀라 대교 같은 미소를 지어 보이며 내 어깨를 세게 두들겼다. 처음 보았을 때는 카밀라 대교와는 달리 제복의 단추를 목 끝까지 단단히 여미고 있었기에 꽤 딱딱한 사람이라고 생각했는데. 의외로 성격은 우리 배 함장과도 꽤 비슷했다. …어쩌면 함장이라는 직책은 이런 성격의 소유자가 아니면 되기 어려운 것일지도 모르겠다.

해인과 내가 잠수함 승조원들과 병식을 하게 된 이유는 다름아니라 지원 업무를 수행하다 잿빛 10월의 식사 시간을 놓쳤기 때문이었다.

지난주부터 나는 군의관과 교대로 잠수함에 승선해서 방역 업무를 처리했는데, 오늘은 약제 살포기가 말썽을 일으키는 바람에 식사 시간이 끝나도록 작업을 마치지 못했다. 배에 돌아가서 빵이나 부식으로 식사를 때울까 생각하고 있었는데, 때마침 해인이 검은 3월의 승조원들을 위해 간단한 참을 직접 가져와 주었고, 덕분에 나는 승조원들과 함께 잠수함 안에서 조금 늦은 점심 식사를 나누게 되었다.

승조원들이 식당 겸 보수 창고로 사용하는 휴게 공간은 함수 어뢰 발사관으로 향하는 통로 한가운데에 있었는데, 평상시에는 자리가 협소했기 때문에 테이블을 접어 통행이 용이하도록 벽에 걸어두고 있었다. 검은 삼월의 승조원들은 음식이 준비되자마자 능숙하게 접이식 테이블을 내려 바로 식탁을 만들었다.

해인은 보자기를 풀어 식탁보처럼 깔고 그 위에 찬합을 끌러 내용물을 꺼내 보였다. 찬합의 안에서 나온 것은 두툼한 돈가스를 빵 사이에 끼운 카츠샌드였다. 해인이 만든 요리치고는 비교적 평범한 메뉴라고 생각했는데… 예상외로 잠수함 승조원들의 반응은 폭발적이었다.

"우아, 카츠샌드잖아?"

"전에 말씀하신 것이 기억나 가볍게 만들어 보았습니다. 버터와 소금으로만 간한 것과 우스터 소스를 바른 것으로 나누었으니 취향에 따라 고르시기를."

"역시 조리장이야. 돈가스는 소금 간이 제일이지."

조리장의 권하는 말이 채 끝나기도 전에 승조원들은 재빨리 손을 뻗어 제 몫의 카츠샌드를 챙겨 들었다. 그리고 고급 식당의 스페셜리티를 맛보는 것처럼 천천히 입을 놀려 카츠샌드의 맛을 음미했다.

"이 바삭바삭한 튀김옷과 부드러운 빵의 조화란…. 카츠샌드는 정말 언제 먹어도 최고야."

"후아, 이게 얼마 만에 먹는 튀김이야? 음식에서 씹는 맛이 제대로 느껴지니까 정말 좋네. 찐 스테이크랑은 비교도 안 돼."

"…삼시 세끼 튀김만 먹고 싶다."

"저기, 조리장. 오늘 저녁에는 새우튀김을 만들어 줄 수 없을까? 아니, 아예 그냥 모조리 다 튀겨서 한데 올린 텐동(天丼)이 먹고 싶어!"

"고려해 보겠습니다만, 밸런스가 좋지 않을 것 같아 걱정이 되는군요. 곁들일 만한 다른 반찬이…."

조금 더 머뭇거리다가는 음식이 모두 바닥을 보일 것 같았기에 나도 황급히 손을 내뻗어 카츠샌드를 하나 집어 들었다. 내가 가져온 카츠샌드는 빵과 돈가스 사이에 우스터 소스를 발라 간을 한 것이었는데, 한 입 베어 물자마자 우스터 소스 특유의 정향(丁香) 냄새가 훅 피어올라

코를 간질였다. 새콤달콤한 소스의 맛과 은은한 향신료의 향이 자칫 느끼하게 느껴질 수 있는 돈가스의 맛을 잡아 주어 아주 좋았다. 요나하 함장은 돈가스는 소금간만 해야 맛있다고 주장하고 있었지만, 나는 역시 그래도 소스를 발라 먹는 편이 좋았다.

밥에 돈가스를 얹어 먹는 돈가스 정식도 좋지만, 역시 카츠샌드만의 장점을 꼽으라면 식빵과 돈가스의 상반되는 식감을 함께 즐길 수 있다는 점이 아닐까 싶다. 부드럽고 촉촉한 식빵을 베어 물다가 안쪽에서 파삭하고 바스러지는 돈까스의 식감이 느껴질 때면 예상치 못한 곳에서 보물을 발견한 것처럼 유쾌한 기분이 들었다.

배가 고팠던 탓도 있었겠지만, 검은 3월 승조원들의 열화와 같은 성원에 힘입어 해인이 가져온 카츠샌드는 10분도 지나지 않아 동이 나고 말았다.

요나하 중교는 빈 찬합을 아쉬운 표정으로 훑으며 느긋한 목소리로 해인을 꾀었다.

"이해인 조리장, 그냥 잿빛 10월로 돌아가지 말고 우리 배에 남아 주면 안 될까? 분명 조리장이 해 준 음식이라면 찐 스테이크도 맛있을 거야."

하지만 해인은 일고의 고민도 없이 바로 손을 내저었다.

"싫습니다. 구이도 튀김도 못하는 주방에서 무슨 낙으로 요리를 합니까?"

물론 그녀가 얼싸쿠나 제안을 받아들이리라고 생각한 것은 아니었지만, 구이도 튀김도 못하는 주방이라는 말은 조금 이상하게 들렸다. 아까 본 주방 안에는 제대로 된 조리도구도, 팬도 있었는데 말이다.

"잠수함에서는 구이나 튀김을 못합니까?"

"아무래도 환기 문제가 있으니까 말이지."

요나하 함장은 씁쓸한 미소를 흘리며 부엌 쪽을 힐끗 쳐다보았다.

함장의 말에 따르면, 물을 분해해서 산소를 무한히 얻어낼 수 있는 원자력 잠수함이라 하더라도 정체되고 오염된 공기를 수상함처럼 빠르게 환기시키는 것은 현재의 기술로도 어려운 일이라고 했다. 때문에 선내의 공기가 한 번 오염되면 복구하는 데 많은 시간과 노력이 필요하다고 했다. 구이나 튀김이 불가능한 건 이 때문이었다.

평범한 사람들은 잘 알아차리지 못하는 사실이지만 기름 요리는 조리 과정에서 대기 중에 수많은 미세분진을 발생시킨다. 단순히 눈으로 보이는 연기를 모두 잡는다 하더라도 정체된 공기 중에는 인체에 해로운 분진이 여전히 남아 있는 법이다. 게다가 튀김 요리에서 발생하는 고밀도의 유증기(油烝氣)는 잠수함의 정밀한 전자기기를 망가트릴 수도 있는지라 일반적인 잠수함의 식단은 찜이나 조림 같은 요리가 주를 이루고 있었다.

잿빛 10월이 수리를 받는 동안 학회 사령부가 잠수함 승조원들에게 식재료가 아닌 바로 끓여 먹을 수 있는 레토르트 식품을 제공한 이유도 그래서였다.

"게다가 담배도 마음대로 못 피우니… 골초에게는 정말 끔찍한 동네야."

요나하 함장은 그렇게 말하고는 불만스러운 표정으로 주머니에서 니코틴 껌을 꺼내 질겅질겅 씹었다. 그 모습을 보고 있노라니 문득 의무장으로서의 직업의식이 고개를 치켜들었다.

"이참에 담배는 끊으시는 게 좋지 않겠습니까? 건강에 해롭습니다."

"담배는 끊으십시오. 미각을 크게 망가트립니다."

내가 입을 여는 것과 동시에 해인이 거의 엇비슷한 타이밍으로 같은 말을 하는 바람에 나는 놀라 해인을 쳐다보았다. 나와 해인이 어색한 시선을 주고받자 검은 3월의 승조원들이 음흉한 미소를 흘리며 우리를 번갈아 보았다.

'아, 결국 또 그 소문 때문인가.'

나는 그제야 승조원들이 우리를 점심 식사에 동석시킨 이유를 대강 눈치챌 수 있었다. 이들은 분명 우리에 대한 소문을 어디서 흘려듣고 식후의 디저트 마냥 요깃거리로 우리를 떠보려는 게 분명했다.

가장 먼저 입을 연 사람은 요나하 함장이었다.

"그래서, 두 사람은 어디까지 간 거야?"

나는 대답할 필요조차도 없다고 생각해서 입을 다물었지만, 해인은 그 질문이 모욕적이라고 생각했는지 발끈하며 쏘아붙였다.

"아직 아무것도 안 했습니다."

"아하, **아직**이란 말이지."

요나하 함장이 실언을 지적하자 해인의 얼굴이 빨갛게 달아올랐다.

"그, 그건…!"

깐깐하기로 소문난 조리장이 손을 허우적거리며 당황해하는 꼴을 보고 있노라니, 검은 3월의 승조원들이 만족스레 미소를 지어 보였다. 이 정도로 만족해 주었으면 좋겠다만….

"좀 더 분발해야겠어, 이원일 일조."

다시 화살이 나를 향해 날아오기에 나는 시치미를 뚝 떼고 해인의 핑계를 댔다.

　"조리장을 놀리는 건 그만두십시오. 그러다가는 고기 한 점 없는 풀떼기뿐인 저녁이 나올지도 모릅니다."

　해인이 옆에서 '사람을 무어로 보는 거냐'는 투의 항의가 담긴 시선을 보내왔지만, 요나하 함장은 여전히 태평한 표정을 지은 채 내 말을 받아쳤다.

　"우리는 채소 좋아해. 잠수함에서는 고기 통조림보다 신선한 양상추가 더 보기 힘들다고?"

　"그럼 레토르트 식품으로만 이루어진 식단이 나온다면 어떻겠습니까?"

　"의무장, 아직 멀었구나. 아무리 싫은 손님이라 하더라도 이해인 조리장이 자기 손으로 그런 음식을 내올 리가 없잖아."

　"으음…."

　확실히 그건 그렇다. 설령 부모의 원수가 손님으로 나타난다 하더라도 해인은 음식에 장난을 칠 만한 위인이 아니다. 차라리 밀대로 사람을 후려갈긴다면 또 모를까.

　내가 무심코 고개를 끄덕이자 해인은 나까지 자신을 놀린다고 생각했는지 골을 내며 벽에 있는 라디오를 켰다. 라디오가 아무래도 좋은 정보를 마구 뱉기 시작하자 승조원들의 주의는 곧 그쪽으로 쏠렸다.

　라디오의 앵커는 얼마 전 중앙아시아에서 발생한 지진의 피해상황에 대해 가볍게 읊고선, 오랫동안 잊고 있었던 고향의 단신을 전해주었다.

[연방의 총통 선거가 100일 앞으로 다가온 가운데, 집권 여당인 국가민주당은 최천중 총통을 대선 후보로 확정 짓고 그의 4선 출마를 적극 지원하겠다는 성명을 발표했습니다. 한편 제 1 야당인 자유노동당은 최천중 총통의 4선 도전이 민주주의 발전을 크게 저해하는 행위라며 비난하였으나, 그의 입지를 위협할만한 다른 대선 후보를 내놓지 못하고 있는 상황이라 최천중 총통은 어렵지 않게 4선에 성공할 것으로 보입니다.]

'그러고 보니 벌써 총통 선거가 석 달 앞이었던가.'

나는 연방을 떠나 있었던 기간을 역으로 셈해보며 시간이 꽤 흘렀다는 사실을 새삼 실감했다. 군에 입대했을 때가 최천중 총통이 3선에 막 성공한 참이었으니, 집을 떠나온 지도 벌써 4년이 넘어가고 있었다.

'물론 그렇다 하더라도 이제 연방에 돌아갈 일은 없겠지만.'

그런 생각을 하고 있노라니 요나하 함장이 갑자기 생각났다는 투로 정치적인 화제를 꺼내 들었다.

"그러고 보니 너희 둘도 연방 사람이었지? 이번 선거에서 누가 이길 것 같아?"

해인은 아까의 일 때문인지 차갑게 딱 잘라 대답했다.

"관심 없습니다."

나 역시도 귀찮은 오해를 받는 것에는 이골이 나 있었던 데다가, 애초부터 정치와 관련된 화제로 이야기를 나누는 것도 좋아하지 않았던지라. 적당히 대답을 늘어놓았다.

"아마 최천중 총통이 4선에 성공하겠지요."

함장은 턱을 매만지며 이상하다는 듯이 고개를 갸웃거렸다.

"아까의 뉴스도 그렇지만 의외로 연방인들은 총통에게 호의적인 시선을 보내고 있나 봐? 밖에서 보기에는 자유를 억압하는 독재자처럼 보이는데."

"자유는 없어도 먹고사는 문제는 확실히 해결되었으니까요. 당장의 배가 부른데 무어가 걱정이겠습니까?"

"그런 일반론 말고. 의무장은 그 총통을 어떻게 생각해?"

어떻게든 화제를 돌리려고 했지만 결국에는 직구가 날아왔다. 조국으로부터 버림받은 사람을 상대로 조국의 현 지도자에 대해 평해보라고 해도….

나는 머리를 비운 채 떠오르는 대로 답했다.

"연방에 남아 있었더라면 좋은 지도자라 평했겠지요."

꽤 모범적인 답안이라고 생각했는데, 의외의 곳에서 태클이 들어왔다.

"…그렇게 당해놓고선 당신은 아직도 그 남자에게 그런 호의 섞인 평가를 보낼 수 있나 보군요."

해인은 내가 총통에 대해 긍정적인 평가를 냈다는 것이 무어가 불만이었는지 뺨을 뾰로통하게 부풀린 채 불평을 했다. 나는 한숨을 내쉬며 변명 아닌 변명으로 대꾸했다.

"지금의 내가 좋다는 말이 아니잖아. 연방 입장에서 좋은 지도자라는 소리지."

"연방 입장에서도 좋은 지도자는 아닙니다. 그런 독재자는 언젠가 나라를 파국으로 끌어들일 겁니다."

"아, 그래. 옛 북방 관구의 그 뚱뚱한 독재자처럼 말이지."

"저와는 상관없는 사람입니다."

"나하고도 상관없는 사람이야."

해인과 길게 이야기를 했지만 역시나 흥이 나질 않았다.

정치 이야기라는 건 본디 자신과 관련된 화제여야 화가 나든 흥이 나든 하는 법인데, 두 사람 모두 조국에 대한 소속의식이 희박하다보니 먼 나라의 이야기를 주고받는 것처럼 말이 계속 헛돌았다.

"하하… 괜한 이야기를 꺼냈나 보네."

요나하 함장은 나와 해인이 말싸움을 한다고 생각했는지 어색한 미소를 흘리며 사과를 했다. 괜찮다는 말을 꺼내려던 찰나, 갑자기 식당의 외선 전화가 울렸다.

요하나 중교는 전화기에 다가가 수화기를 스피커 폰 모드로 돌려놓았다. 곧 수화기에서 익숙한 목소리가 들려 나왔다.

[야, 요나하. 우리 조리장이랑 의무장 아직도 거기에 있어? 점심
이 다 지났는데 보이지가 않아서 말이야.]

잿빛 10월의 함장인 카밀라 대교였다.

나는 시계를 보고 나서야 검은 3월에서 너무 오랜 시간을 보냈다는 사실을 깨달았다. 하지만 요나하 함장은 과장스럽게 혀를 날름거리며 장난스럽게 농을 던졌다.

"그렇게 말해도 안 돌려 보내줄 건데요—. 맨날 좋은 승조원은 선배만 다 가져가고. 유능한 조리장이랑 의무장은 저희 배에서 징발하도록 하겠습니다."

순식간에 무능한 승조원 취급을 받은 검은 3월의 승조원들이 따라서 장난스럽게 야유하는 시늉을 해 보였다. 상대의 반응을 들은 카밀

라 대교는 곤란하다는 투로 툴툴거렸다.

[그건 오해야, 요나하. 기함이라고 유능한 승조원만 들어오는 건
아니거든? 부서장이고 장교고 하나같이 죄다 말썽쟁이들뿐이라,
이쪽도 머리가 아플 지경이야.]

"누가 누굴 보고 말썽쟁이라는 건지."

해인이 냉소 섞인 목소리로 빈정거렸다.

확실히 함장의 말마따나 잿빛 10월에 말썽쟁이 승조원이 많기는 하지만, 그중 제일은 함장 본인이었던지라. 능청을 떠는 모습이 사뭇 뻔뻔스럽게까지 느껴졌다.

요나하 중교는 카밀라 함장과 가볍게 농을 두어 차례 더 주고받은 다음 느긋한 목소리로 본론을 이야기했다.

"업무가 길어져서 들린 김에 식사나 하고 가라고 했습니다. 식사 끝나면 바로 돌려보내겠습니다."

"그래. 돌아오면 바로 사관실에 좀 들리라고 해. 부탁할 일이 있거든."

"알겠슴다ㅡ."

요나하 함장은 유쾌한 어조로 말꼬리를 길게 늘이며 수화기를 다시 벽에 걸어놓았지만, 나는 알 수 없는 불안감을 느꼈다. 다른 사람도 아닌 그 카밀라 함장의 부탁이라니… 아무리 생각해도 좋은 예감이 조금도 들지 않았다.

"…도대체 무슨 꿍꿍이를 꾸미고 있는 걸까요?"

같은 생각을 했는지 해인이 미간을 찌푸리며 귀엣말을 속삭였다.

"그러게 말이야."

나는 억지로 하품을 하는 시늉을 해 보였다.

-2-

잿빛 10월로 돌아와서 보고를 하러 사관실에 들렀을 때, 그곳에는 함장과 포술장 단 두 사람밖에 없었다. 공지를 할 일이 있었더라면 다른 부서장들도 불렀을 텐데 사람을 최소한으로 물린 것을 보니 어지간히도 중요한 일이 있나 싶었다.

"부르셨습니까."

"아, 어서 와. 조리장, 의무장."

함장은 우리를 보자마자 달가운 표정을 지어 보이며 바로 의자를 권했다. 그리고 여느 때처럼 불필요한 말을 쓸데없이 덧붙이며 운을 떼었다.

"모처럼의 데이트를 방해해서 미안하네."

"이상한 소리는 거기까지 하시고 본론부터 말씀하시죠. 저는 이제부터 저녁을 준비해야 해서 바쁩니다."

"재미없게 시리."

말은 그렇게 하고 있었지만 카밀라 함장의 표정은 그 어느 때보다 즐거워 보였다. 그녀는 입 밖으로 흘러나오는 미소를 어찌할 줄 몰라 하는 것처럼 연신 히죽거리다 대뜸 말도 안 되는 헛소리를 내뱉었다.

"일단 두 사람은 지금부터 결혼을 해줘야겠어."

"…네?"

사람이 너무 충격을 받으면 말을 하는 법조차 잊어버린다더니. 그때의 내가 딱 그 모양새였다.

나는 꿀 먹은 벙어리처럼 입을 뻐끔거리며 함장과 엘레나 포술장, 그리고 해인을 번갈아 쳐다보았다. 나와 마찬가지로 갑작스럽게 헛소리를 들은 해인은 그렇다 치더라도, 정황상 전후 사정을 알고 있을 게 분명한 포술장조차도 함장의 말을 예상치 못했는지 놀란 표정으로 입을 딱 벌리고 있었다.

히죽히죽.
카밀라 함장은 여전히 즐거운 표정으로 기분 나쁜 미소를 히죽거리고 있었다. 그 미소를 마주하고 있노라니 골치가 지끈거려 머리가 끊어질 것 같았지만, 나는 간신히 숨을 가다듬고 함장에게 진언을 올렸다.
"혹시 최근 모노아민산화효소 저해제를 섭취하고 계십니까? 약은 제때 정해진 양만 섭취하십시오. 용법대로 복용하지 않으시면 지금처럼 **착란 증세**를 보이실 수 있습니다."
"착란이라니, 의무장도 요새 말이 심하네. 내가 하는 말은 언제나 진심이거든?"
"진심이라도 남의 결혼을 멋대로 결정하면 안 되지!"
내가 고함을 지르는 것과 동시에 정신을 차린 포술장이 들고 있던 서류 바인더로 카밀라 함장의 머리를 세게 후려갈겼다.
"놀랐잖습니까! 앞뒤 맥락을 다 잘라먹고 대뜸 그렇게 말하면 어쩌자는 겁니까?"
"우으… 때렸겠다! 정말로 때렸겠다! 완전 하극상이야!"
"개머리판으로 안 친 걸 감사히 여기십쇼."
포술장이 홀스터의 권총에 손을 가져다 대며 살기 넘치는 눈초리로 째려보자 함장은 금세 꼬리를 말고 입을 비죽 내밀었다.

"우으… 하지만 결혼 자체는 틀린 소리도 아니잖아?"

"틀렸습니다. 분명히 저는 '결혼'이 아니라 '위장 결혼'이라고 말했을 텐데요."

"위장 결혼이요?"

앞에 단어가 하나 더 붙기는 했지만 대화를 이해할 수 없는 건 여전히 마찬가지였다. 나와 해인의 시선이 쏠리자 포술장은 어쩔 수 없다는 것처럼 한숨을 내쉬고 함장을 대신하여 사정을 설명하기 시작했다.

"…지난주에 학회의 신무기를 몇 점 구매하고 싶다는 연방 측 브로커의 연락이 있었다."

"연방이 학회의 신무기를요? 저희와 연방은 전쟁 중이 아니었습니까?"

"물론 연방군에게 직접 팔자는 것은 아니야. 상대는 연방인이기는 하지만 북방 관구의 분리 독립을 꾀하는 반정부조직- 이른바 레지스탕스라는 놈들이지."

"아아, 사보타주의 일환이군요."

내전이 끝난 지 벌써 수십 년이 지났지만 아직도 연방 곳곳에서는 북방 관구의 독립을 주장하는 무장 분리주의자들의 준동이 계속 이어지고 있었다. 물론 이들, 자칭 레지스탕스들은 연방군에 비해 질적으로도 양적으로도 상대가 되지 않았던지라, 전면전에 나서지 않고 각지에서 테러를 일삼을 뿐이었다.

연방군에서 복무하던 시절에는 단순히 귀찮은 테러리스트 집단이라고만 생각했는데, 연방의 적으로 돌아서고 나니 녀석들과 손을 잡을 일도 생기는가 싶었다.

'원수의 원수는 동지라더니.'

당연한 소리지만 문득 그 사실이 새삼스럽게 느껴졌다.

"그래. 하지만 그들은 연방 내에서 신원이 떳떳하지 못한 탓에 접촉에 신중을 기하고 있어. 그래서 학회에서도 불필요한 오해가 생기지 않도록 연방어를 유창하게 구사할 수 있는 원어민을 파견하기로 했지. 그리고 마침 우리 전대에 있는 유이한 연방인이…"

"저와 조리장이었다는 거군요."

그제야 나는 함장이 왜 나와 해인을 따로 불러냈는지 알 수 있었다. 하지만 결혼이라는 단어는 아직도 도대체 어떤 맥락에서 튀어나온 것인지 알 수가 없었다.

"그런데 위장결혼은 또 무슨 소리입니까?"

"아, 좋은 질문이야. 의무장."

포술장이 설명을 이어가는 동안 잠자코 입을 다물고 있던 함장이 분위기를 타고 기세 좋게 끼어들었다.

"작전이 진행되는 동안 두 사람은 2주간 연방에서 체류하며 함께 작전을 치러야 하거든."

"그게 뭐가 어쨌다는 겁니까?"

"생각해 봐. 부부도 아닌, 생판 남인 남녀가 숙식을 함께하며 골목길을 쏘다닌다면 수상쩍게 보이지 않겠어?"

"네? 수, 숙식도 함께 해야 합니까? 적어도 방은 따로 잡는 편이…"

"안 돼. 아무리 두 사람이 그곳 출신이라고는 하지만 연방은 적지나 다름없어. 따로 숙박을 하다가 한 사람이 습격을 받기라도 하면 대책이 없잖아?"

"그건 그렇습니다만…"

"그래서 두 사람이 의심받지 않고 자유롭게 여행을 즐길 수 있도록 특별히 위조된 신혼부부의 신분증을 구해왔지. 두 사람은 마음 편하게 신혼여행을 즐기다 오라고."

함장의 까불까불한 말에 뒤이어 포술장이 진지하게 말을 덧붙였다.

"함장님이 장난스럽게 말씀하고 계시기는 하지만, 이는 학회의 결정이기도 하다. 모쪼록 작전이라는 것을 숙지하고 진지하게 임하도록."

"…예."

포술장이 그렇게까지 말을 하니 왜 결혼이라는 단어가 튀어나왔는지 이해가 가기는 했지만, 역시 그래도 부끄러운 것은 마찬가지였다. 해인과 서로 손을 맞잡고 부부 흉내를 내야 한다고 생각하니 절로 얼굴이 화끈거렸다.

문득 해인의 반응이 궁금해져 그녀를 곁눈질로 흘끔거렸지만, 해인은 의외로 담담하게 벽에 걸린 달력의 날짜를 세고 있었을 뿐이었다.

"다음 주부터… 보름 동안… 신혼여행…"

어라, 혹시 지금 부끄러워하고 있는 건 나뿐인가?

홀로 동요하고 있다는 것을 들키면 놀림을 당할 것 같았기에 나는 억지로 태연을 가장하려 했지만, 부끄러움으로 머리가 하얗게 표백된 탓에 어떤 표정을 지어야 하는지도 쉽게 판단이 가질 않았다.

일단은 싫어하는 표정을 지어야 하나? 아니면 못 알아들은 척 어수룩한 표정을 지어야 할까? 아무리 명령이라지만 연방에 돌아가 작전을 수행하는 것은 내게도 꽤나 부담스러운 일이었다.

'이번에는 완곡하게 거절을 하는 편이…'

하지만 어째서일까. 여기서 싫은 기색을 내비쳐 해인에게 동행을 꺼려한다는 인상을 주는 것은 왠지 싫었다. 해인과 단둘이 여행한다는 상황은 솔직히 호(好)냐 불호(不好)냐를 물으면 호 쪽에 가깝긴 한데. 그래도 지나치게 좋아하는 티를 내면 음흉하다는 오해를 받지는 않을까, 그게 더 걱정이 되었다.

"…."

한창 그런 생각을 하고 있노라니, 함장이 나를 쳐다보며 혀를 찼다.

"…의무장. 좋은 건 알겠지만 침 좀 닦아."

카밀라 대교의 지적에 나는 황급히 백일몽에서 깨어나 입가를 훔쳤지만 침 같은 건 조금도 묻어나지 않았다.

아차, 속았구나.

고개를 돌려보니 해인이 복잡한 표정으로 나를 올려다보고 있었다. …아무래도 좋은 인상 주기는 그른 모양이었다. 나는 결국 시치미를 떼는 것은 포기한 채 해인의 핑계를 대고 임무를 거절하기로 했다.

"그래도 갑자기 부부 흉내를 내라는 건 좀 그렇지 않겠습니까? 조리장의 입장도 있고요. 저희가 비록 용병이라지만 뭐든지 하는 건 아닙니다."

"…."

나는 해인에게서 동의를 구하기 위해 눈치를 주었지만 여전히 해인은 내 시선을 무시한 채 포커페이스를 취하고 있었다.

정말 아무래도 상관이 없는 건가? 나는 이렇게 동요하고 있는데, 정작 해인은 별생각이 없다니. 어쩐지 조금… 서운한 기분이 들었다. 눈싸움을 하듯이 해인과 시선을 주고받고 있노라니, 어째서인지 카밀라 함장이 기분 나쁜 미소를 실실 흘리고 있었다.

"그럼 의무장은 조리장과 어떤 관계였으면 좋겠는데?"

"그냥… 친구라던가, 괜찮잖습니까."

이상한 소리를 한 것도 아닌데, 해인의 어깨가 움찔하고 떨렸다. 여전히 함장은 특유의 이상한 미소를 짓고 있었다.

"아무 관계도 아닌데 단둘이서 여행하는 남녀 친구가 세상에 어디 있어?"

"그럼 남매라던가?"

"둘이 하나도 안 닮았거든."

"그럼 평범하게 직장 동료로 하면 어떻겠습니까?"

그렇게 함장과 만담 같은 대화를 주고받고 있노라니, 갑자기 해인이 침묵을 깨고 끼어들었다.

"저는 의무장과… 부부여도 괜찮습니다."

"어, 어…?"

나는 놀라 해인을 다시 돌아보았다.

해인의 표정은 여전히 무표정했지만, 부끄러움을 억지로 참고 있었는지 뺨이 조금씩 발갛게 달아오르고 있었다. 해인이 보여준 예상외의 반응에 나는 뭐라 답하지도 못하고 바보처럼 입을 달싹거리기만 했다.

사관실 안에 이상한 침묵이 다시 흐르자 함장이 금방이라도 파안대소를 터트릴 것 같은 표정으로 나를 재촉했다.

"뭐야, 의무장. 여자를 부끄럽게 할 생각이야? 여기서 더 점잔을 빼면 오히려 촌스럽게 보일 거라고."

"아뇨. 조리장만 괜찮다면야… 저도 상관없습니다."

"풋… 후훗."

프러포즈를 받아들이는 듯한 괴상한 투의 대답에 결국 함장은 물론이고 포술장조차도 실소를 터트렸다.

포술장은 웃는 얼굴을 보이기 싫었는지 고개를 벽 쪽으로 돌리고 있었지만, 어깨가 가볍게 들썩이고 있었다.

아아… 정말이지 부끄러워서 죽어버릴 것 같아.

잠시 후, 분위기가 어느 정도 진정되자 해인은 방금 했던 말을 애써 다른 화제로 돌리려는 것처럼 작전에 대한 이야기를 꺼냈다.

"그보다… 필요한 장비가 몇 가지 있습니다."

하지만 눈치 있게 이에 응해줄 카밀라 함장이 아니었다.

"아, 콘돔 말이지? 걱정 마, 재고는 충분하니까 넉넉히 챙겨줄게. 세 박스면 괜찮아?"

"“함장!”"

우리가 소리를 지르는 것과 동시에 포술장이 다시 서류 바인더로 함장의 머리를 소리 나게 내리쳤다. 함장은 머리를 감싸 쥐며 볼멘 목소리로 툴툴거렸지만, 꼴좋다는 생각만 들었다. 해인도 마찬가지였는지 그녀는 함장을 싸늘하게 흘겨보며 못 본 척 아까의 말을 이어갔다.

"그러니까 콘돔— 이 아니라, 위장(僞裝) 말입니다. 위장! 위장도 하지 않은 채 맨얼굴로 연방의 시내를 돌아다녀도 괜찮겠습니까? 의무장이라면 몰라도 저는 얼마 전의 해킹 사건으로 인해 얼굴이 노출되었을 텐데요."

확실히 해인의 말마따나 지난여름에 있었던 해킹 사건의 여파로 잿빛 10월 승조원들의 사진은 온라인상에 아직도 노출되어 있었다. 지난여름에 비하면 관심이 다소 식었다지만, 그래도 눈썰미가 좋은 사람이라면 해인이 그 화제의 승조원 중 한사람이라는 것을 알아차릴지도 모른다. 게다가 나는 연방에서 조국을 위해 산화한 영웅으로 공연히 얼굴이 팔리지 않았던가.

하지만 함장은 대수롭지 않다는 표정으로 대답 대신 엉뚱한 질문을 하나 던져왔다.

"저기, 의무장. 두 달 전에 반짝 화제가 되었던 연방의 그 탈영병 있잖아. 그 사람 얼굴 기억나? 길에서 마주치면 알아볼 수 있겠어?"

"어…"

나는 기억을 더듬어 그 사내의 얼굴을 떠올리려고 했지만 이상하게도 얼굴의 윤곽이 흐릿했다. 그 시기에는 거의 매일같이 TV에서 몽타주를 내보내고 있었는데….

함장은 내 기억을 읽기라도 한 것처럼 의기양양해 하며 부연설명을 덧붙였다.

"사람의 기억이란 의외로 단순한 물건인지라, 나와 상관없는 일의 기억은 빠르게 지워버리거든. 어지간히 특이한 인상을 지닌 사람이 아니고서야 몇 번 TV에서 본 것만으로는 눈앞의 상대가 그 유명인인지 확신하지는 못할 거야."

그녀의 말이 일리가 있다고 생각하면서도 나는 과거의 선례를 들어 불안한 속내를 내비쳤다.

"하지만… 저번에 산다칸 항에서는 바로 들켰는걸요."

"그야 '여성으로만 이루어진 수병 집단'이라는 그 특별한 상황이 유난히 눈길을 끌었기 때문이지. 게다가 말레이시아에서는 보기 드문 외국인의 얼굴이기도 했고. 두 사람이 어지간히 눈에 띄는 행동만 하지 않는다면 들킬 일은 없을 거야.

그러니까 공공장소에서의 과도한 애정행각은 삼가라고?"

"…안 합니다."

함장의 농담을 가볍게 받아넘기며 나는 한숨을 푹 내쉬었다. 마지막에 한 말은 헛소리에 가까웠지만, 티를 내지 않는 한 들키지 않을 거라는 그녀의 말도 생각해보면 일리가 있었다.

　나조차도 길을 걸을 때는 제 갈 길을 재촉하기 바쁘지, 눈앞에 지나가는 사람이 누구인지 얼굴을 뜯어보지는 않지 않는가. 괜스레 누가 알아볼까 걱정하느라 두리번거리는 게 더 수상쩍게 보일 것이다.

　물론 가족이나 고향의 친구들이라면 내 얼굴을 알아볼지도 모르지만, 그들은 모두 부산에서 멀리 떨어진 무진시에 있다. 우연이 겹치지 않는 한 아는 사람에게 얼굴을 들키는 일은 없을 것이다.

　"고향이라…."

　그러고 보면 항해를 하는 동안 몇 번인가 연방에 들를 기회가 있었지만 나는 의식적으로 고향 땅을 밟는 것을 피하고 있었다. 단순히 연방 정부로부터 배신당했기 때문에, 이제는 잿빛 10월이 나의 집이기 때문… 는 아니었다.

　나는 무언가를 두려워하고 있었다. 그 정체 모를 두려움은 어느새 마음속에서 슬금슬금 자라나, 이제는 신경이 쓰여 거슬릴 정도로 커져 버리고 말았다.

　어쩌면 이 두려움을 뿌리 뽑을 좋은 기회일지도 모른다.

　나는 그런 생각을 하며 해인을 쳐다보았다. 해인은 무슨 생각을 했는지 얼굴을 붉히며 내 시선을 피했다. 그 새치름한 표정을 보고 있노라니 마음이 다시 차분해졌다.

　'그래, 아마 그녀와 함께라면 분명 괜찮을 거야.'

　히죽히죽.

　함장은 여전히 기분 나쁜 미소를 짓고 있었다.

3. 불고기

-1-

"…그래서 입국 목적은 무엇입니까?"

"신고서에 기재한 대로 신혼여행이에요. 아, 아내와 함께 부산의 아름다운 명소를 거닐 수 있다고 생각하니 벌써부터 행복하네요. 당신도 그렇지, 여보?"

"무, 물론이에요. 벌써부터 당신과의 여행이 기대되네요, 호호호…."

"그렇습니까."

머리를 단단하게 틀어 올린 깐깐한 인상의 입국심사원은 미간을 살짝 찌푸리며 여권의 기록을 살폈다. 나와 해인은 혹에라도 신분이 들킬세라 땀을 삐질삐질 흘려가며 그녀의 눈치를 살피고 있었다.

'설마 들킨 건… 아니겠지?'

후쿠오카를 경유하여 부산으로 입국하는 과정 자체는 예상보다 훨씬 순탄하였다. 함장이 마련해준 가짜 신분증을 의심하는 직원도 없었거니와, 아는 사람의 얼굴을 마주치는 일도 없이 나와 해인은 한나절만에 무사히 고국의 땅을 밟을 수 있었다.

하지만 부산에 도착하고 입국 심사대의 심사원을 마주했을 때, 나는 이번 작전에서 가장 중요한 사실 하나를 간과하고 있었다는 것을 깨달았다. 그것은 바로… 내가 끔찍할 정도로 연기에 재능이 없다는 사실이었다.

　"부, 부산은 정말 오랜만이네요. 혹시 이 근처에 괜찮은 맛집이라도 알고 계신가요?"
　"저는 관광가이드가 아닙니다. 음식점에 관한 질문은 항만 밖에 있는 안내 센터를 이용해주시지요."
　"그, 그야 그렇지요. 하하, 하하하…."
　단순히 말이 어눌하거나 표정이 굳는 정도였더라면 상관없었겠지만… 정체를 들켜서는 안 된다는 중압감에 해인과 신혼부부의 연기를 해야 한다는 부끄러움이 더해진 결과, 나는 부산항에 들어선 순간부터 계속 바보 같은 리액션을 남발하며 하지 않아도 될 말까지 횡설수설하고 있었다.
　한편, 연기에 재능이 없었던 건 해인도 마찬가지였던지라. 그녀는 쥐가 날 정도로 내 팔을 꽉 잡은 채 시선을 땅에 고정하고만 있었다.
　입으로는 행복하다는 소리를 부자연스러울 정도로 남발하면서, 정작 얼굴은 딱딱하게 굳어있으니 누가 보더라도 의심스러울 게 뻔했다.
　심사원은 계속 묵묵히 나와 해인의 여권을 읽고 있었다.
　실제로는 10초밖에 지나지 않았는데 체감상으로는 벌써 수 시간 넘게 지난 느낌이었다. 나는 그녀의 눈을 힐끔힐끔 살피며 조심스레 말을 꺼냈다.
　"시, 심사는… 다 끝났나요?"

"조금만 더 기다려 주십시오."

곧바로 사무적인 대답이 돌아왔다.

심사원의 표정은 여전히 바늘로 찔러도 미동 하나 보이지 않을 것처럼 딱딱했다. 대부분의 입국 심사원들이 다 그런 법이지만, 어떤 생각을 하고 있는지 표정을 도통 읽을 수가 없으니 불안감은 계속 배가되었다. 한편으로는 그녀가 항만 경비대에 신고를 해두고 시간을 벌고 있는 게 아닌가— 하는 생각이 들 정도였다.

한참의 침묵 끝에 심사원이 여권에 적힌 주소지를 가리키며 입을 열었다.

"두 분은… 본적을 해외에 두고 계시는군요."

"네, 직업의 특성상 해외에서 보내야 하는 시간이 더 긴지라, 신혼집은 해외에 마련했습니다."

함장으로부터 받은 위조 여권은 재외국민에게만 발행되는 거주 여권이었다. 국내 거주지가 적혀있을 경우 해당 관청으로부터 불필요한 오해를 받을까 봐 업무상 해외거주자라 표기한 것뿐인데… 무슨 문제가 있었던 걸까? 심사원은 내 말에는 대꾸도 하지 않은 채 이번에는 해인에게 다른 질문을 던졌다.

"아내분도 같은 직장에 다니시는 겁니까?"

해인은 갑자기 자신에게 질문이 돌아올 거라고 생각하지 못했는지, 눈을 동그랗게 뜬 채 당황스러워하는 목소리로 답했다.

"네. 남편하고는 직장에서 만나서 결혼했어요."

"국제 해운 기업에 다니는 연방 출신의 두 미혼 남녀가 우연히 마음이 맞아 결혼을 하게 되었다니… 꽤나 드문 일이로군요."

심사원은 '우연히'라는 말에 힘을 주며 말했다.

표정은 여전히 담담했지만 질문으로 보나, 말투로 보나, 우리를 의심하고 있는 게 분명했다. 순간 식은땀이 등줄기를 타고 흘러내렸다.

'빨리… 변명을 해야 돼…'

내가 입을 열어 변명을 꺼내려던 찰나, 갑자기 해인이 쓴웃음을 피식 지으며 입을 가렸다.

"네, 드문 일이지요. 저도 처음에는 남편에게 반할 거라고는 생각도 못 했거든요."

해인은 그 질문을 예상하고 있었다는 것처럼 자연스럽게 말을 이어갔다. 서툰 연기를 하느라 어색하기 짝이 없었던 아까의 말투와는 달리 매끄럽고 자연스러운 말씨였다.

"하지만 함께 일을 해 보니 겉으로 보이는 것보다 훨씬 더 좋은 사람이라는 것을 알겠더라고요. 이 사람과 앞으로 일생을 함께하더라도 실망하지 않을 거라는 확신이 들었어요."

"으음…."

해인의 대답이 마뜩잖았는지 심사원은 옅게 당혹스러워하는 기색을 드러내며 고개를 갸웃거렸다. 하지만 더는 심사를 지연시킬 수 없겠다고 생각했는지, 그녀는 여권을 펼쳐 도장을 찍어주었다.

"…즐거운 시간 되시길."

문득 나는 심사원이 해인의 여권에 작은 종잇조각 하나를 끼워주는 것을 보았지만, 짐짓 모른 체를 하며 심사대를 빠져나왔다. 대합실로 향하는 길에 나는 시선을 마주치지 않고 해인에게 지나가는 말처럼 질문을 던졌다.

"여권에 뭘 끼워 준 거야?"

해인은 대답 대신 여권을 직접 내게 내밀었다. 그 안에 꽂혀 있던 것은 다름 아닌 한 장의 명함이었다.

"…부산에 있는 변호사 사무소의 명함이네요. 가정불화 및 이혼 전문 변호사라."

명함 뒤쪽에는 심사원이 볼펜으로 빠르게 휘갈긴 메시지가 있었다.

[혹시라도 말하기 어려운 이유로 결혼에 어려움을 느끼고 있다면 이곳에 연락해 보세요.]

심사원은 딱딱하게 굳은 해인의 표정을 보고서는 내가 그녀에게 위해라도 가하고 있다고 생각한 모양이었다. 물론 강요받은 결혼인 것도 맞고, 불법적인 일을 하러 입국을 한 것도 맞지만… 인상만으로 가정폭력범 취급을 받다니. 어쩐지 불합리하다는 생각이 들었다.

해인이 꼴좋다는 듯 조소를 흘리며 쏘아붙였다.

"연기가 부자연스러우니까 그런 취급을 받는 겁니다. 좀 더 얼굴을 자연스럽게 펴는 게 어떻겠습니까?"

"누가 할 소리를. 네가 겁에 질린 표정을 짓고 있으니까 그런 오해를 받는 거 아냐."

"누가 겁에 질렸단 말입니까?"

나는 못 들은 척 해인의 항의를 무시하며 수하물 센터에서 짐을 챙겨 들었다.

그러고 보니 전에 블라디보스토크에서 포술장과 나란히 걷고 있을 때도 포주로 오해를 받았었는데… 의외로 다른 사람에게는 인상이 험한 것처럼 보이는 걸까?

　내가 얼굴을 매만지며 한동안 걱정스러운 표정을 짓고 있노라니 정체를 들킬까 걱정하고 있다고 생각했는지, 해인이 가까이 다가와 머리를 쓸어 넘겨주며 낮게 속삭였다.

　"괜찮습니다. 이대로 있으면 아무도 당신을 신경 쓰지 않을 겁니다. 당신의 인상은 다른 사람의 주의를 끌만큼 독특하지는 않으니까요."

　나를 안심시킨다고 한 소리겠지만, 주의를 끌지 못할 정도로 평범한 인상의 소유자라니…. 듣기에 따라서는 험담처럼 느껴질 수도 있는 소리였기에 나는 가볍게 농을 던져 보았다.

　"이런, 그렇게 매력이 없어 보였단 말이야? 이럴 줄 알았으면 가볍게 메이크업이라도 하고 올 걸 그랬네."

　진지한 조언에 농담이 돌아오자 어이가 없었는지 해인이 한숨을 내쉬며 가볍게 혀를 찼다.

　"저희가 왜 연방에 왔는지 벌써 잊어버린 겁니까?"

　"아무리 연기라지만 새신랑의 얼굴이 칙칙한 것도 보기 그렇잖아. 적어도 군인 티는 내지 말아야지."

　사각사각.

　머리를 매만져주는 해인의 손길이 서늘하니 기분이 좋았다. 그녀는 가르마를 이리저리 넘겨주며 내 얼굴을 찬찬히 뜯어보고 있었다.

　"배에 처음 승선했을 때에 비하면 훨씬 봐줄 만한 꼴이 되기는 했습니다. 뭐, 몰개성한 건 변함이 없지만요."

　"여전히 매몰차네. 아니, 사실 생각해보면 다른 사람의 시선을 신경 써야 하는 건 오히려 조리장 쪽 아냐?"

　나는 부스스하게 뜬 해인의 정수리 쪽 머리를 쓰다듬으며 그렇게 답했다. 그렇게 잠깐 서로의 머리를 매만져 주고 있노라니… 문득 지나가던 노부부와 눈이 마주쳤다.

　나이가 지긋해 보이는 노부부는 나와 해인이 마주 서서 애정표현을 하고 있다고 생각했는지, 흐뭇한 표정을 지으며 그대로 옆을 지나쳤다.

　"…!"

　그제야 나는 꽤나 부끄러운 짓을 하고 있었다는 것을 자각하고 얼굴을 붉혔다. 해인도 곧 상황을 눈치챘는지 얼굴을 붉히며 황급히 뒤로 물러났다.

　무슨 생각으로 그렇게 부끄러운 행동을 자연스레 했던 거지? 여기가 해외이기에 망정이지, 함장이나 루나에게 들켰더라면 석 달은 그 화제로만 놀림을 받았을 것이다.

　…아니지. 따지고 보면 이곳에서는 신혼부부 흉내를 내야 했으니까 ― 오히려 방금 전의 행동이 가장 자연스러웠던 게 아닐까?

　내가 이런저런 생각을 하며 갈팡질팡하고 있노라니 해인이 헛기침을 하며 주머니에서 휴대폰을 꺼내 들었다.

　"흠흠… 어, 어쨌든 도착했으니 보고를 먼저 하죠."

　"맞다. 보고를 잊고 있었네."

　나는 시계를 확인하며 황급히 맞장구를 쳤다.

　배를 떠나기 전에 함장은 우리에게 휴대폰을 건네주며 정시가 될 때마다 정기적으로 보고를 하라고 했었는데, 입국 심사가 길어진 탓에 정기보고의 유무를 까맣게 잊고 있었다.

60번으로 시작하는 전화번호를 누르고 평소보다 약간 긴 통화대기음을 듣고 있노라니, 귀에 익은 목소리가 곧 수화기 너머에서 들려왔다.

[야호, 잘 도착했어?]

"예. 연락이 늦어져서 죄송합니다, **사장님**. 방금 심사를 마치고 연방에 입국했습니다."

해인은 카밀라 대교를 함장이 아닌 사장이라고 불렀다. 위조된 신분으로 상대를 부르는 이유는 이 전화가 연결된 회선이 보안화되지 않은 공개 회선이었기 때문이었다. 카밀라 대교는 능청스러운 직장 상사의 흉내를 내며 작전에 대해 넌지시 물었다.

[괜찮아, 오히려 신혼여행 중에 일을 부탁해서 미안해. 그나저나 **물건**은 제대로 챙겼지?]

해인은 내가 들고 있는 슈트케이스에 힐끗 시선을 주며 말을 이어 갔다.

"예, 안전하게 보관 중입니다. 바이어는 내일 오후 두 시에 약속한 장소에서 보기로 했습니다."

이 슈트케이스에는 연방의 그 '자칭 레지스탕스'들에게 전달할 신무기의 샘플이 담겨 있었다. 특수한 소재로 만들어진 슈트케이스는 거래 직전까지 열리지 않도록 봉인되어 있었기 때문에 나도 신무기의 정체는 알지 못했지만, 사전에 도시 하나는 가볍게 무력화시킬 수 있는 무기라는 언질을 들었던지라… 어쩐지 오른손에 실린 무게가 실제보다 훨씬 더 무겁게 느껴졌다.

[…그러고 보니 내일까지 일정이 비네. 오늘 오후에 딱히 예정은
없지?]

"예. 뭔가 지시하실 일이라도 있으십니까?"

함장은 오후 일정이 빈다는 것을 확인하자마자 진지한 목소리로 행
선지를 지시했다.

[음… 호텔에 체크아웃을 마치는 대로 영도대교 방향으로 가줘.
오래 걸리지는 않을 거야.]

"거기서 누군가 만나야 할 사람이라도 있습니까?"

하지만 역시나 카밀라 함장이라고 해야 할까. 함장은 곧바로 길게 헛
소리를 늘어놓았다.

[아, 별건 아니고… 찾아보니까 거기에 전망이 끝내주는 전망대
가 있대! 전망대에서 둘이 같이 손으로 하트 만들고 인증 사진 좀
찍어 보내줘. 아, 난간에 커플 자물쇠 거는 것도 잊지 말구.]

"함… 아니, 사장님!"

[왜? 관광청 홈페이지에 보니까 영도 하늘전망대는 부산을 찾은
커플이라면 꼭 들러야 하는 관광명소 중 하나라고 적혀 있던데?]

해인은 너무나 어처구니가 없었던 나머지 제대로 화조차 내지 못하
고 말을 더듬었다.

"저희는 지금… 놀러 온 게 아니잖습니까!"

[뭐야, 이해인 대리. 신혼여행까지 가서 일을 하려는 거야? 회사
에 헌신하는 그 자세는 좋은데, 쉴 때는 푹 쉬어야 일의 능률도
오르는 법이라고.]

카밀라 대교가 위조된 신분상의 상황까지 들먹이며 계속 농담을 이
어가자, 해인은 이를 진지하게 받아들여야 할지 아니면 화를 내야 할지

갈피조차 잡지 못하고 갈팡거리다 결국 모호하게 말끝을 흐렸다.

"그러니까… 알겠습니다. 내일 오전까지는 저희가 알아서 일정을 잡도록 하겠습니다. 혹시 변동사항이 생기면 이 번호로 연락 주십시오."

[뭐야, 뭐야. 미리 짜놨던 데이트 코스가 있었던 거야? 그런 거라면 말을 하지.]

"…끊겠습니다."

함장의 거듭되는 헛소리에 피로감을 느꼈는지 해인은 검지로 미간을 꾹꾹 누르며 전화를 끊으려 했다. 그때, 갑자기 수화기 너머에서 또 다른 목소리가 들려왔다.

[함장님, 부탁하신 **팝콘 치킨** 1인분 튀겨왔습니다!]

[아, 고마워. 칸나. 거기에 두고 가.]

그 목소리의 주인공은 나와 해인이 속한 경의부의 생활반장이자 최선임 조리병인 칸나 수병장이었다. 하지만 문제는 그녀의 말에 있었다.

"…**팝콘 치킨**이라고요?"

해인은 배를 떠나기 전에 15일 치의 식단표를 모두 미리 짜서 칸나 수병장에게 맡겨놨었다. 나도 그 식단표를 슬쩍 보기는 했지만… 분명 그 식단표에 팝콘 치킨 같은 정크 푸드는 포함되어 있지 않았다. 아니, 애초에 잿빛 10월의 주방에서 그런 음식이 나온 적은 없었다.

[아, 그러니까 이건….]

카밀라 함장이 변명을 꺼내려고 하자 해인이 싸늘한 목소리로 단칼에 말을 끊었다.

"함장님. 칸나 수병장 좀 바꿔주시겠습니까?"

[저, 저기… 조리장? 알고 있겠지만 이 회선은 감청 위험이 있는

지라 직책이나 계급을 언급하는 것은 조금….]

"…**바꿔주시겠습니까?**"

해인이 다시 한번 싸늘하게 같은 말을 반복하자 함장은 어쩔 수 없다고 생각했는지 순순히 수화기를 칸나 수병장에게 넘겨주었다. 곧 수화기를 넘겨받은 칸나가 군기가 바짝 든 목소리로 답했다.

[필승. 경의부 생활반장, 칸나 수병장입니다.]

이미 회선의 보안 문제는 안중에 없었는지 해인은 그녀의 계급을 똑똑히 호명하며 아까의 말을 추궁했다.

"칸나 수병장. 제가 짜놓은 보름 동안의 레시피에 팝콘 치킨이라는 메뉴가 있었나요?"

[어, 그러니까 팝콘이 아니라, 그… 피칸! 피칸을 곁들인 로스트
치킨이었습니다. 회선이 나빠서 잘못 들렸나 보네요. 하하, 하하
하….]

칸나 수병장은 기지를 발휘하여 위기를 넘기려고 했지만 그런 조악한 임기응변이 조리장에게 먹힐 리가 없었다.

"저는 피칸을 잿빛 10월에 들여놓은 적이 없습니다. 그게 아니라면 허가받지 않은 식재료를 배 안에 반입하기라도 한 겁니까?"

[어, 그게….]

칸나가 또 다른 변명을 찾기 위해 머리를 굴리던 그때, 수화기 너머에서 갑자기 새로운 화자가 등장하여 불구덩이처럼 가열된 분위기에 기름을 쏟아부었다.

[함장님! **숨겨 뒀던 레토르트 식품** 다 꺼내왔습니다! 조리장이
없는 이 틈에 팍팍 해치워 버리자고요!]

아니나 다를까. 그 목소리의 주인공은 잿빛 10월의 트러블 메이커인

루나였다.

[아….]

루나의 명랑한 목소리가 울려 퍼지는 가운데, 칸나는 할 말을 잃었는지 외마디 신음을 낮게 내었다. 화상 통화도 아닌데 어쩐지 수화기 너머의 상황이 눈에 비치는 듯했다.

[저기, 칸나 수병장님. 누구랑 통화하고 계십니까?]

[루나, 분위기 좀 읽을래. 아니, 먼저 실언을 한 내가 할 소리는
아니구나….]

"…"

수화기 너머에서 요란스러운 말이 오가는데도 해인의 표정은 여전히 변함이 없었다. 화가 났을 게 분명한데, 눈썹조차 깜짝하지 않는 그 무표정함이 옆에서 지켜보기에는 오히려 더 무서웠다.

잠깐의 침묵이 흐르고 해인은 다시 함장을 불렀다.

"칸나 수병장. 다시 함장님을 바꿔주시겠습니까?"

칸나는 말이 떨어지기가 무섭게 기다리고 있었다는 것처럼 함장에게 수화기를 돌려주었다. 하지만 화가 난 해인과 이야기를 하고 싶지 않았던 것은 함장도 마찬가지였던지라. 카밀라 대교는 수화기를 돌려받자마자 어물거리며 말끝을 흐렸다.

"함장님?"

[어… 조리장. 그러니까 이건….]

해인은 입꼬리를 올려 가볍게 미소를 지어 보이며 함장에게 복귀 후의 메뉴를 예고했다.

"배에 복귀하면 함장님을 위한 '특식'을 만들어드리지요. 그때까지… **최후의 만찬**을 만끽하시기를."

[우앗, 조리장! 제발 그것만은─.]

함장의 비명이 채 끝나기도 전에 해인은 핸드폰의 전원을 길게 눌러 통화를 종료해 버렸다.

그리고 이어지는 긴 한숨.

"어휴, 정말이지 우리 배의 사관들이란…! 이러니까 배를 비우고 싶지 않았던 겁니다!"

그리고 해인은 나를 쳐다보더니 속에 꽉 억누르고 있던 불만을 기관총처럼 마구 쏟아내기 시작했다.

"도대체 다들 왜 그런 걸 먹으려고 하는 겁니까? 제가 기름지고 자극적인 맛의 요리를 아예 해주지 않는 것도 아니잖습니까! 그 냉동식품의 어디가 그렇게 맛있기에 벌점을 받을 위험까지 감수하면서 몰래몰래 들여오는 겁니까? 튀김옷은 눅눅하고, 소스에는 합성조미료 특유의 탑탑하고 쓴맛이 배어있는데… 왜 그걸 못 먹어서 안달인 겁니까?!"

"지, 진정해, 해인. 그렇게 화낼 것도 없잖아? 수병들이 몰래 주전부리를 먹는 게 하루 이틀도 아니고…"

"간식으로 먹는 것과 주식으로 먹는 것은 다릅니다! 제가 그동안 짜 왔던 식단표는 수병들이 몰래 간식을 챙겨 먹는 것까지 염두에 두고 영양 배분을 했다고요! 하지만 함장님까지 같이 나서서 배신을 하실 줄이야… 그건 전혀 예상치 못했습니다."

"수병들이 몰래 간식 먹는 거 알고 있었구나…. 루나는 조리장에게는 절대로 들키지 않을 거라며 자신만만해 하던데."

"제가 의무장인줄 아십니까?"

해인은 은연중에 심한 소리를 하며 시근덕거렸다.

뭐, 잿빛 10월의 군기반장인 해인이 배를 떠났으니 며칠간은 군기가 엉망진창이 될 거라는 건 이미 어느 정도 예상은 했었지만….

"그래도 그렇게 걱정하는 만큼 많이 먹지는 않을 거야. 불량식품도 처음에나 맛있지, 사흘 정도 지나면 입에 물려서 다들 제대로 된 밥을 찾을걸?"

"하루만 그렇게 먹어도 칼로리 오버입니다. 영양 수치를 정상으로 되돌리려면 도대체 어디부터 손을 대야 할지 모르겠군요. 우선 채소 발주량을 200%로 늘리고…."

해인은 그렇게 말하고 바로 수첩을 꺼내 식단 계획표를 수정하기 시작했다. 입으로는 계속 불만을 늘어놓고 있기는 하지만, 그 불만을 듣고 있노라면 잿빛 10월 승조원들에 대한 해인의 애정이 은근하게 느껴졌다.

그런 그녀의 모습을 보고 있노라니, 나는 문득 떠오르는 말이 있어 혼잣말을 중얼거렸다.

"조리장은 뭔가 엄마 같네."

"…그게 무슨 소리입니까?"

'엄마'라는 단어에 해인이 질색을 하며 따져 물었다.

아차, 시집도 안 간 아가씨에게 엄마라는 별명은 너무 심했는가. 나는 황급히 손을 내저으며 변명을 했다.

"아니. 다른 의미가 아니라, 그… 조리장은 어쩐지 승조원들을 진짜 가족같이 여기는 것 같아서 말이야."

하지만 해인은 설명이 부족하다고 생각했는지 불쾌한 표정으로 입 꼬리를 실룩거렸다.

"지금 제가 한 말에 '엄마' 같은 구석이 있었습니까?"

"그 왜, 흔히 어머니들은 여행을 떠나서도 남은 가족들이 밥은 제대로 챙겨 먹는지, 끼니를 거르지는 않는지 궁금해서 여행을 제대로 못 즐긴다고 하잖아."

물론 우리가 비록 진짜 여행을 온 것은 아니지만, 그래도 모처럼 밖에 나왔는데 배에 계속 정신이 팔려있는 것도 좀 그렇지 않은가. 물론 승조원들을 걱정하는 마음 씀씀이야 칭찬해 마땅한 것이었지만 그래도 나는 해인이 좀 더 자신의 책무에서 벗어나 자유롭게 일상을 즐겨주었으면, 하는 마음에서 그녀를 가볍게 질책했다.

"전에 네 입으로 그랬었잖아. 모든 책임을 혼자서 짊어질 필요는 없다고. 수병들도 어린아이가 아니니까… 가끔은 어련히 잘 하려니- 하고 믿어주는 것도 중요하다고."

"…."

하지만 해인의 표정은 여전히 무뚝뚝했다. 분위기를 타고 너무 너스레를 떨었나 싶었는데, 해인의 입에서 흘러나온 질문은 의외의 것이었다.

"의무장의 어머니도 그런 분이셨습니까?"

어머니? 우리 어머니 말인가?

갑작스러운 화제 전환이 당혹스럽긴 했지만, 어려운 대답도 아니었기에 나는 순순히 답해주었다.

"아니… 우리 어머니는 오히려 정반대였지."

나는 오랜만에 어머니의 모습을 떠올리며 기억을 더듬었다. 어디를 가나 승조원의 걱정부터 먼저 하는 해인의 모습을 이상적인 어머니상이라고 하면, 나의 어머니는 꽤 불량스러운 편이었다.

"어머니는 대사관 일을 하시며 우리 남매를 거의 방임에 가까울 정도로 자유롭게 키우셨거든. 자식들이 어디서 무얼 먹든 배만 채우면 그만—이라는 주의라. 내가 어렸을 적에는 솥에 곰탕을 한껏 끓여놓고 예고도 없이 세계여행을 떠난 적도 있으셨다고.”

“설마… 삼시 세끼를 곰탕으로만 때운 건 아니시겠죠?”

“한 사흘 정도는 그랬지. 그런데 그렇게 계속 한 가지 요리만 먹다 보니까 나중에는 살기 위해서 알아서 요리를 배우게 되더라. 덕분에 나나 동생이나 기본적인 찬은 그럭저럭 만들 수 있게 되었지만…”

문득 ‘살기 위해서─’ 라는 말이 입에서 튀어나온 순간, 오랫동안 신경 쓰지 않았던 어머니의 기분이 신경 쓰이기 시작했다.

아무리 자식의 일에 무심한 어머니라지만, 복무하는 동안 면회 한 번 오지 않은 어머니이지만, 그래도 자식이 군에 들어가 전사했다는 소식을 듣게 된다면 어떤 기분일까.

보통은 슬퍼하고 오열하며 감정을 주체하지 못하는 게 당연하지만… 이상하게도 어머니의 얼굴과 슬픈 표정은 서로 겹쳐지지 않았다.

아니, 어쩌면 내 스스로가 그걸 받아들일 준비를 채 하지 못했기 때문에 상상하지 못하는 것일지도 모른다. 살면서 단 한 번도 보지 못했던 어머니의 우는 모습을 직접 보게 된다면… 나는 정말로 큰 충격을 받아 다시는 일어서지 못하게 될지도 모른다.

그래서 나는 생각하는 것을 포기했다.

“그러니까─ 어머니는 내가 없어도 잘 살고 계실 거야.”

“하지만…”

해인은 무슨 말을 하려고 했는지 걱정스러운 표정으로 말끝을 흐렸다. 아마 내 생각을 대략 읽은 탓이겠지. 나는 그녀의 손을 붙잡아 시내

쪽으로 이끌며 황급히 화제를 돌렸다.

"일단 점심부터 먹으러 갈까?"

"…그러지요."

해인이 짧게 한숨을 내쉬며 고개를 끄덕였다.

하늘을 보니 해가 살짝 기울어져 있었다. 점심이라 말을 꺼내긴 했지만 사실 점심이라기보다는 저녁에 가까운 시간이었다.

-2-

나와 해인이 찾은 음식점은 부산역에서 조금 떨어진 파인 다이닝(Fine Dining) 레스토랑이었다. 깔끔하게 회칠이 된 가게의 외견만 보더라도 '비싼 음식을 만드는 곳'이라는 인상이 진하게 풍겨 나왔다.

해인의 말에 따르면 이 가게는 미슐랭 가이드에 등재되어 별 하나를 받았던 적도 있다던데… 살면서 이런 고급 레스토랑에는 가본 적이 없었던 나로서는 가게 앞의 메뉴판을 보는 것만으로도 숨이 막힐 것 같았다.

"그, 그냥 들어가도 괜찮은 건가?"

나는 가게의 문 앞까지 와서도 한동안 들어가지 못하고 버르적거렸다. '옷차림이 너무 캐주얼하지는 않은지', '가격대가 지나치게 비싸지는 않을지' 하는 걱정들이 머리 위로 마구 떠올랐다. 하지만 해인은 내 걱정을 예상하기라도 했는지 별거 아니라는 투로 고개를 가로저었다.

"옷차림은 추리닝에 슬리퍼를 신고 오는 정도만 아니면 됩니다. 요즘 시대에 연미복과 이브닝드레스를 갖고 있는 사람만을 상대했다가는 마진을 아무리 비싸게 남긴다 하더라도 장사가 되지 않을 테니까요.

게다가 미슐랭 가이드에 등재된 음식점이라고 무조건 요리가 비싼 것은 아닙니다. 음식의 가격은 언제나 **합리적인** 수준에서 책정되는 법이니까요."

"합리라…"

해인이 '합리'라는 말을 입에 담기는 했지만 그동안 그녀가 보여주었던 기행을 생각하면 해인이 생각하는 합리가 일반인들이 생각하는 합리와 같을 거라고 장담할 수가 없었던지라, 나는 더욱 불안해졌다.

하지만 여기까지 와서 가격 때문에 돌아서는 것도 꼴이 우습거니와, 피차 서로의 주머니 사정을 잘 알고 있는 해인이 무턱대고 비싼 가게를 추천할 리도 없겠다는 생각이 들어 나는 조심스럽게 가게의 문을 열었다.

"어서 오십시오, 두 분이신가요?"

문을 열자마자 입구에 서 있던 급사 차림의 사내가 친절한 목소리로 우리를 반겼다.

손가락을 두 개 펴 보이자 사내는 바로 우리를 안쪽의 내실로 안내했다. 2인용 테이블이 하나 놓인 내실은 여간한 비스트로(Bistro)의 영업장만큼이나 넓었는데, 그 넓은 공간을 단둘이서만 쓰려니 어쩐지 눈치가 보였다.

"보르도의 샤토 팔머는 어떠신가요? 메를로 비율이 높아 맛이 풍만하고 한우와의 마리아쥬도 괜찮답니다."

"와인은 괜찮아요. 그보다 메인 디쉬에 어떤 재료가 들어가는지 알 수 있을까요? 알레르기가 있을지도 몰라서."

한편 해인은 이런 음식점에 오는 게 익숙했는지 자연스럽게 스태프와 메뉴에 대해 이야기를 하고 있었는데, 나는 그 틈을 타 메뉴판 위의 가격을 눈으로 슬쩍 훑었다. 과연 해인의 말처럼 요리의 가격은 걱정했던 것만큼 그렇게까지 비싸지는 않았다. 다만 한 끼 식사에 쓰기에는 살짝 부담스러운 정도랄까.

어느새 스태프는 해인에게서 주문을 받고 물수건을 남겨둔 채 주방으로 떠나버렸다. 어차피 봐도 모를 음식투성이였으니 내가 메뉴를 고를 생각은 아니었지만 뭔지도 모를 요리를 기다릴 수는 없는 노릇이라, 나는 해인에게 귀엣말로 물었다.

"방금 뭘 시킨 거야?"

"불고기 정찬이요."

"파인 다이닝 레스토랑에서 주문한 것 치고는 평범하네."

물론 정통 한식을 시킬 거라고 생각했지만, 일반 음식점에서도 쉽게 접할 수 있는 불고기라니. 조금 의외의 선택이었다. 해인이라면 뭔가 신선로나 구절판 같은 궁중요리를 주문할 거라고 생각했는데.

"오랜만에 고향에 왔으니 고향 음식을 먹어야지요. 모처럼 연방에 왔는데 스파게티나 먹고 갈 수는 없잖습니까?"

"그런 뜻이 아니라… 아니다. 뭐, 괜찮겠지."

나는 물수건으로 손을 닦으며 말을 얼버무렸다.

"그보다 이런 가게에서 먹는 음식은 처음이라, 어떤 요리가 나올지 기대되는걸."

지나가는 말처럼 흘린 소리였는데, 해인은 새치름하게 고개를 가로저으며 바로 말꼬리를 잡았다.

"기대는 음식 맛을 떨어트립니다. 마음을 비우고 그냥 맛을 보십시오."

'까다롭기는.'

평론을 하러 온 것도 아닌데 기대를 할 수도 있지 않나. 물론 또 그런 점이 해인답다는 생각도 들었지만…

문득 나는 테이블 아래로 해인의 발이 가볍게 흔들리는 것을 보았다. 언제나 앉은 자리에서는 정자세로 발을 붙이고 허리 아래는 미동도 하지 않는 아가씨인데, 드물게 감정을 숨기지 못하는 것을 보면 그녀도 모처럼의 외식을 내심 기대하고 있는 모양이었다.

생각해보면 배에서는 휴가 없이 매일 삼시 세끼를 모두 해인이 만들고 있었으니, 남이 해준 제대로 된 식사를 먹는 것도 몇 년 만의 일일 것이다.

'…부디 우리 조리장님의 기대에 맞는 요리가 나오기를.'

나는 아까와는 다른 걱정을 하며 한동안 말없이 해인이 하는 이야기에 귀를 기울였다. 그리고 곧 얼마 지나지 않아 스태프가 전채 요리를 들고 나타났다.

"전채 요리는 줄무늬 콩과 팥을 가미한 호박죽과 제철 채소를 사용한 우무 샐러드입니다."

이것저것 복잡한 수식어가 앞에 붙은 전채는 이름만큼이나 화려한 장식이 접시 위에 얹어져 있었다. 나는 수저 끝으로 요리 위에 얹어진 장식물을 조금씩 망가트리며 식사를 시작했다.

...

…결론부터 말하자면 맛은 있었다.

선도가 높은 제철 식재료를 가지고 검증된 레시피에 따라 요리를 했는데, 맛이 없는 게 더 이상했을 것이다.

하지만 나와 해인은 디저트가 나올 때까지 아무런 말도 하지 않았다. 단순히 기분이 나빴다거나 다른 생각을 하느라 그랬던 건 아니었다. 해인도 당연히 느꼈겠지만… 나는 이 비싼 음식에서 무언가 미묘한 위화감을 느끼고 있었다. 분명 옛날이라면 절대로 알아차리지 못했을, 아주 작은 맛의 위화감.

내가 젓가락을 든 채로 계속 머뭇거리자 해인이 냅킨으로 입을 닦으며 담담하게 중얼거렸다.

"…의무장도 알아차렸군요."

"응. 확실히… 뭔가 빠졌네."

나는 미식가 흉내를 내며 손가락을 들어 허공에 휘저어 보았다. 하지만 들어간 재료가 무엇인지도 알아차리지 못하는 초짜가 요리 지적을 할 수 있을 리가 만무하다.

"하지만 뭐가 부족한 건지는 못 표현하겠어."

"알아차렸다는 것만으로도 훌륭합니다. 매일 요리를 해 준 보람이 있네요."

해인은 묘하게 나를 자랑스러워하며 으스댔다.

역시 입맛이 이렇게 예민해진 까닭은 근 1년간 해인의 요리를 삼시 세끼 계속 먹은 덕분일 것이다. 유명한 비평가들만큼은 아니겠지만, 매일 좋은 음식만 먹다 보니 어느새 나도 레어 스테이크와 덜 익은 스테이크의 차이를 구분할 수 있게 되었고, 음식의 맛만으로도 식재료의 선도를 알 수 있게 되었다.

그렇게 생각하니 해인이 얼마나 뛰어난 셰프인지 새삼 실감할 수 있었다.

"…하지만 이곳의 셰프는 칭찬할 수 없겠네요."

해인은 양치를 하듯 물로 입을 헹구며 디저트를 치웠다.

그리고 얼마나 지났을까. 곧 가게의 지배인처럼 보이는 사람이 들어와 식사에 대한 상투적인 질문을 던져왔다.

"식사는 맛있게 하셨습니까?"

"아, 예. 맛있네요."

"맛있게 드셔주셨다니 기쁩니다."

지배인은 감정이 느껴지지 않는 웃는 낯으로 살갑게 답했다. 마치 칭찬을 듣는 것이 당연하다는 표정으로. 그는 다시 해인을 쳐다보았다.

"만족스러운 식사가 되셨는지요?"

"…."

해인은 대답 대신 짓궂은 미소를 지어 보였다.

그 미소를 보자마자 나는 오싹한 기분을 느꼈다. 저 미소는 해인이 진심으로 요리를 대할 때만 나오는 표정이기 때문이었다.

아아, 제발. 이런 때까지 요리에 대한 비평 의식을 불태울 필요는 없잖아. 물론 나도 이상하다고는 생각했지만… 게다가 지금은 작전 중이고.

나는 속으로 해인이 가급적 온건한 비평을 해주기를 바라며 숨을 죽였다. 하지만 해인은 입을 열자마자 핵폭탄급 직구를 던져버렸다.

"맛있는 요리였습니다. 과연 미슐랭에서 **빕 구르망** 등급을 받을만한 요리군요."

"빕 구르망이요?"

'아아… 망했다.'

나는 손에 얼굴을 파묻으며 닥쳐올 말썽에 대비했다.

미슐랭 가이드에는 별이 붙는 스타급 레스토랑 이외에도 빕 구르망 (Bib Gourmand)이라고 불리는 합리적인 가격의 식당 또한 소개되어 있다. 물론 당연히 원 스타에 비하면 질이 떨어지는 식당이고, 스타급 레스토랑을 빕 구르망이라고 부르는 행위는 모욕에 가깝다.

다른 사람도 아니고 해인이 그걸 모를 리가 없는데… 나는 조심스럽게 지배인의 눈치를 살폈다. 아니나 다를까, 그의 얼굴에는 여전히 청량한 미소가 떠올라 있었지만 아까보다는 빛이 조금 바랬다.

"오해가 있었나 보군요, 손님. 저희 가게는 스타 레스토랑이지 빕 구르망에 등재된 가게가 아닙니다."

"어머, 그랬나요? 이 정도의 요리가 별 하나의 등급을 받는다니… 미슐랭의 위상도 예전 같지가 않군요."

해인이 계속 천연덕스러운 표정으로 빈정거리자 지배인의 인내심도 한계에 달했는지 그는 미소를 거둔 채 해인에게 단도직입적으로 질문을 던졌다.

"손님, 혹 음식에 불만족스러운 부분이 있으셨다면 말씀해주시겠습니까?"

하지만 그 말이야말로 해인의 리미터를 완전히 풀어버리는 행위나 다름없었다. 지배인의 질문을 듣자마자 해인은 기다렸다는 것처럼 마음에 담고 있던 불만을 모두 쏟아내기 시작했다.

"그럼… 몇 가지만 말씀드리죠. 우선 전채에 사용한 파에 물기가 너무 많더군요. 구워서 단맛을 냈더라면 좋았을 텐데요. 그리고 드레싱에 들어간 간장은 혼합간장인가요? 아무리 풍미를 살짝 내는 수준이라지만 이 정도의 고급 레스토랑에서 양조간장을 쓰지 않는다니 실망스럽군요. 그러고 보니 고기의 굽기는 또…”

그렇게 해인은 옆에서 듣고 있는 내가 질릴 정도로, 아주 오랫동안 요리에 대한 비평을 늘어놓았다.

가시방석에 앉은 것 같은 시간이 얼마나 지났을까. 끝내 지배인이 혼미한 표정으로 비틀거리자 해인은 그의 옷깃 여밈을 바로 잡아주며 말을 마쳤다.

“…마지막으로. 제복의 이중 여밈은 단순히 멋을 내기 위해서 디자인된 것이 아닙니다. 손님 앞에서는 깨끗한 쪽을 앞으로 보이게 입어 주세요.”

“셰프를… 불러오겠습니다.”

지배인은 지친 기색으로 비척거리며 방을 빠져나갔다.

나는 지배인의 모습이 사라지자마자 해인을 붙잡고 다그쳤다.

“제정신이야? 우리는 지금 작전 중이라고! 왜 스태프를 갈구지 못해서 안달이 난 거야?”

하지만 해인은 내가 왜 호들갑을 떠는지 이해하지 못하겠다는 투로 되물었다.

“그게 뭐 어쨌다는 말입니까?”

“음식 맛이 미묘했다지만… 그냥 좀 넘어가면 안 돼? 이상한 이물질이 나온 것도 아니고.”

“저는 돈을 지불했고, 제대로 된 음식을 제공받을 권리가 있습니다. 그리고 음식에서 이물질이 나오는 경우는 언급할 가치도 없지요.”

해인이 너무나 단호하게 고개를 가로젓는 바람에 나는 제대로 말을 꺼내 보기도 전에 질려 그녀를 설득하는 것을 포기했다.

"…그래, 네 마음대로 해라. 다만 너무 일이 커지지 않게만 주의해 줘."

"그야 상대의 태도에 따라 달라지겠죠."

"어째 불안한데…."

쾅!

그때, 누군가가 방문을 거칠게 열고 안으로 들어섰다.

새하얀 조리복을 입은 거구의 사내였다. 그는 방에 들어서자마자 시근덕거리며 해인을 노려보았다. 옷차림이나 표정을 보아하니 이 식당의 셰프인 모양인데… 그의 표정은 남자인 내가 보더라도 숨이 턱 막힐 정도로 험상궂었다. 그가 숨을 들이켤 때마다 소매 아래로 비치는 팔의 힘줄이 미세하게 꿈틀거리고 있었다.

그는 한참 동안 말없이 해인을 노려보다가 입을 열고 노기 섞인 목소리로 물었다.

"내 음식을 평가했다는 그 개뼈다귀 같은 년이 너냐?"

사내의 입에서 거친 욕지거리가 튀어나왔지만, 해인은 태연한 표정으로 가볍게 고개만 끄덕였다. 그 배짱 넘치는 행동에 오히려 의외라고 생각했는지, 사내는 뒤로 한 발자국 물러나 해인을 가볍게 뜯어보았다.

"이 근처에서는 본 적이 없는 조리사 같은데…. 어디서 일을 하고 있지?"

"해군 함선의 조리장이에요."

"뭐? 조리장? 하하, 하하하!"

군의 조리장이라는 말을 듣자마자 사내는 숨이 넘어갈 듯 박장대소를 하며 테이블을 두들겼다.

"짬밥 배식이나 하는 피더(Feeder)가 어디서 셰프를 자처해? 어디서 주워들은 건 있는 모양인데, 쓸데없이 영업 방해하지 말고 썩 꺼져!"

사내의 눈에서 살인이라도 저지를 것 같은 인광이 반짝이고 있었기에 나는 해인의 손을 잡아끌며 눈치를 보았다.

"해인, 저기… 그래. 빨리 가자."

하지만 해인은 여전히 고집불통이었다. 그녀는 셰프를 노려보며 계속 도발적인 멘트를 던져댔다.

"이런 수모를 당하고도 그냥 넘어갈 거예요? 요리 실력만 없는 줄 알았는데, 배알도 없는 셰프였군요."

"뭐라고?"

"보세요. 모두가 당신을 지켜보고 있잖아요. 지배인도, 소시에르도, 스타지에도… 이 상황에서 저를 돌려보낸다면 당신의 요리는 검증되지 못한 채 끝나는 것이나 다름없어요. 당신도 주방을 지휘하는 셰프라면 스태프들의 신뢰가 얼마나 중요한지 모르지는 않을 테지요?"

해인의 거듭되는 도발에 사내는 화가 나다 못해 오히려 역으로 냉정해졌는지, 차가운 미소를 비죽비죽 흘리며 해인에게 질문을 던졌다.

"그래서, 뭐가 하고 싶은 건데?"

"뭐긴요, 당연히 승부죠."

승부라는 말에 사내가 코웃음을 쳤다.

"승부? 흥, 그 가느다란 팔목을 보니 주먹질에 일가견이 있는 것처럼 보이지는 않는데."

"천박하시긴. 당연히 셰프라면 요리로 승부를 봐야죠.

잠시 주방을 빌려주세요. 잠깐만 시간을 주신다면 당신은 물론이고 이 식당의 모든 손님들이 맛볼 수 있는 아뮈즈 부슈(Amuse-bouche, 식전에 무료로 제공되는 한입 크기의 전채)를 만들어보죠."

해인의 갑작스러운 승부 제안에 사내는 놀랐는지 눈을 크게 뜨고 해인을 쳐다보았다.

하지만 그것도 잠시, 그는 곧 다시 아까처럼 해인을 아래로 내려다보며 기분 나쁜 미소를 히죽거렸다.

"좋아, 네가 한 요리가 정말로 내 요리보다 맛있다면… 여기서 바로 머리 박고 사과하지. 음식값도 받지 않겠어. 하지만 기대에 못 미치는 요리를 내놨다가는—."

그는 고개를 가까이 들이밀며 손가락을 모두 펼쳐 보였다.

"음식값의 열 배를 내."

"좋아요."

해인은 흔쾌히 고개를 끄덕이며 펼쳐진 그의 손에 가볍게 하이파이브를 해주었다.

"어, 어어…."

사내가 어리둥절하는 사이, 해인은 가방에서 둘둘 말린 가죽 스크롤 같은 것을 꺼내 들고 당당하게 주방으로 향했다. 자세히 보니 그 스크롤은 나이프가 가득 꽂힌 칼 가방이었다. 언제 저런 걸 가져온 거람? 그보다 식칼을 소지한 채로 요릿집에 오다니, 처음부터 도장 깨기를 할 생각으로 이 음식점을 골랐던 모양이로군.

나는 머리를 쥐어뜯으며 그녀의 뒤를 쫓아갔다.

"자, 잠깐만, 해인. 무슨 생각으로 그런 내기를 한 거야? 음식값의 열 배라니… 지금 수중에 그런 돈은 없다고!"

내가 걱정스러운 목소리로 따져 물으니 해인은 오히려 불쾌하다는 표정을 지으며 새치름하게 되물었다.

"혹시 제가 질 거라고 생각하시나요?"

"아니, 그게 아니라… 물론 네 요리는 맛있지. 하지만 저 산적 같은 아저씨가 거짓말로 맛있다고 하면 어떻게 해?"

"썩어도 준치라고, 이 정도 급의 레스토랑을 운영하는 셰프가 설마 자존심 때문에 맛있는 요리를 맛없다고 평가하겠어요?"

"…그런 배알도 없는 셰프였다면?"

"후후, 접시 닦을 준비부터 하시죠."

그리고 해인은 기대가 돼서 어쩔 줄 모르겠다는 표정으로 키득키득 웃었다. 어쩐지 그 표정은 평소의 해인 같지가 않아 낯설게 느껴졌다. 배 안에서는 음식을 칭찬받아도 저렇게 웃는 법이 없었는데….

'배에 승선하기 전에는 저런 모습이었겠구나.'

나는 해인의 이면을 골똘히 관찰하며 잠깐 생각에 잠겼다.

물론 내기에 진다면 이면이고 뭐고 무의미한 상황이 되어버리겠지만….

주방에 들어서자마자 해인은 냉장고 안에 들어있는 식자재를 확인한 다음, 칼을 가죽 위에 놀려 가볍게 날을 세우며 요리할 준비를 시작했다.

부엌일을 하던 요리사들은 모두 주방 밖으로 나와 그녀의 행동을 지켜보고 있었다. 그러고 보니 이곳에는 해인을 보조할 수 있는 조리병이 없었다. 나는 짐짓 불안한 마음에 해인에게 조심스레 질문을 던졌다.

"혹시 보조는 필요 없어?"

하지만 해인은 당치도 않은 제안을 받은 것처럼 미간을 찌푸리며 나를 위아래로 훑어보았다.

"…그거, 진심으로 하시는 소리입니까?"

"아니. 음… 미안."

하기야, 채칼도 제대로 쓰지 못하는 녀석이 동선에 밟혀 봤자 방해만 되겠지. 나는 깨끗하게 뒤로 물러났다.

갑작스러운 요리 대결에 주방의 조리사들뿐만 아니라 홀의 스태프들도 흥미가 생겼는지 주방 앞에는 제법 많은 사람들이 서 있었다. 나는 구경꾼들을 눈으로 훑으며 불안한 마음에 양손을 꽉 쥐었다.

해인의 실력이 뛰어나다는 건 익히 알고 있지만… 그래도 스페셜리티(Specialities)를 조리하는 건 오랜만인데 제 실력을 낼 수 있을까? 해인은 그런 내 걱정을 아는지 모르는지 느긋하게 식재료를 고르며 식당의 셰프와 이야기를 나누었다.

"생각한 것 보다 식재료의 상태가 훨씬 더 좋군요. 소스에 혼합간장을 쓰기에 싸구려만 들여놨나 했더니, 제대로 된 양조간장도 갖추어져 있고… 특히 육류는 시중에서 구하기 어려운 고급품뿐이네요."

"어이, 애송이. 제대로 다룰 자신이 없으면 거기에 있는 쇠고기에는 손도 대지 마. 100g에 10만 원이 넘어가는 1++ 급의 한우 등심이니까."

"걱정 마세요. 제가 만들 요리의 아뮤즈 부슈에는 소고기가 들어가지 않으니까. 흐음… 무의 선도도 굉장히 좋네요. 오늘은 이걸로 해볼까?"

해인은 그렇게 말하고 큼지막한 무를 하나 집어 들더니 클리버로 양 끝단의 돌출부를 호쾌하게 쳐냈다. 무가 둥근 원통 모양으로 바뀌자 해인은 한 손으로 셰프 나이프를 가져다 대고 몸통을 둥글게 돌려가며 껍질을 얇게 저며냈다. 이미 잿빛 10월의 부엌에서 몇 번이고 봐왔던 풍경이었지만, 해인이 무 껍질을 뒤가 비칠 만큼 얇게 저며내는 모습은 언제 봐도 신기했다.

셰프는 기예에 가까운 해인의 칼솜씨에 충격을 받았는지 놀란 표정으로 나를 흘겨보며 작게 귀엣말을 했다.

"…정말로 저 여자, 군대의 조리사가 맞는 건가?"

"그렇습니다만?"

"음, 그러니까… 아니. 나도 군대를 다녀와서 알지만 보통 군의 조리법이라는 건 배달된 레토르트 식품을 데워주는 수준에 그치잖아. 그런데 어째서 저 정도의 실력자가 군의 조리사 따위를 맡고 있는 거지?"

"그건…."

그러고 보니 해인이 '어째서 요리사가 되기로 마음먹었는가'에 대해서는 들은 적이 있어도, 그녀가 '어떤 경위로 학회에 들어왔는지', '어떻게 잿빛 10월에 승선하게 되었는지' 에 대해서는 나도 아직 들은 적이 없었다.

조리장에 대해서는 꽤 많이 알게 되었다고 생각했는데, 이렇게 보니 과거에 대해서는 아는 것이 거의 없구나 싶어 새삼스러웠다.

나와 셰프가 이야기를 나누는 사이, 해인은 조리대에 스킬렛(Skillet)을 꺼내놓고 버터를 적당한 크기로 자르기 시작했다. 한동안 넋을 놓고 그녀의 칼솜씨를 바라보던 가게의 셰프도 어느새 다시 자신감을 되찾았는지, 팔짱을 낀 채 거만한 목소리로 으스댔다.

"하지만 무턱대고 팬에 버터를 바르는 저 습관은 양식을 배운 요리사의 특징이로군. 버터와 밀가루만 써본 녀석들이 한식에 대해 무얼 알겠어? 분명 괴상한 요리가 나올 게 분명해."

"하지만 저희 조리장은 한식도 잘하는걸요? 무언가 생각이 있어서 그러는 걸 겁니다."

"그거야 보면 알겠지."

조리에 사용할 주방 기구를 모두 챙겨온 해인은 주방 구석에 쌓인 곡물 자루들을 살피기 시작했다. 그 안에는 곱게 갈린 밀가루나 메밀 가루 등이 담겨 있었는데, 해인은 재료의 선도를 살피려는 것처럼 차례로 가루를 훑어 향을 맡았다.

자루에는 곡물의 원산지나 탈곡일자가 적혀 있지 않았기 때문에 해인은 오로지 향만으로 곡물의 선도를 파악하고 있었다. 장고 끝에 해인은 가장 안쪽에 놓여있던 허름한 곡물 자루 하나를 집어 들었다.

그녀의 선택을 보고 셰프가 코웃음을 쳤다.

"하, 봤어? 그 많은 메밀 중에서도 제일 저렴한 수입산 메밀을 골랐다고. 저 계집애의 코가 가짜라는 게 여기서 증명되는군!"

"하지만…."

계속 셰프가 구석에서 잔사설을 늘어놓자 해인도 슬슬 참기가 어려웠는지, 그녀는 어깨 너머로 살기등등한 눈빛을 보내며 도마를 클리버로 세게 내리쳤다.

"요리를 할 때는 좀… 조용히 해주시겠습니까?"

"크흠, 실례를 했군."

셰프가 꼬리를 말고 한 발자국 물러서자, 그제야 해인은 아일랜드에 손을 올리고 본격적인 요리를 시작했다.

"드롭(Drop)."

도와주는 조리병들이 아무도 없음에도 불구하고 해인은 소리를 내

어 조리의 시작을 알리며 화덕에 불을 지폈다. 불 위에 스킬렛을 여러 개 올려 팬을 달구는 것과 동시에 그녀는 트레이 위에 올려놓은 채소들을 썰기 시작했다. 손이 보이지 않을 정도로 빠른 속도였건만, 썰려나간 채소들은 자로 잰 듯 길이가 모두 일정했다.

채소를 모두 썰자마자 해인은 계란에서 흰자와 노른자를 분리한 다음, 메밀가루에 물과 함께 더해서 반죽을 만들기 시작했다. 빵 반죽처럼 되직하지 않고 묽게 풀어진 메밀 반죽은 일견 부침개 반죽처럼 보이기도 했다.

메밀가루가 몽치지 않고 완전히 반죽 안에 풀어진 것을 확인하자 해인은 스킬렛을 슬쩍 훔쳐보았다. 그 위에 작게 잘라둔 버터를 한 조각 떨어트리자 버터는 특유의 고소한 향을 풍기며 보글보글 끓어올랐다. 팬이 충분히 뜨겁게 달구어졌다는 뜻이다. 팬의 상태를 확인하자마자 해인은 주저 없이 그 위에 반죽을 부어 넓게 부쳤다.

'메밀전을 부치려는 걸까? 하지만 메밀전에 버터를 쓴다는 말은 들은 적이 없는데.'

메밀이 고소한 냄새를 풍기며 익어가는 동안, 해인은 그 시간도 아깝다는 듯 화덕에서 떨어져 속에 쓸 소스를 만들기 시작했다. 메밀 반죽이 구워지며 타닥타닥 소리를 낼 때마다 나는 괜히 불안해졌다.

하나도 아니고, 여러 개의 반죽을 동시에 가열하고 있는데 저러다가 태우는 게 아닐까? 하지만 해인은 내 걱정이 기우라는 걸 증명이라도 하듯이 소스가 완성되자마자 팬을 뒤집어 반죽을 꺼냈다. 익혀진 반죽의 한쪽 면은 마침 딱 좋게 익어있었다.

"저 여자… 우리 주방에 왔던 적이 있었던가?"

가게의 셰프가 옆에서 혼잣말을 중얼거렸다.

그의 말처럼 해인은 원래부터 이 주방의 셰프였던 것처럼 동선을 완벽하게 활용하고 있었다. 한 번 본 것만으로도 이 주방의 구조가 어떻게 되어 있는지 완전히 꿰고, 1초의 낭비도 없이 모든 시간을 오롯이 조리에 쏟아붓고 있었다.

그 결과, 조리를 시작한 지 30분도 지나지 않아 해인은 정말로 가게의 모든 사람이 맛볼 수 있을 만큼의 아뮈즈 부슈를 만들어냈다. 물론 그 요리들은 보기에 흠잡을 곳 하나 없이 완벽해 보였다.

"오래 기다리셨습니다."

해인은 우선 주방에 있는 사람의 머릿수만큼 접시를 내오며, 요리에 대한 간략한 설명을 그 위에 덧붙였다.

"무생채를 곁들인 갈레트(Galette)입니다. 브르타뉴 풍의 크레프 살레(crêpes salées)라고 생각해주세요."

접시 위에 올라와 있는 음식은 메밀피로 채소들을 감싸 한입 크기로 잘라낸 전채 요리였다. 언뜻 보기에 그 음식은 김밥처럼 보이기도 했고, 반대기의 색깔 때문인지 깔끔하게 잘라 낸 전병처럼 보이기도 했다. 하지만 내가 그동안 한 번도 먹어보지 못했던 음식이라는 것만큼은 확실했다.

"브르타뉴니, 뭐니 말을 해도…."

브르타뉴가 어디에 붙어있는 지명인지, 갈레트가 뭔지도 모르는 내게 그 설명은 너무나도 거창했다.

'뭐, 이름이 어찌 되었든 음식은 맛있으면 제일이지.'

나는 그런 생각을 하며 젓가락으로 요리를 한 점 집어 입에 밀어 넣었다.

"이건…."

혀끝에 처음 느껴진 맛은 바삭하게 구워 낸 메밀의 깊은 풍미였다. 버터를 발라 구워낸 메밀 피에서는 서양의 빵이나 크레페에서 느낄 수 있는 고소한 맛이 났다. 하지만 겉껍질을 깨고 한 입 크게 베어 물자 또 다른 식감이 혀를 간질였다. 반죽의 안쪽은 바삭하게 구워 낸 겉과는 달리 수분을 가득 머금은 탓에 폭신폭신하고 부드러웠다. 거기에 간장의 맛과 잘 어우러진 채소의 아삭한 식감이 더해지니 메밀전병을 먹는 듯한 착각까지 들었다.

하나의 반죽으로 서양의 맛과 동양의 맛을 동시에 재현하다니. 먹으면서도 믿기지가 않는 맛이었다. 심지어 상큼하게 버무려진 채소가 끝맛을 깨끗하게 감싸주니, 버터를 썼음에도 불구하고 하나도 느끼하지도 않고 오히려 식욕이 되살아나는 기분이었다. 정말… 완벽한 전채 요리였다!

무엇보다 입 안에 은은하게 퍼져나가는 메밀의 향이 너무나도 기분 좋게 느껴졌다. 버터와 메밀의 조합이 이렇게나 잘 어울릴 줄이야.

한편, 정작 대결에 응한 가게의 셰프는 요리의 외견이 마음에 들지 않았는지, 맛을 보지도 않은 채 음식을 품평하며 불평을 계속 늘어놓았다.

"이걸 먹어봐야 아나? 싸구려 메밀에 버터를 발랐는데 향이 제대로 살아있을 리가 없어. 분명 길거리에서 파는 싸구려 크레이프 맛이 날 게 뻔해…."

"불평은 맛을 보고 나서나 하시죠."

해인이 다시 접시를 코앞에 들이밀자 셰프는 마지못해 젓가락으로 요리를 한 점 집어 천천히 씹었다.

우물, 우물….

그가 입을 놀릴 때마다 심드렁했던 그의 얼굴 위로 놀라움이 조금씩 퍼져나가기 시작했다. 그것만으로도 성공을 예감했는지 해인이 짓궂은 미소를 지으며 다시 한번 소감을 물었다.

"어떤가요?"

셰프는 믿기지 않는다는 표정으로 다시 요리를 한 점 더 집어 들었다. 하지만 이번에도 그의 표정은 변함이 없었다. 한참의 침묵 끝에 셰프가 신음하며 질문을 던졌다.

"…어째서 메밀의 향이 이토록 강한 거지?"

"메밀을 넣었으니까요."

해인은 당연하다는 듯 셰프의 질문에 답했다. 하지만 그 대답은 셰프가 원하던 것이 아니었다.

"그럴 리가 없어. 분명 그 자루에 들어있었던 건 질이 떨어지는 수입산 메밀이었을 텐데!"

그제야 해인은 콧방귀를 뀌며 자신이 요리에 사용한 메밀가루 포대를 아일랜드 위에 올려놓았다.

"여름 메밀은 개도 안 먹는다는 이야기가 있지요."

그녀는 오래된 속담을 인용하며 담담하게 메밀의 성질에 대해 이야기하기 시작했다.

"메밀은 초가을에 수확하는 작물이기 때문에 지금 시중에 도는 메밀은 모두 작년에 수확한 묵은 메밀일 수밖에 없어요. 아무리 관리를 잘했어도 지금 향이 좋은 국내산 메밀을 구하는 건 어렵죠."

"그래. 하지만 그건 수입산 메밀이라도 마찬가지잖아?"

"어머, 모르셨나요? 호주는 지금 초봄이랍니다."

"아…."

그녀의 지적에 셰프는 낮게 신음을 흘리며 메밀 포대의 상표를 뒤집어 보았다. 그곳에는 남십자자리가 박힌 호주의 국기가 그려져 있었다.

"지난가을에 수확한 국내산 메밀과는 달리 이번 봄에 수확한 호주산 메밀은 지금이 오히려 적기죠. 여름에 질 좋은 겨울 채소를 찾으려면 남반구의 작물을 구입하는 것도 좋은 방법이에요."

가게의 셰프는 어째서 자신이 그 생각을 떠올리지 못했는지 믿을 수가 없다는 표정으로 자신의 손을 내려다보고 있었다.

하지만 이는 어쩌면 당연한 일일지도 모른다. 평생 한곳에서만 살아온 셰프에게 여름이 덥다는 것은 개변할 수 없는 '당연한' 상식이다. 그렇기에 가을 채소는 여름에 구할 수 없다. 작년에 수확한 채소를 얼리거나 말려서 보존한다 하더라도 그 풍미는 현저히 떨어지게 된다.

…하지만 배를 타고 적도 아래로 내려가면 그동안 알고 있던 상식과는 전혀 다른, 새로운 자연이 나타난다. 무더운 겨울과 얼어붙는 여름. 평생을 한곳에서만 머무른 사람은 절대로 알 수 없는 새로운 세계가.

해인은 이 점을 지적하였다.

"당신은 훌륭한 요리사지만 견문이 너무 좁아요. 정해진 요리밖에 내놓지 못한다는 것은 '셰프'로서의 죽음을 의미합니다. 요리를 할 때는 시선을 넓게 펼치세요. 미식의 세계는 부엌 밖에도 무한히 펼쳐져 있답니다."

딸각.

셰프가 들고 있던 젓가락 한 쌍이 바닥에 떨어지며 요란스러운 소리를 냈다. 하지만 그는 개의치 않고 바로 무릎을 꿇은 채 해인에게 절을 올렸다.

"저를…"

이렇게 빨리 패배를 인정받을 줄은 몰랐는데. 하지만 뒤이어 그의 입에서 터져 나온 말은 더욱 의외의 것이었다.

"저를 제자로 받아 주십쇼!"

"...네?"

"제가 사람을 잘못 보았습니다. 그동안 고민해왔던 정체(停滯)가 이제야 풀렸습니다. 당신께 요리를 배울 수 있다면 단순한 파트 요리사라도… 아니, 잡무부터 시작해도 좋으니 부디 저를 제자로 받아주십쇼!"

셰프의 갑작스러운 고백에 사람들이 술렁거렸다. 해인도 그의 반응은 전혀 예상치 못했는지 당황하여 말을 더듬었다.

"아… 제자는 받지 않는 주의라고 할까나…"

"그럼 일하고 계신 부대의 이름만이라도 알려주십시오. 제가 나중에 꼭 찾아가 배움을 요청할 테니—"

"그것도 곤란한데…"

해인은 당혹스러운 표정을 지으며 손을 내저었다.

주방에서의 소동이 점차 커지자 홀 쪽에서 사람들이 몰려들기 시작했다. 나이가 지긋한 셰프가 머리 하나는 더 작아 보이는 여자아이에게 매달려 애걸복걸하는 모습이 진귀하다고 생각했는지, 개중에는 핸드폰을 꺼내 사진을 찍는 사람도 있었다.

으음, 주의를 끄는 것은 좋지 못한데….

나는 초조한 기분으로 주변을 살폈다. 해인은 인파의 한 가운데에서 영웅처럼 떠받들어지고 있었다. 기대치도 않은 상황에서 완벽한 요리를 선보였으니 당연하다면 당연한 일이지만 어쩐지 나는 **마뜩잖았다.** 가게의 셰프는 개선장군에게 경애를 바치는 종자처럼 해인에게 선망 어린 시선을 보내고 있었고, 그리고 해인도 어쩐지 그 시선이 싫지는 않았는지 의기양양한 표정으로 자신에게 쏟아지는 경애를 한껏 누리고 있었다.

하지만 그 모습을 보고 있노라니. 텁텁한 미숫가루를 물 없이 들이켜는 것처럼 속이 꽉 죄여 들었다.

나는 두 사람 사이에 끼어들어 해인의 손을 꽉 붙잡고 셰프를 밀쳐냈다. 갑자기 손을 잡은 탓에 놀랐는지 해인이 눈을 동그랗게 뜨고 나를 올려다보았다. 하지만 나는 개의치 않고 가게의 셰프를 노려보며 또박또박 질문을 던졌다.

"약속대로 음식값 안 내도 되는 거 맞죠?"

"물론. 그렇습니다만⋯"

셰프가 더듬거리며 말을 하는 것과 동시에 나는 해인의 어깨를 잡아끌며 그 자리에서 선언했다.

"그럼 먼저 가보겠습니다. **아내**와 보내야 할 시간을 더 방해받을 수는 없으니까요."

그리고 나는 다음 말을 기다리지 않고 바로 해인의 팔을 붙잡고 가게 밖으로 황급히 걸어 나왔다. 등 뒤에서 사람들의 따가운 시선이 내리꽂혔다.

'어째서 이렇게 초조한 기분이 드는 걸까?'

나도 내 속내를 알 수가 없어서, 나는 가게를 빠져나온 이후로도 한

동안 걷기만 했다. 결국 내게 손목을 붙잡힌 채 한동안 끌려가기만 하던 해인이 팔을 뿌리치며 볼멘소리를 하자 나는 그제야 멈춰 섰다.

"잠깐, 잠깐 손 좀 놔주세요! 팔 떨어지겠어요."

"아…."

"빨리 나가야 할 이유가 있었으면 슬쩍 말을 해주면 되지. 왜 그렇게 손목을 꽉 잡은 건가요?"

평소였더라면 미안하다는 말이 바로 튀어나왔을 것이다. 하지만 정작 내 입에서 튀어나온 것은 사과가 아닌 퉁명스러운 면박이었다.

"…즐거워 보이던데."

"오랜만에 제대로 실력발휘를 했으니까요. 셰프가 요리에서 즐거움을 찾는 것이 뭐가 이상한가요?"

지극히 당연한 소리였다. 매일같이 좁은 배 안에서 정해진 급식만 만들다가 오랜만에 제대로 된 요리를 만들 기회를 얻었으니 기분이 좋을 법도 했다. 하지만 어째서인지 나는 해인이 다른 사람들의 주의를 끌어모으는 것이 마음에 들지 않아 화를 내기 시작했다.

"아무리 그래도 그 행동은 너무 과했어. 루나도 아니고 네가 여기서 사고를 칠 줄이야. 다른 사람들이 다 너를 쳐다보는 거 알고 있었어? 특히나 네 요리를 먹은 그 셰프는 너한테 홀딱 빠져서 바다라도 건너올 기세던데—"

그냥 작전 중에 이목을 끄는 것은 좋지 못하다고 한마디만 했으면 되었을 텐데. 자꾸 구차한 이유가 붙어 끝내는 내가 하고도 무슨 소리인지 알기 어려운 말이 입에서 튀어나왔다.

"의무장."

내가 한참을 횡설수설하자 해인이 나를 빤히 쳐다보며 물었다.

"혹시 지금… 질투하고 계신 건가요?"

"그, 그럴 리가 없잖아!"

즉답으로 부인하긴 했지만, 나는 그제야 내가 왜 심통이 났는지 깨달았다.

나는 다른 남자들이 호의 섞인 표정으로 해인을 쳐다보는 게 싫었던 것이다. 여성만 가득한 배 안에 있다 보니 깨닫지 못했지만, 나 이외의 다른 남성이 흑심이 가득한 눈으로 해인을 쳐다보는 것을 보고 있노라니 어쩐지 마음이 답답해졌다. 그녀의 말대로 질투라면 질투에 가까운 감정일 것이다. 하지만 진짜 부부도 아닌데… 나는 어째서 질투를 하고 있었던 걸까?

나는 궁색한 어조로 변명처럼 핑계를 대며 말을 돌렸다.

"사람들이 몰려드니까 걱정이 되었던 것뿐이야. 다른 곳도 아닌 연방이니 혹시 나를 알아보는 사람이 있을지도 모르겠다는 생각이 들어서…."

하지만 해인은 여전히 대수롭지 않다는 투로 어깨를 으쓱거렸다.

"이 넓은 연방 땅에서 우연히 아는 사람을 마주칠 가능성이 그렇게 높겠어요? 설령 아는 사람을 마주친다 하더라도 상대는 당신을 알아보지 못할 거예요."

"그야 그렇지만…."

나는 말을 어물거리며 황급히 화제를 마무리 지으려 했다. 하지만 그때, 방금 해인이 한 말을 부정하기라도 하듯이 **누군가가 내 이름을 불렀다.**

"원일… 오빠?"

"어?"

갑작스럽게 생각지도 못한 상황에서 이름이 불린 탓에 나는 부정도 하지 못하고 그대로 고개를 돌려 상대를 쳐다보았다. 그리고 그 얼굴을 마주한 순간… 나는 그 자리에 바로 굳어버리고 말았다.

낯선 사람인 척, 모르는 사람인 척 시치미를 떼어야 한다는 생각이 머릿속으로 계속 흘러 지나갔지만, 몸은 생각대로 움직여주질 않았다. 손발이 떨리고 낮은 신음이 입에서 절로 배어 나왔다.

"아…"

"오빠, 맞지?"

상대가 다시 한번 확신에 찬 목소리로 물었다.

벌써 2년이 지났지만 저 목소리를, 저 얼굴을 어찌 잊겠는가. 나를 부른 그 여자아이는 다름 아닌—

"…오랜만이네."

"…생사도 알리지 않고 숨어 있다가 나타나서 여동생에게 한다는 말이 고작 그것뿐이야?"

나의 친여동생인 은혜였으니까.

"세상에."

해인이 옆에서 믿기지 않는다는 표정으로 입을 벌렸다.

4. 허니 토스트

고려 연방, 부산광역시
서면역 인근 카페

연방에 있었을 적의 나와 은혜의 사이는 좋다고 말할 수는 없었지만 그렇다고 나쁜 것도 아니었다.

정확히 말하면 대화가 거의 없었다. 학창 시절의 기억을 더듬어 보아도 "밥 먹었어?", "어디야?" 하는 단문 대화가 대부분이었고, 그나마도 문자 메시지로만 이루어졌다. 뭐, 대부분의 남매 관계가 그렇겠지만.

나는 은혜가 어딜 가서 무얼 하는지에 대해 조금도 관심이 없었고, 그건 은혜도 마찬가지였다. 하지만 그렇다고 해서 서로가 죽어도 눈 깜짝하지 않을 만큼 무미건조한 사이였다는 뜻은 아니었다. 만일 은혜가 불의의 사고로 죽기라도 했더라면 나는 다시 재기할 수 없을 정도로 깊은 마음의 상처를 입었을 것이다.

그런데 정작 은혜는 단순히 타지에 오랫동안 나가 있던 오빠를 오랜만에 본 것처럼 담담한 표정으로 나를 바라보고 있었다. 그동안 죽은 줄 알고 있었던 오빠를 대하는 태도라기엔 어딘가가 이상했다.

뭐… 원래부터 감정 표현에 인색한 아이이긴 했지만.

길거리에서 계속 이야기를 하는 것도 무엇 하여 나와 해인은 은혜를 데리고 근처의 카페로 들어왔다. 우리는 에스프레소 커피를, 그리고 은혜는 음료 대신 커다란 허니 토스트를 하나 시켰다. 진지한 분위기와는 어울리지 않는 음식이라고 생각했지만, 은혜는 개의치 않았는지 포크로 토스트를 묵묵히 잘라내 입으로 가져갔다.

우물우물… 홀짝.
불편한 분위기 속에서 나는 다시 커피를 한 모금 더 들이켰다. 무슨 이야기부터 꺼내야 하지? 어머니는 잘 지내고 계시려나? 아니지, 아들이 군에서 죽었다는데. 잘 지내고 계실 리가 만무하다. 그럼….
나와 은혜가 한동안 아무 말도 하지 않자, 오히려 해인이 초조한 표정으로 옆에서 손가락을 꼼지락거렸다. 무슨 말이라도 꺼내 보라는 투였다. 하지만 나는 끝내 이렇다 할 말을 찾지 못했고, 침묵을 먼저 깬 것은 은혜였다.
"…그래서."
허니 토스트를 반쯤 먹어치웠을 무렵. 은혜가 포크를 휘둘러 해인을 가리키며 담담한 어조로 물었다.
"이 여자는 누구야?"
"이 여자라니. 그리고 포크 끝으로 사람을 가리키지 마. 예의 없게시리."
은혜는 내 잔소리가 듣기 싫다는 듯 미간을 찌푸리며 질색하는 표정을 지었다. 그 태도에 무어라 주의를 줄까 싶었지만, 오랜만에 만나서 잔소리부터 늘어놓는 것도 아니다 싶어 나는 적당히 답을 둘러댔다.
"그냥… 직장 동료야."

물론 이곳에서 나와 해인은 작전상 부부 사이로 위장을 하고 있었지만, 오랜만에 만난 여동생에게 새언니가 생겼다는 거짓말까지 할 필요는 없겠다 싶어 나는 그렇게 답했다. 하지만 해인은 그 말에 무슨 충격을 받았는지 눈을 크게 뜨고 원망스레 나를 노려보았다.

…갑자기 왜? 부외자에게 작전과 다른 이야기를 털어놓았다고 화를 내고 있는 건가? 하지만 다른 사람도 아니고 여동생인데. 그 정도는 괜찮잖아?

내가 해인과 눈짓으로 대화를 나누는 사이, 은혜는 우리 두 사람을 번갈아 쳐다보고는 한숨을 푹 내쉬며 포크로 접시를 쿡쿡 찔렀다.

"직장, 구했구나."

"응. 어쩌다 보니."

그리고 은혜는 고개를 치켜들고, 감정의 편린이라고는 조금도 느껴지지 않는 무뚝뚝한 목소리로 물었다.

"직장을 구했다는 걸 보면 그동안 생사를 오락가락한 건 아닌가 보네. 그럼 왜 연락을 못 했던 거야? 바빴어?"

"아니, 그런 건 아니지만…."

"그럼 무슨 일이 있었어? 말을 할 수 없는 상태였어? 아니면 그 직장이 연락조차 할 수 없을 만큼 외진 곳에 있었던 거야? 사막 한가운데에서도 전화가 터지는 시대에?"

"그건… 그러니까…."

굳이 답하자면 후자가 정답이겠지만.

나는 갑자기 쏟아지는 은혜의 질문에 아무런 대답도 하지 못하고 벙어리처럼 입만 벙긋거렸다. 거짓말을 하는 데에 미숙하기 때문만은 아니었다. 눈앞에서 속사포처럼 질문을 늘어놓는 은혜의 모습을 보고 있노라니, 새삼 그녀가 '내가 아는 은혜가 맞나—' 싶을 정도로 낯설게 느껴졌기 때문이었다.

'은혜가 이렇게 수다스러웠던가?'

군에 들어가기 전에도 은혜와 이렇게 길게 말을 주고받은 적은 없었다. 한동안 내가 대꾸조차 하지 못하고 어벙한 표정으로 눈만 끔벅거리고 있노라니, 은혜가 혀를 차며 한숨을 푹 내쉬었다.

"…말하기 곤란하면 됐어."

순간, 나는 은혜의 눈동자에 아주 잠깐 동안 익숙한 빛이 스치고 지나가는 것을 보았다. 그것은 내가 말실수를 할 때마다 잿빛 10월의 수병들이 지어 보이던 경멸의 낯빛과 언뜻 비슷했다.

"…"

나는 그제야 은혜가 왜 이렇게 수다스러워졌는지 비로소 깨달았다. 은혜는 지금 단순히 안부를 묻는 게 아니었다. 화를 내고 있는 것이다.

돌이켜보면 지난 1년 동안 잿빛 10월에서 복무하면서 가족에게 연락할 기회는 한 번쯤은 있었을 것이다.

하지만 나는 두려움 때문에 그 기회를 외면해왔다. 나의 죽음을 가족들이 어떻게 받아들였을지 알기 두려워서, 나는 연락을 미룬 채 잿빛 10월의 일에만 몰두했었다. 그 때문에 은혜가 홀로 겪었을 괴로움을 생각하니 죄책감이 시나브로 밀려들었다.

"…미안."

"미안한 줄은 아는구나."

은혜가 한숨처럼 말을 뱉었다.

그녀의 말투는 여전히 무뚝뚝했지만, 말끝에는 원망이 옅게 배어 나오고 있었다. 공기 중을 가득 메운 침묵이 따끔따끔하고 뒤통수를 찔러왔다.

솔직한 마음으로는 여태까지 내가 겪었던 일들과 지금의 상황에 대해 죄다 털어놓고 싶었지만, 나는 차마 입을 열어 진실을 고백하지 못했다. 지금의 나와 해인은 연방의 주적으로 찍혀 공공연하게 쫓기고 있는 신세이기 때문이었다. 당장 사실을 털어놓으면 속은 후련할지 몰라도 자칫하다가는 우리뿐만 아니라 은혜까지도 위험에 빠질지 모른다.

대신 나는 억지 미소를 지어 보이며 변명 같지도 않은 변명을 조심스레 꺼내 밀었다.

"일부러 숨기려고 했던 건 아니었어. 하지만 지금은 말할 수 없는 사정이 있어. 이번 일이 끝나면… 아니, 조만간 꼭 다시 돌아와서 모든 걸 솔직하게 말할게. 그러니까—"

하지만 은혜는 여전히 냉담했다. 아니, 오히려 들을 가치도 없다는 것처럼, 그녀는 내 말을 싹둑 잘라냈다.

"필요 없어."

"…뭐라고?"

"필요 없다고. 솔직하게 털어놓을 필요도, 돌아올 필요도 없어. **오빠는 이미 죽었어.** 그걸로 끝났잖아? 내 인생에 더 이상 오빠 같은 건 필요 없어."

순간 망치로 머리를 얻어맞은 것처럼 눈앞이 아찔해졌다. 지금 은혜가 무어라고 한 거지? **이미 내가 죽었다고?**

그 말은 이상하리만큼 귀에 익었다.

그래, 일전에 마리아가 내게 들려주었던 비밀 통신에서 연방군 장교가 나를 버리며 했던 말과 같았다.

다른 사람도 아니고, 피를 나눈 친여동생이 그들과 같은 소리를 할 줄이야. 충격 때문인지 '오빠 같은 건 필요 없어─'라는 마지막 말이 메아리처럼 계속 귀에 맴돌았다.

다시 한번 은혜의 눈을 쳐다보았지만, 거짓말로 심술을 부리는 것처럼 보이지는 않았다. 은혜는 정말로 낯선 사람을 대하는 것처럼 냉담하게 나를 쳐다보고 있었다.

"…"

어쩐지 슬프다거나 화가 치밀지는 않았다.

다만 여동생이 어째서 나를 부인하는지만 알고 싶었다. 내가 아무런 반응도 보이질 않자, 나를 대신할 셈이었는지 해인이 발끈하며 앞으로 나섰다.

"잠깐, 말이 너무 심한 거 아닌가요? 아무리 섭섭한 일이 있었다지만 당신에게는 하나뿐인 형제인데!"

"…언니가 우리 가족에 대해 무얼 알아?"

"그건…."

퉁명스러운 반박에 해인이 대답을 주저하자, 은혜는 곧바로 말에 쐐기를 박았다.

"**아무것도** 모르면서 함부로 말하지 마."

아무것도─ 라는 말의 어감이 이상하게 귀에 감겨들었다.

한 집안의 장남이 죽고 벌써 2년에 가까운 세월이 흘렀으니 그동안 아무 일도 없었을 리가 만무하지만, 나는 은혜의 말투에서 그간 무슨 일이 있었음을 직감했다. 눈앞에서 친오빠를 부인하게 될 정도로 심경에 큰 충격을 가져다줄 만한 사건이.

"…그동안 무슨 일이 있었던 거야?"

"많은 일이 있었지."

은혜가 한숨을 내뱉듯이 답했다.

그리고 은혜는 잠시간의 침묵 끝에 어려운 고백을 하듯이 과거의 이야기를 풀어놓았다.

"사람이 죽었다는 사실을 인정하는 데에는 의외로 시간이 오래 걸리더라고."

내가 이 땅에 없었던 2년 동안의 일을.

"오빠가 남중국해에서 전사했을 때… 아니, 전사했다는 소식이 들려왔을 때까지만 하더라도 나는 실감을 할 수가 없었어. 어쩌면 오빠랑 오랫동안 떨어져 살아서 그랬을지도 몰라. 당장이라도 장례식이 끝나면 아무 일도 없었다는 듯 그 멍청한 표정으로 현관문을 열고 들어올 거라고 생각했어. 그래서 정작 슬픈 줄도 몰랐어.

…하지만 나와는 달리 다른 사람들은 너무 일찍 오빠의 죽음을 확정해버렸어. 아니, 오빠를 영웅으로 만들기 위해서는 그래야 했겠지."

"다른 사람들? 그리고 영웅이라니?"

내 얼빠진 반문에 은혜가 원망하듯이 나를 흘겨보았다.

"…오빠는 정말 아무것도 모르는구나."

틀린 소리도 아니었기에 화는 나지 않았다. 다만 내 존재를 부인했던 그 잠수함 함장이 내게 약속했던 그 '영웅'이라는 단어가 여동생의 입에서 다시 튀어나왔다는 사실이 어쩐지 불길하게 느껴졌다.

그리고 곧 그 우려는 현실로 다가왔다.

"오빠는 죽고 난 뒤에 연방의 영웅이 되었어. 무진함이 침몰한 이후로 한동안 TV를 틀면 어디서나 오빠의 얼굴을 볼 수 있었지. 중학교 졸업 사진부터 시작해서, 친한 친구의 인터뷰 자료까지… 어디서 그런 걸 다 구했는지 몰라."

은혜는 질린다는 표정으로 진저리를 치며 넋두리처럼 푸념했다.

"기자들은 나만 보면 오빠에 대한 추억을 말해달라고 떼를 썼어. 하지만 나는 아무 말도 할 수 없었어. 기자들이 원하는 그런 감동적인 사연도 없었을뿐더러… 어떻게 **죽지도 않은 사람**을 회고해?

하지만 기자들은 말을 고르려고 우물거리는 내 모습조차도 기어이 슬픔에 잠겨 어찌할 줄 모르는 가련한 여동생으로 편집해서 매스컴에 소개하더라. 그런 일을 몇 번 겪고 나니 밖에 나가는 것조차 싫어졌어."

은혜는 그동안 자신을 괴롭혀왔던 기자들에게 반론하는 것처럼 나를 가리키며 상기된 표정으로 소리쳤다.

"봐, 오빠는 이렇게 살아 있잖아. 내 말이 맞잖아! 그런데 사람들은 모두 오빠가 죽었다고… 아니 죽어야만 한다고 말하는 것 같았어! … 나는 그게 정말 싫었어."

상기된 감정은 금세 가라앉고, 여동생은 다시 아까처럼 담담하게 이야기를 이어가기 시작했다. 하지만 그 목소리는 어쩐지 미세하게 떨리고 있었다.

"사람들은 보고 싶은 것만 봐. 오빠의 죽음을 확정하자마자 사람들은 우리에게 원하는 가족상을 투영하기 시작했어.

'영웅을 키워낸 가정이니 애국심도 투철하겠지. 큰아들의 죽음을 결연하게 이겨내는 저 모습을 보라고!'

오빠는… 그 시선을 상상할 수 있어? 나의 모든 행동이, 나의 모든 발언이 오빠를 중심으로 돌아가기 시작했어. 나는 아직 오빠의 죽음을 인정하지도 않았는데, 우리는 가련한 유족의 흉내를 내야 했다고.”

이야기를 하면 할수록, 과거의 일을 상기하면 할수록.

은혜의 표정은 점차 괴로움으로 일그러져갔다.

“그 사실을 부인하려 하면 할수록 사람들은 우리를 이상하게 봤어. 친구들과 평범하게 이야기를 하고 싶어도, 그냥 TV를 보고 웃고 싶어도 사람들은 거기서 의미를 찾으려고 난리를 쳐. 아무도 나를 인간 이은혜로 봐주질 않아. 나는 지난 2년 동안 그저… 전쟁 영웅 이원일의 여동생으로서만 존재했었다고.”

2년. 입으로 그 단어를 되뇌니 새삼스러웠다.

매일 하루하루를 견디던 시절에는 퍽 긴 시간이라고 생각했는데. 지나고 보니 정말 순식간에 사라져 있었다.

“부산으로 이사하고 오빠의 잔상을 닦아내는 데 2년이 걸렸어. …그런데 지금에 와서 살아있었다고? 그것도 공연히 떠벌릴 수도 없는 수상쩍은 일을 하면서?

뭐, 최소한 매스컴은 좋아하겠네. 영웅의 탄생에 이어 몰락도 조명할 수 있을 테니까. 그럼 나는? 오빠, 내 인생은 어떻게 되는 거야?”

“나는….”

은혜의 질문에 나는 아무런 대답도 하지 못했다.

내 탓이 아니라고, 내가 원해서 선택한 길이 아니었다고 외치고 싶었지만, 가족에 대한 죄책감이 목을 꽉 틀어막은 탓에 도무지 소리를 낼 수가 없었다.

“나…는….”

내가 말을 잇지 못하고 꺽꺽대자 다시 해인이 나를 대신하여 화를 냈다.

"그건 원일 씨의 잘못이 아니잖아요!"

생각했던 것보다 목소리가 거칠다.

돌아보니 해인은 분한 표정으로 여동생을 노려보며 이를 악물고 있었다. 상식 밖의 악행을 저지른 악인을 대하는 것처럼.

"당신이 고통받지 않기 위해 당신의 오빠를 인정하지 않겠다고요? 그건 이기적인 생각이에요. 그가 얼마나 힘든 시기를 보냈는지 알지 못하면서—!"

"해인. 그만해."

나는 해인의 손을 잡아끌어 그녀를 말렸다.

그래, 확실히 은혜의 말은 이기적일지도 모른다.

하지만 지난번 마리아의 일을 통해서 나도 알게 되지 않았는가. 불특정 다수의 오해를 한 몸에 받는 것이 얼마나 괴로운 일인지. 그리고 사람들이 흥미를 위해서라면 얼마나 타인의 일에 추악하고 잔인해질 수 있는지.

잃어버린 일상을 되찾고자 하는 그 마음이 얼마나 간절한지 알고 있었기에… 나는 차마 여동생의 소망을 저버릴 수가 없었다.

은혜는 빈 접시를 내려다보며 혼잣말처럼 중얼거렸다.

"나는… 지쳤어. 엄마도 마찬가지야. 우리는 이제 일상을 되찾고 싶어. 그리고 이제 **우리의 일상에는 오빠가 없어.**"

착각이었을까.

나는 여동생이 작게 '미안'이라는 말을 읊조리는 것을 들었다. 하지만 고개를 들어 앞을 바라보니 여동생은 여전히 싸늘한 표정으로 나를 부인하고 있었다.

"그러니까 **당신**은 그 직장인가 뭔가 하는 곳에서 제멋대로 살아줘."

"…그래."

나는 목이 메는 것을 간신히 감춘 채 고개를 끄덕였다.

대답을 듣자 은혜는 만났을 때와 같은 무뚝뚝한 표정으로 가방을 챙겨 들고 카페를 빠져나갔다.

여동생이 시야에서 사라지자마자 나는 해인을 안심시키기 위해 억지로 미소를 지어 보였다.

생긋. 하지만 얼굴 위에 실제로 떠오른 것은 꽤나 이상한 표정이었는지 해인이 걱정스러운 표정으로 되물었다.

"…괜찮나요?"

"괜찮아."

대답과는 다르게 내 목소리는 불안하게 떨리고 있었다.

생각했던 것보다 나는 훨씬 더 나약했던 모양이다. 하지만 더 약한 모습을 보이고 싶지 않아 나는 고개를 숙인 채 호흡을 몰아쉬었다.

"정말 괜찮으니까… 잠깐만 이대로 있게 해줘."

"…"

해인이 말없이 등을 토닥여 주었다.

그녀의 손에서 느껴지는 온기 덕분에 나는 오열하는 일 없이 감정을 추스를 수 있었다.

나는 그렇게 여동생과 헤어졌다.

5. 건빵

-1-

평일 낮에 찾은 현충원은 참배객 한 사람 없이 적막하기만 했다. 사병 묘역에는 간간이 꽃을 주우러 온 노인들이 보이기도 했지만, 영현병들이 굳게 입구를 지키고 있는 장군 묘역 안쪽은 을씨년스러울 정도로 인기척이 없었다.

연방 해군 특전사령부의 박현준 **대령**은 묘역에 들어서자마자 담배를 꺼내 불을 붙였다. 곳곳에 금연 구역임을 알리는 표지판이 걸려 있었지만 대령은 개의치 않고 담배를 입에 문 채 앞으로 걸어갔다.

전쟁을 시작한 이후로 사병 묘소는 하루에도 수십 개씩 늘어나고 있었지만, 장군 묘역에 있는 묘소의 수는 10년 전에 찾아왔을 때와 비교해도 거의 변하지 않았다.

그 희소성 때문이었을까. 1평 남짓한 사병들의 묘와는 달리, 장군의 묘는 서로 봉분의 키를 견주기라도 하는 것처럼 높다랗게 자라나 있었다.

'다 무의미한 짓인 것을.'

현준은 가장 가까이에 있는 향로에 담뱃재를 털며 묘 앞의 비석을 하나씩 눈으로 훑었다.

　비석들은 대부분이 세워진 지 오래되어 때가 끼고 가장자리가 마모되어 있었지만, 말석에 위치한 비석 하나는 최근에 세워진 것인지 유난히 새것처럼 반짝거렸다.

　대령은 그 반짝거리는 묘비가 설치된 묘소를 향해 천천히 다가갔다. 변변찮은 화환 하나 놓여있지 않아서였을까, 길에서 조금 떨어진 곳에 위치한 그 묘소는 유난히 외로워 보였다.

　현준은 투박한 손으로 비석 위에 새겨진 글자를 조심스럽게 쓰다듬었다.

　[해군 준장 윤선호의 묘]
　"…이런."
　상석 위에 담뱃재가 떨어지는 것을 보고 나서야 현준은 자신이 아직도 입에 담배를 물고 있다는 사실을 알아차렸다. 그는 황급히 담배를 바닥에 내려놓고 구둣발로 비벼 불을 껐다.
　"흠, 흠흠!"
　그리고 헛기침을 두어 번 하고선 진지한 표정으로 묘소를 향해 경례를 올려붙인다.
　"잘 지내셨습니까, 선배님?"
　"…"
　당연한 일이겠지만 대답은 없었다.

하지만 대령은 눈앞에 있는 선배를 대하듯 자못 유쾌한 어조로 혼잣말을 늘어놓았다.

"상석 꼴이 썰렁하게 이게 뭡니까. 다른 제독들은 정치인이 보낸 화환이니 뭐니 해서 요란스러운데. 그러니까 평소에 훈련하는 만큼 정치에도 신경을 쓰라고 했잖습니까."

현준은 선배와의 일화를 반추하며 씁쓸하게 웃었다. 주변에서 '내키지 않더라도 진급길이 막히지 않으려면 정치인과 인맥을 쌓아둬야 한다—' 고 그렇게 조언해도, '군인은 정치에 관여해서는 안 된다'는 정론만 되풀이하던 선배였다.

그의 동기들은 그가 결코 별을 달지 못할 거라며 한심하게 여겼지만, 정작 그 기수에서 가장 빨리 별을 단 것은 윤선호 준장이었다.

"그래도 어떻게… 용케 별을 다셨군요."

차라리 달지 못했더라면 좋았으련만.

그가 차라리 배 한 척 지휘할 능력도 없는 무능한 선배였더라면, 그래서 그 전투에 나아가 학회의 배와 싸우지 않았더라면… 현준이 이곳에서 선배의 묘를 마주한 채 혼잣말을 할 일도 없었을 것이다.

아주 잠시간의 침묵 끝에 현준은 황급히 화제를 돌리려는 것처럼 옷깃의 계급장을 잡아당기며 짐짓 유쾌한 어조로 말했다.

"그보다 보이십니까, 선배님. 이 후배도 드디어 대령을 달았습니다. 전에 진급하면 술 한 잔 사겠다고 약속한 거 기억하십니까?"

그는 그렇게 말하고 가져온 꾸러미를 끌러 소주병과 건빵 봉지를 꺼내놓았다. 하나같이 시중에서 헐한 값에 구할 수 있는 싸구려 술과 안주였다.

누가 무어라고 하지도 않았는데, 현준은 괜히 켕기는 것이 있었는지 손사래를 치며 변명처럼 말을 늘어놓았다.

"…혹시 안주가 부실하다고 실망하신 겁니까? 거참, 옛날 사관학교 시절에는 다 이렇게 먹었잖습니까. 추억 떠올리면서 한 잔 하십시다."

현준은 종이컵 두 개에 소주를 사이좋게 나누어 따른 다음, 눈앞의 선배와 대작을 하듯이 술을 들이켰다. 그리고 안주로 입을 달랠 겸 건빵을 손으로 한 줌 집어 입에 털어 넣는다.

와득, 와드득….

현준은 한동안 건빵을 우악스럽게 씹어대다가 갑자기 우스운 일이라도 떠올랐는지 낮게 킬킬거렸다.

"역시… 안 어울려."

설탕을 잔뜩 넣어가 달착지근한 맛이 나는 건빵은 그 자체로 먹기에는 맛있을지는 몰라도, 술과는 전혀 어울리지 않았다. 더욱이 싸구려 소주에 곁들여 먹는 안주라 그랬을까. 씹고 나니 입 안에 텁텁한 무언가가 남아 뒷맛이 안 좋았다.

'이게 뭐 그리 맛있다고 좋아했었는지.'

지금에야 술이나 안주는 원하는 대로 먹을 수 있다지만, 주머니 사정이 궁했던 사관학교 시절에는 퍽퍽해서 안주발 세우기 어렵다는 이유로 증식용 건빵을 안주 삼아 소주를 홀짝이곤 했다. 형편없는 맛이었지만… 건빵을 안주 삼아 소주를 들이켜고 있노라니 사관학교에서의 추억이 시나브로 떠올랐다.

체력이 약한 동기를 대신하여 모래주머니를 하나 더 차고 서도까지

원양 수영을 하고 다녀온 일이라던가, 군기지도 시간에 선배와 작당하여 몰래 술을 마시다 훈육장교에게 걸려 호되게 혼났던 일이라던가….

하나같이 규율에 위배되는 일탈에 대한 기억뿐이었지만, 그래도 돌이켜 반추하면 행복한 시절이었다.

그때, 너부러진 건빵 사이에 놓인 조그마한 별사탕 봉지가 현준의 눈에 들어왔다. 단 것을 좋아하던 선배는 같이 건빵을 먹을 때면 '선배의 특권'이라며 별사탕을 독차지했던지라, 정작 현준은 이 한 줌도 되지 않는 사탕을 먹어볼 기회가 거의 없었다. 그는 장난스러운 미소를 지으며 별사탕 봉지를 향해 손을 내뻗었다.

"선배님은 그동안 많이 드셨을 테니, 이번에는 제가 가져가겠습니다—."

대령은 손을 뻗어 별사탕을 집으려 했지만 이상하게도 별사탕 봉지는 좀처럼 잡히지 않고 그의 투박한 손아귀 아래에서 계속 미끄러졌다. 다시 한번 손을 오므려 집으려 했지만, 역시 마찬가지였다. 별사탕 봉지는 기름이라도 발린 것처럼 그의 손에서 미끄러져 나갔다.

'귀신에라도 홀렸나.'

결국 현준은 별사탕 봉지를 밀어놓으며 푸념하듯이 툴툴거렸다.

"치사해라, 치사해. 후배한테 별사탕 하나 못 양보하십니까. 알겠습니다. 별사탕은 선배님 많이 잡수십시오. 저는 여태껏 그래왔듯이 건빵만으로 만족하겠습니다."

손을 가볍게 털고 손바닥을 내려다보니, 손가락 끝에 박힌 굳은살이 눈에 들어왔다. 최근에는 현장에 나가는 일이 드물어 전보다는 많이 무뎌지기는 했지만, 장기간의 특수전 훈련을 통해 단련된 그의 몸은 여전히 탄탄했다.

그러고 보면 그가 기억하고 있는 윤선호 준장은 군인이라고는 믿기지 않을 정도로 깡마르고 부실한 몸을 가지고 있었다. 좁디좁은 잠수함 내부에서 지내려면 운동은커녕 기지개를 켜는 것조차도 어려우니— 당연하다면 당연한 일이었다.

하지만 현준은 운동조차 제대로 하지 못하는 해군 승조원의 삶이 끔찍하다고 생각했다. 자신의 몸 하나 단련하지 못하면서 어찌 나라를 지키는 군인이라 자처할 수 있겠는가. 그래서 그는 장교로 임관하자마자 바로 특수전 과정에 자원했고, 최연소 특전 장교로서의 삶을 시작했다.

"저는 그동안 한 번도 SEAL의 일원이었던 것을 후회한 적이 없습니다."

SEAL로서 복무해 온 그의 나날들은 자긍심으로 가득 차 있었다. 그의 팀은 절대로 실패하는 법이 없었고, 그 어떠한 강력한 적이라도 무력화시킬 수 있다는 자신감이 있었다.

하지만 이번에는 달랐다.

"…그런데 연방을 위협하는 모든 존재를 격멸할 수 있다는 SEAL이 어째서 선배를 죽인 그 녀석들만큼은 어찌하지 못한다는 겁니까."

윤선호 준장의 잠수함 편대를 괴멸시킨 그 잿빛 10월이라는 함선은 아직도 동중국해의 바다 위에 있었다. 현준의 팀이 우수하고 뛰어난 기량을 갖추고 있다지만 연방에서 수백 마일 떨어진 바다 위의 배를 단독으로 공격할 방법은 없었다.

최소한 그 배가 기항하는 장소만이라도 알 수 있었다면 입항한 틈을 타 요원들을 항구에 투입시켰을 텐데… 하지만 몇 번을 다그쳐도 군 상층부는 잿빛 10월이라는 이름만 나오면 이상하리만큼 정보에 인색해졌다. 결국 현준은 1년이 넘는 시간 동안 아무것도 하지 못하고 장성들의 뒤치다꺼리나 하며 시간을 죽여야 했다.

"…제가 특수전 장교가 아니라 수상함 장교였더라면 녀석들을 해치울 기회가 있었을까요? 녀석들의 배가 불타고 가라앉는 꼴을 볼 수 있었을까요?"

대령은 분한 심정을 억누르며 입술을 깨물었다.

복수. 그는 복수가 하고 싶었다.

존경하는 선배를 살해하고, 이 나라를 혼란에 빠트린 그 적을 향해 직접 총구를 겨누고 싶었다.

하지만 현실은 여의치 않았고, 거리라는 제약 앞에서 그는 무력했다. 그저 대답 없는 묘를 지켜보며 공염불처럼 복수의 다짐만 반복할 뿐.

"언젠가 제게 녀석들을 단죄할 기회가 주어진다면… 놈들의 살을 씹고 피를 받아 선배의 묘 앞에 올리겠습니다. 이 원한을… 절대로 잊지 않을 겁니다."

그때, 등 뒤에서 웃음기를 가득 머금은 사내의 목소리가 들려왔다.

"그럼 지금 바로 실행해 보시는 건 어떠십니까?"

인기척은 없었다. 마치 **목소리가 먼저 생겨나고 이어서 몸이 나타난 듯한** 기묘한 울림이었다. 대령은 뒤도 돌아보지도 않은 채 상대를 짐작하여 거친 말을 쏟아냈다.

"…남의 조문을 엿듣다니, 체셔 고양이가 아니라 쥐새끼였나 보군."

고개를 돌려보니 고양이 같은 미소를 지은 채 서 있는 체셔 소령의 모습이 눈에 들어왔다. 뒤가 구리기로 소문난 제 4 과의 정보참모가 일부러 자신의 뒤를 밟아 쫓아왔다는 사실이 대령은 퍽 마뜩잖았다.

현준의 표정은 방금 전과는 달리 부모의 원수를 지켜보는 것 마냥 싸늘하게 식어 있었다. 어지간한 사람이라면 그 사나운 눈초리를 마주하는 것만으로도 오금을 저려 했으리라. 하지만 체셔는 현준이 살기등등한 눈으로 노려보는데도 특유의 독특한 미소를 유지한 채 능청을 떨었다.

"하하, 이거 실례했습니다. 하지만 이것도 저희 제 4 과의 일이라서 말이죠. …듣자 하니 그 잿빛 10월이라는 군함에 대해 궁금한 게 많으신가 봅니다."

체셔는 그가 감시의 대상자라는 것을 숨기지 않은 채 노골적으로 직구를 던져왔다. 현준은 그의 입에서 잿빛 10월의 이름이 튀어나온 것이 당혹스러웠지만, 짐짓 모른 체 시치미를 떼었다.

"연방의 주적에 대해 조사하는 것이 뭐가 잘못됐나?"

"그럴 리가요. 다만 너무 열의를 내신 나머지 **선을 넘으시지는 않을까** 우려했을 뿐입니다."

체셔의 그 말은 어쩐지 경고처럼 들렸다.

'더 이상 알려고 하지 마라.'
'선을 넘으면 우리가 무슨 행동을 할지 모른다.'

물론 특수전 요원으로 복무하여 이보다 더 노골적인 협박을 숱하게 들어온 현준에게 체셔의 경고는 조금도 두렵게 들리지 않았다. 하지만 그의 뒤에 누가 있는지를 생각하면 가볍게 무시할 만한 이야기도 아니었다.

출신이 불명확한 제 4 과의 요원들에게 직접 군적을 주고 신원을 보증해 준 사람은 다름 아닌 연방의 최고 지도자인 최천중 총통이었다.

그들의 행동이 이해하기 어렵고 상식에서 벗어난 것이라 하더라도, 총통이 뒤를 봐주고 있는 이상 그들을 거스르는 것은 곧 총통에게 거스르는 것과도 같았다. 장병들 앞에서는 서슬이 퍼런 장성들도 제 4과의 요원들 앞에서만큼은 총통에게 괜한 미운털이 박힐라, 걱정하여 어찌할 줄 몰라 했다.

'진급에 욕심이 있는 것은 아니지만⋯.'

복수를 꿈꾸고 있는 이상 총통에게 밉보여 좋을 일은 하나도 없다. 결국 현준은 혀를 차며 시선을 돌렸다.

"쳇."

대령이 살의가 가득한 눈으로 흘겨보는데도 체셔의 표정은 여전히 변함이 없었다. 조소도 희소(嬉笑)도 아닌, 여느 때와 같은 속내를 알 수 없는 미소.

히죽히죽.

그 미소를 보고 있노라니, 온몸에 벌레가 기어 다니는 것 같은 불쾌한 이물감이 느껴졌다. 어째서 저 사내의 미소는 저리도 불길한 심상을 자아내는 걸까. 불쾌감을 씻어내기 위해 현준은 바로 화제를 돌려 체셔가 아까 했던 말을 다시 입에 담았다.

"⋯그보다 '바로 실행해보라'는 게 무슨 소리지?"

별생각 없이 허튼 대답을 기대하고 던진 질문이었는데. 놀랍게도 체셔의 입에서 튀어나온 답은 현준의 의중을 꿰뚫는 것이었다.

"당연히 복수지요. 잿빛 10월을 향한 복수."

"···복수?"

"예. 확인해 보니 잿빛 10월의 승조원 중 하나가 몰래 부산항을 통해 밀입국을 한 모양이더군요. 대령님께는 **모처럼의 기회**가 아닙니까?"

"···"

현준은 할 말을 잃고 체셔를 쳐다보았다.

갑작스럽게 잿빛 10월에 대한 정보가 거론되어 놀란 것도 있었지만, 체셔가 직접 복수를 권하고 있는 이 상황 자체가 잘 이해가 가질 않았다.

조금 전까지는 선을 넘지 않을까 걱정된다며 허튼소리나 지껄이던 녀석이 이제 와서는 좋은 기회라며 적의 위치를 직접 알려주다니. 아무리 생각해도 함정이라는 생각밖에 들지 않았다.

"···선을 넘지 말라고 하지 않았었나?"

"그러니 직접 선을 그어 보여드리는 것입니다."

그리고 체셔는 부산의 거리에서 촬영된 한 장의 사진과 서류 파일을 내밀었다.

"이원일 일등병조— 잿빛 10월의 의무장으로 원 국적은 연방 출신입니다. 목적은 알 수 없으나 어제 아침에 부산항에 입국한 후, 줄곧 서면의 호텔에서 투숙하고 있습니다."

사진에 찍혀있는 것은 머리를 짧게 친 전형적인 연방인 사내의 모습이었다. 장시간의 여행으로 지쳤는지 그의 얼굴은 퍽 피곤해 보였는데, 그 때문인지 뱃일을 하는 수부라기보다는 과제에 지친 대학생 같은 인상이 표정에서 묻어났다.

그보다 이 원일이라는 사내의 얼굴은 이상하리만큼 현준에게 낯이 익었다. 흔한 인상도 아닌데, 이 얼굴을 어디에서 보았더라?

현준이 사진을 살피는 사이, 체셔는 계속 밉살스럽게 깐죽거리며 듣기 거북한 농담을 늘어놓았다.

"SEAL 팀이라면 관광객 하나 납치해서 실종처리 시키는 것도 어려운 일은 아니잖습니까? 부디 연방의 국익에 도움이 되는 정보를 얻으셨으면 좋겠군요."

"특수부대와 흥신소를 착각한 게 아닌가? 뒤가 구린 일을 하려는 거라면 개인적으로 내가 아는 업자를 소개시켜주지."

사납게 쏘아붙이기는 했지만, 대테러부대로서 테러 분자를 사전에 물색하여 **구금**하는 것도 대령이 이끄는 SEAL 팀이 하는 일 중 하나였다. 국가가 뒤를 봐준다는 것만 빼면 그의 말마따나 흥신소가 하는 일과 그리 큰 차이도 없었다.

"…아니. 사람을 질리게 만드는 일이라면 오히려 너희 제 4 과가 적임이 아닌가?"

사실 정보를 빼내는 일이라면 현준보다는 여기 있는 체셔가 더 적임자일 것이다.

상대를 무력으로 억박질러 추궁하는 게 고작인 현준에 비해, 체셔는 먹잇감을 물었다 하면 정말 보는 사람이 질릴 정도로 집요하게 상대를 궁지에 몰아넣어 정보를 빼앗아냈다. 상대가 위험한 격술이라도 익힌 전투의 달인이라면 또 모르겠지만, 사진에 찍힌 사내는 운동과는 거리가 먼 전형적인 책상물림처럼 보였다. 그럼 체셔가 직접 나서지 못할 이유가 어디에 있는가?

"과찬이십니다."

체서는 현준의 빈정거림을 진짜 칭찬으로 알아듣기라도 했는지 머리를 긁적이며 머쓱한 미소를 지어 보였다. 그의 얼굴에 떠오른 미소는 마치 순수한 호의로 가득 찬 것처럼 보였지만, 현준은 다년간의 경험을 통해 그가 절대로 이유 없이 친절을 베풀지 않는다는 사실을 잘 알고 있었다.

'단순한 우연이라고 치기엔 너무 형편이 좋군.'

먹기 좋게 잘 발라진 고기에는 독이 있는 법이다.

그런데 이 정보는 단순히 뼈를 발라낸 고기 정도가 아니라, 향신료를 담뿍 쳐 먹음직스럽게 구워낸 스테이크처럼 보였다. 절대로 **들개**에게 주어질 만한 음식이 아니었다.

유혹에 넘어가 미끼를 물어버린 들개들의 말로는 언제나 좋지 못했다. 현준 역시 평소였더라면 눈길조차 주지 않았겠지만… 오랫동안 복수를 꿈꿔왔던 그에게 체서가 가져온 이 정보는 너무나도 달콤해 보였다.

학회에 대한 정보는 극비 중의 극비였다. 지금 이때를 놓치면 언제 다시 기회가 돌아올지 알 수도 없다. 그가 미끼를 앞에 두고 망설이는 사이 다른 연방 수상함 세력이 잿빛 10월을 침몰시킬지도 모른다고 생각하니 대령은 짐짓 초조해졌다.

"…"

현준이 계속 대답 없이 그의 표정만 살피자 체서는 낯이 간지러웠는지 턱 끝을 긁적이며 눈썹을 치켜떴다.

"무슨 문제라도 있습니까?"

여전히 그의 표정에는 미소 이외의 감정이 드러나 있지 않았다. 수상

찍기는 하지만 지금은 이 제안을 받아들이는 수밖에 없다.

"…총통 각하는 무슨 생각이신지."

대답을 바라지 않고 지껄인 말이었건만, 이상하게도 답이 돌아왔다.

"아뇨. 이번 일에 총통 각하는 상관이 없습니다."

"…뭐라고?"

대령은 눈을 치켜뜬 채 그의 얼굴을 노려보았다.

아까까지의 장난스러운 태도는 온데간데없이, 체셔는 돌연 진지한 표정을 지은 채 현준을 쳐다보고 있었다. 그는 자신의 가슴을 가볍게 두들기며 강조하듯이 말을 덧붙였다.

"이건, 자의로 결정한 일입니다."

자의. 체셔의 목소리로 전해 듣는 그 단어는 이상하리만큼 이질적이었다. 왜냐하면 체셔는 자신의 의지를 가질 수 없는— 편리한 도구 같은 존재였기 때문이었다.

체셔를 포함한 정보부 제4과의 요원들이 그간 온갖 기행을 저질러왔음에도 불구하고 그들의 존재가 묵인되었던 까닭은, 총통이 뒤를 봐주고 있었기 때문이다. 다시 말해 총통이 뒤를 봐주지 않는다면 제4과의 요원들은 당장이라도 숙청되어도 이상하지 않은 조직이다.

그런데 지금 그 4과의 대표라 할 수 있는 체셔가 총통의 의지와는 무관하게 자신의 독단으로 일을 처리하겠노라고 선언했다. 현준이 듣기에 그 말은 '물고기가 앞으로는 물 밖에서만 살아가겠노라'고 선언한 것 마냥 이상하게 들렸다.

대령은 그의 진의를 정확히 떠보기 위해 재차 질문을 던졌다.

"그 말인즉… 총통께서도 네 녀석이 이런 일을 벌이고 있다는 것을 모르신다는 뜻인가?"

"예, 그렇습니다."

시원스러운 대답이 곧바로 돌아왔다.

거짓말을 하는 것처럼 보이지는 않았다.

…아니, 그 전에 거짓말을 하는 체셔의 표정이라는 것을 현준은 상상할 수가 없었다. 어쩌면 이 말을 하는 것까지 총통의 패에 쓰여 있을지도 모르겠다는 생각이 들자, 현준은 고민하는 것을 깨끗하게 포기했다.

'지금은 복수를 실현하는 것에만 집중하자.'

대령은 사진을 집어 안주머니에 구겨 넣으며 소령에게 짐짓 엄포를 놓았다.

"무슨 꿍꿍이를 부리고 있는지는 모르겠지만… 허튼수작을 부린다면 내 모든 수를 동원해서라도 네 녀석을 후회하게 만들어주마."

"아무렴 여부가 있겠습니까."

체셔는 희극을 연기하는 배우처럼 과장스럽게 인사를 하더니 잰걸음으로 묘역을 빠져나갔다.

대령은 그의 뒷모습을 눈으로 쫓다가 다시 선배의 묘를 내려다보았다.

체셔의 마지막 말이 신경 쓰여서 그랬을까. 아니면 잿빛 10월의 승조원이라는 그 사진 속의 사내가 너무 낯이 익었던 탓이었을까. 그렇게 고대하던 복수의 기회를 손에 넣었는데도 이상하게도 개운치가 않았다.

선배가 살아있었더라면 지금의 광경을 보고 무어라고 말했을까,

"…"

여전히 죽은 사람은 말이 없었다.

대령은 변명을 하듯 묘비를 향해 혼잣말을 내뱉었다.
"…저는 그저 제가 해야 할 일을 할 뿐입니다."

-2-

고려 연방, 경기도 파주시
임진강 하류의 폐허촌

과거 냉전 당시 DMZ - 비무장지대라 불렸던 이 일대는 수도에서 차로 30분밖에 걸리지 않는 가까운 거리에 위치하고 있었지만, 전후 복구 작업이 거의 이루어지지 않은 탓에 대부분의 마을이 아직도 황량한 폐촌으로 남아 있었다.

북방 관구의 개발에는 지원을 아끼지 않는 연방 정부가 정작 수도 근교인 이 일대를 방치하고 있는 까닭은 다름이 아니라 이 일대에 매설된 지뢰 때문이었다.

과거 냉전 당시 남북군은 서로가 전선을 넘어올 수 없도록 비무장지대에 많은 수의 지뢰를 매설하였는데, 내전이 발발하고 주민들이 소개된 이후로는 마을에까지 부비트랩이 설치되면서, 이 일대는 사람이 살 수 없는 죽음의 땅으로 여겨지게 되었다.

내전이 끝나고 대부분의 지뢰가 제거되었지만 사람들은 마을로 돌아오지 않았고, 이 일대는 여전히 인적 없는 폐허로 남아 있었다.

그 폐허의 한 가운데, 어울리지 않는 소녀가 마을을 가로지르고 있었다. 군복과는 어울리지 않는 자그마한 체구. 허리 아래까지 내려오는 긴 흑발과 그와 대비되는 새하얀 피부. 앳되어 보이는 인상을 더욱 천진하게 만들어 주는 동글동글한 뿔테 안경까지…

그녀는 정보부 제 4 과의 요원이자 해병수색 6중대의 '전' 군의관인 서보라 대위였다.

아직 폐허 속에 제거되지 않은 지뢰가 남아 있을지도 모르는데, 대위는 두렵지도 않은지 용감하게 이곳저곳 머리를 들이밀고 있었다. 아니, 오히려 그녀는 무언가 찾고 있는 물건이라도 있는지 의욕적으로 잔해를 들쑤시며 귀를 기울였다.

한참의 수색 끝에 대위가 마침내 도달한 곳은 마을 외진 곳에 위치한 커다란 콘크리트 건물이었다. 창문 하나 없이 단단한 회벽으로 둘러싸인 그 건물은 주거지라기보다는 벙커나 격납고 같은 군용 시설처럼 보였다. 다른 곳에 솟아있었더라면 분명 눈에 띄었겠지만 가장자리가 떨어져 나간 그 무채색의 직육면체는 살벌한 폐허촌의 풍경 속에서는 이상하리만큼 자연스럽게 어우러지고 있었다. 누군가 보았더라면 사람이 살고 있는 곳이라고는 절대로 생각지 않을법한, 그런 건물이었다.

하지만 대위는 건물 가까이 다가서자마자 벽에 머리를 기대고 귀를 기울였다. 멀리서 희미하게 팬이 돌아가는 소리가 들렸다. 내부의 환기 장치는 제대로 작동하고 있다. 고장 난 줄 알았던 주변의 폐쇄회로 카메라에도 어느새 전원이 들어와 있었다.

확신. 그녀는 이 안에 있다.

쾅, 쾅, 쾅!

대위는 건물에 달린 철문을 거칠게 두들기며 찾고 있는 상대의 이름을 큰 목소리로 불렀다.

"도마우스— 노올자—."

마치 친구 집에 놀러 온 어린아이마냥, 대위는 천진한 목소리로 계속 상대를 불렀다.

"안에 있는 거 다 알고 왔단 말이야. 노올자—."

쾅, 쾅, 쾅, 쾅, 쾅—.

문을 두들기는 소리가 점차 커져갔지만, 여전히 대답은 없었다. 손잡이를 찾아 잡아당겨 보려고 했지만 철문은 안쪽에서 용접된 것처럼 표면이 매끈했다. 결국 대위는 뾰로통한 표정을 지으며 허리에 손을 짚었다.

"좋아, 그렇게 나온단 말이지?"

그녀는 메고 있던 가방을 끌러 그 안에서 돌돌 말린 플라스틱 패널 하나를 꺼내 들었다. 그리고 패널을 문에 단단히 고정시킨 다음, 멀찍이 떨어져서 격발 장치를 당겼다.

치이이이익… 쾅!

코를 찌르는듯한 산화취와 함께 강렬한 섬광이 번쩍이더니, 곧 폭음과 함께 철문이 통째로 날아갔다.

잠시 후. 분진이 가라앉고 흉측하게 일그러진 철문의 잔해가 드러나자, 대위는 잔해를 대충 발로 걷어차며 건물 안으로 들어섰다.

"히이이익!"

역시나 예상대로라고 할까. 가장 안쪽에 위치한 방에 들어서니 그녀가 찾고 있던 상대— 도마우스 중위가 잔뜩 겁에 질린 채로 숨이 넘어갈 듯 비명을 지르고 있었다. 그녀는 조금 전의 폭발에 놀라 넘어졌는지 엉덩방아를 찧은 자세 그대로 양팔을 휘두르며 횡설수설했다.

"자, 자, 잠깐만요! 여기는 어떻게 찾으신 건가요? 그, 그보다 방금 그 폭발은 뭔가요!"

보라는 빈 격발 장치를 찰칵거리며 으쓱거렸다.

"육군의 신형 테르밋 접착 폭약이야! 폭발력이 굉장하지? 절단 부위도 생각했던 것보다 훨씬 깔끔한데… 사람한테도 쓸 수 있으려나?"

서 대위가 그렇게 말하며 격발 장치를 그녀의 얼굴 가까이에 가져다 대자, 도마우스는 총구라도 마주한 것처럼 외마디 비명을 지르며 애처롭게 호소했다.

"저, 저, 저, 저한테 왜 그러시는 거예요! 달라는 건 다 드렸잖아요! 저번의 일이 퍼져나가지 않도록 인터넷 통제도 제대로 하고 있고, 크래킹도 그만뒀는데…!"

도마우스가 진정할 기색을 보이질 않자 대위는 그녀를 위로하듯이 가까이 다가가, 머리를 매만져주며 은근하게 말을 걸었다.

"섭섭하게 왜 그래. 그냥 놀자는 것뿐이라고. 내가 온 게 그렇게 마음에 안 들어? 아니면… **체셔** 아저씨가 직접 오는 게 좋았으려나?"

보라의 입에서 '체셔'라는 단어가 튀어나오자마자 도마우스의 얼굴이 순식간에 보랏빛으로 물들었다. 그녀는 그 이름을 듣는 것만으로도 공포에 질려 숨도 쉬지 못한 채 연신 딸꾹질을 해댔다.

"…딸꾹."

누가 보더라도 그녀가 지금 말장난을 할 만한 상태가 아니라는 것은 분명했지만, 보라는 짐짓 시치미를 뗀 채 장난스러운 목소리로 계속 능청을 떨었다.

"뭐, 체셔 아저씨라면 이런 거창한 폭탄 같은 거 안 쓰고도 얼마든지 들어올 수 있으니까. 앞으로는 괜히 힘 빼지 마. 알았지?"

그녀의 말투는 마치 겁에 질린 상대를 위로하는 것 마냥 부드럽고 살가웠지만, 도마우스는 대위의 말에서 묘한 한기를 느꼈다.

그 말은 단순한 위안이나 농담이 아니었다. **마음만 먹으면 몇 번이고 너를 찾을 수 있으니, 더는 도망치려 들지 마라**— 는 경고의 메시지였다.

"…네."

도마우스는 억지로 딸꾹질을 참아 삼키며 연신 고개를 끄덕였다. 중위가 아까 전보다는 훨씬 협조적인 태도를 보이자 보라는 만족스러운 표정으로 이곳을 찾아온 진짜 본론을 꺼내 들었다.

"며칠 전에 아저씨한테 이런 걸 받았는데, 암호가 걸려 있어서 열어볼 수가 없더라고. 너라면 풀 수 있지?"

대위가 그 말과 함께 건네준 것은 데이터 기록에 쓰는 자그마한 SD 카드였다. 도마우스는 카드에 그려진 문양을 확인하자 눈을 크게 뜨며 반문했다.

"이건… 학회의 데이터인가요?"

조금 전까지는 겁에 질려 어찌할 줄 몰라 했으면서 새로운 정보를 보자마자 흥미를 감추지 못하는 그녀의 꼴을 보고 있노라니, 보라는 새삼 우스운 기분이 들었다. 너드(Nerd)들의 타고난 천성이 원래 이렇다고는 하지만 이렇게 호기심을 주체 못 하니 병사 앞에서 도형을 그리다 칼을 맞는 녀석이 나오는 것이다.

대위는 그녀의 어깨를 토닥이며 은근한 어조로 방금 했던 말을 되풀이했다.

"…풀 수 있지?"

"네, 넵! 잠시만 기다려주세요!"

다행스럽게도 도마우스는 보라의 의중을 제대로 이해했는지 토를 달지 않고 곧바로 카드를 해킹하기 시작했다.

도마우스가 일을 하는 사이 보라는 집의 내부를 한 바퀴 둘러보았다. 건물의 내부는 외부만큼이나 사람이 한동안 살았던 곳이라고는 믿기지 않을 정도로 생활감이 없었다. 최소한의 조리를 할 수 있는 조리대도 수도 시설도 방 안에는 보이지 않았다.

그 대신 식사 대용품으로 보이는 레토르트 캔이 구석에 그득히 쌓여 있었다. 보라는 그중에서 검은색 마름모가 빼곡히 그려진 캔 하나를 집어 허락도 없이 내용물을 입에 털어 넣었다.

은은한 감초 향과 함께 엄습해온 강렬한 짠맛은 괴식을 즐겨 먹는 보라에게도 꽤나 낯설게 느껴졌다. 보통 사람이었다면 그 단계에서 캔을 내려놓겠지만, 대위는 오히려 흥미롭다는 표정으로 살미아키를 다시 한 움큼 쥐어 들었다.

"좋네, 이 감초 사탕."

자신이 즐겨 먹는 것이라지만 고약한 맛이 나는 사탕을 아무렇지도 않게 씹어대는 보라를 보며 도마우스는 의심스러운 표정을 지었다.

"그게… 맛있으신가요?"

"맛은 중요하지 않아. 맛보다는 영양이 더 중요하지. 게다가 이 정도면 맛도 나쁘지 않은 편이야."

보라는 천연덕스러운 표정으로 입안에 남은 사탕을 마저 씹어 삼키며 도마우스의 등을 소리 나게 탁 두겼다.

"그보다 분석은 다 끝났어?"

"네, 넵!"

도마우스는 허둥거리며 카드 안에 들어있던 파일을 종이에 출력하여 대위에게 건네주었다. 전형적인 학술 논문의 형식으로 쓰인 그 문서에는 다음과 같은 제목이 붙어있었다.

   [대규모 질량전이 장치의 군사적 활용 및 통제방안]

"아하, 그때 말했던 질량전이 장치를 벌써 다 만들었구나!"

보라는 문서를 받아들자마자 크게 기뻐하며 정신없이 내용을 훑기 시작했다. 지나친 호기심이 독이 된다는 걸 잘 알면서도, 도마우스는 옆에서 곁눈질로 초록(抄錄)을 힐끔거리며 보라가 방금 한 말에 대해 되물었다.

"지, 질량 전이라뇨?"

"질량을 이동시킨다고. 말 그대로 순간 이동."

"하지만… 그런 게 가능할 리가 없어요. 몇 차례의 실험이 이루어졌다고는 하지만 선충 같은 단순 구조의 미생물을 상대로 했을 뿐이고, 군사적으로 사용하려면 앞으로 수십 년은 지나야… 힉, 죄송합니다!"

도마우스는 무의식중에 제 생각을 다시 한번 피력하다 보라가 눈길을 주자 소스라치게 놀라며 사과를 했다. 하지만 보라는 무슨 생각에서였는지 **그제야 알아차렸다는 투로** 무릎을 탁 쳤다.

"아, 그러고 보니 도마우스는 몰랐겠구나."

대위는 잠시 문서를 접어두고 생글생글 웃으며 도마우스에게 다가 갔다. 그 불길한 미소는 어쩐지 도마우스로 하여금 누군가를 떠올리게 했다.

그리고 곧 보라는 희극을 연기하는 배우처럼 손을 내뻗으며 문서와 는 전혀 상관없는 다른 이야기를 하기 시작했다.

"도마우스. 혹시 [필라델피아 실험]이라는 공상과학 영화 본 적 있어?"

"아뇨. 공상과학은 잘…."

"그 영화에서 보면 군함에 특수한 자기장을 발생시키려고 독(Dock)에 강력한 전력을 흘려보내는 장면이 나오거든. 그런데 실험이 실패하는 바 람에 군함은 순간이동하고 승조원들은 끔찍한 모습으로 배와 융합되어 버리게 돼."

보라는 즐거워서 어쩔 줄 모르겠다는 투로 영화의 줄거리를 담담하게 읊었다. 하지만 아직도 그녀의 의중을 읽지 못한 도마우스는 불안한 표 정으로 조심스럽게 반문했다.

"그 영화가… 이 파일과 무슨 관계가 있나요?"

"그게, 연방에서도 그런 실험을— 아니. 그런 **실패**를 겪어본 적이 있 었거든. 육군 소속 잠수정, 아라마루 호(號)에서 말이야."

육군과 잠수정.

나란히 쓰인 그 두 단어가 너무나도 이질적으로 들렸기에 도마우스는 자신의 귀를 의심했다.

"육군이 직접 잠수정을 운용했다고요?"

"응. 바보 같은 소리지? 그래도 당시에는 제법 그럴싸한 작전이라고 여겨졌었고, 예산도 나왔었나 봐."

보라는 비웃듯이 킬킬거리며 유쾌한 어조로 연방군이 과거에 저질렀던 아둔한 실패에 대해 말해주었다.

"선박 운용에는 노하우가 필요한지라 승조원 교육에 있어서는 해군의 도움을 받기도 했지만, 아라마루의 건조 자체는 순수하게 민간 기술로만 이루어졌어. 물론 그 때문에 결국 어뢰 한 발 제대로 쏘지 못하는 탐사정 같은 물건이 나오고 말았지만."

사공이 많으면 배가 산으로 간다는 말처럼, 간단한 한 가지 일도 여러 사람의 손을 타기 시작하면 쉬이 어그러지는 법이다. 신무기를 개발하는 일도 마찬가지다. 적국도 아닌데 같은 기술을 병행해서 따로 개발할 필요는 전혀 없었다.

하지만 당시의 육군은 공적을 가로채고 싶다는 알량한 욕망 때문에 해군을 배제하고 잠수정 개발이라는 중대한 프로젝트를 따로 진행하였다. 결국 인력과 자원은 두 배로 낭비되었고, 탄생한 결과물도 당초의 기대에 훨씬 못 미치는 실패작이 되고 말았다.

"하지만 전화위복이랄까. 그 쓸모없음 덕분에 육군의 잠수정은 통상 전투에 쓰이지 않고 가장 먼저 블루홀에 다가갈 기회를 얻게 되었어.

…물론 결과는 알다시피 꽝. 아라마루는 거대한 마엘스트롬(maelstrom, 큰 소용돌이)에 휩쓸려 난파되었고, 승조원들은 전원 사망한 채로 발견되었지."

그 사건은 도마우스도 이미 체셔에게 들어 알고 있었다. 육군 소속이었던 것까지는 몰랐지만, 동중국해에서 실종된 그 잠수정은 엉뚱하게도 지구 반대편인 포클랜드에서 발견되며 블루홀의 정체가 거대한 워프홀이었음을 증명하였다. 이후로 연방과 학회는 블루홀의 조사권을 두고 첨예하게 대립하였고, 지금에 이르러서는 전면전을 치르는 중이었다.

…여기까지는 도마우스도 알고 있는 사실이었다.

하지만 보라는 즐거운 기색으로 그 잠수정에 관한 이야기를 계속 늘어놓았다.

"워프홀을 지난 후유증 때문이었는지는 몰라도 발견되었을 당시의 승조원들은 그 '필라델피아 실험'의 연출과 똑같이 되어 있었어. 온몸이 토막 나서 벽에 붙어 있지를 않나, 젤리처럼 흐물흐물하게 변해서 바닥에 녹아있지를 않나… 정말 나만 보기 아까운 장관이었다고."

"저도 기록은 읽어봤습니다. 흡사 생지옥이 따로 없었던 모양이던데요."

보라의 정신병자 같은 소리에 적당히 맞장구를 쳐주면서도 도마우스는 여전히 그녀의 의중을 이해하지 못하고 있었다. 먼 옛날의 공상과학 영화를 떠올리게 하는 이 사건이 질량 전이 장치의 개발과 어떤 관계가 있단 말인가. 의아해하는 도마우스에게 보라는 의미심장한 어조로 그녀가 모르던 사실을 하나 던져주었다.

"그런데 말이야… 군 내부의 공식적인 기록과는 달리 실제로는 죽지 않은 승조원이 한 사람 있었다는 거 알고 있었어?"

"네?"

"살아남은 건 임관한 지 얼마 되지 않은 젊은 연락장교였어. 그는 그 지옥에서 홀로 사지 멀쩡하게 살아남은 것으로도 모자라 기묘한 초능력까지 얻게 되었지. 뭐든지 빨아들여 다른 곳으로 이동시키는 그 마엘스트롬을 닮은— **순간 이동 능력**을 말이야."

지난 대전의 참전자이자, 정확한 출신을 알 수 없으며, 순간 이동을 하는 것처럼 어디에나 신출귀몰 나타나는 남자… 도마우스가 아는 한 그런 사람은 단 한 명밖에 없었다.

생글생글.
동시에 섬뜩한 미소를 지은 사내의 얼굴이 도마우스의 뇌리를 스치고 지나갔다.
"설마, 그 사람은…."
도마우스가 답을 말하려던 찰나, 보라가 그녀의 말을 끊으며 짐짓 너스레를 떨었다.
"하하, 뭘 그렇게 진지하게 듣고 있는 거야. 당연히 농담이지. **순간이동 같은 초능력이 실제로 있을 리가 없잖아?** 게다가 학회는 연방과 싸우는 중인데, **연방군이 수집한 자료로 학회가 어떻게 연구를 진행하겠어?** 다 허튼소리일 뿐이야."

허튼소리.
도마우스가 제4과에 들어오기 전이었더라면. 아니, 그 일이 터지기 전이었더라면 그녀 역시 대위가 방금 한 말을 단순한 허튼소리라 여겼을 것이다.
하지만 그녀는 진실을 알아버렸다.
저 말도 안 되는 일들이 지금, 이 순간 실제로 벌어지고 있는 현실이라는 것을.
보라는 도마우스에게 다가오더니 천연덕스럽게 그녀의 가슴을 주무르며 콧노래를 흥얼거렸다.

"그런데 도마우스. 요새 인터넷을 보니까 그 허튼소리를 진짜라고 믿는 사람이 꽤 있는 모양이더라고. 이렇게 근거 없는 유언비어가 사회에 계속 퍼져나가면 큰일이잖아?"

자신보다 머리 하나는 더 작은 여자아이가 가슴을 희롱하는데도 도마우스는 아무 말도 하지 못했다. 그녀의 얼굴에 떠오른 미소가 꼭 누군가를 떠올리게 했기 때문이었다.

"그러니까, 이번에도 잘 부탁할게."

"…네."

도마우스가 간신히 숨을 쥐어짜내 대답을 내뱉자, 보라는 만족스럽게 고개를 끄덕이고 뒤로 물러났다.

잠시 후, 도마우스가 정신을 차리고 나니 방 안에는 아무도 없었다. 단지 휑하니 뚫린 철문과 바닥에 어지럽게 너부러진 집기만이 이곳에 불청객이 다녀갔다는 것을 증명하고 있었다. 너무나도 충격적인 일을 연달아 겪은 탓에 이 모든 것이 꿈처럼 여겨졌지만, 현실은 여전히 변하지 않았다.

"모두… 미쳤어. 정말 말도 안 돼."

도마우스 역시 입으로는 현실을 부정하고 있었지만, 보라가 남기고 간 현실의 말에서 벗어날 수는 없었다.

그녀는 의자에 앉아 키보드를 들고 여태까지 그래왔던 것처럼 자신의 일을 하기 시작했다.

6. 닭고기 수프

정신은 깨어 있는데 꿈을 꾸는 것처럼 시야가 몽롱하고 생각이 겉도는 때가 있다. 깊은 잠을 잘 때 찾아오는 꿈의 세계와는 달리, 각성 상태에서 마주하는 백일몽의 세계는 불확실한 감각으로만 가득했다. 통증이라기엔 감미롭고, 쾌락이라기엔 어딘가 불편한 이 감각.

지금 마주하고 있는 이 세계가 꿈이라면, 분명 이 꿈은 악몽의 범주에 들어갈 것이다. 나를 둘러싼 그 불확실한 무언가는 계속 나를 어두운 바닥으로 끌어 내리려 했다.

거부하고 아무리 발버둥을 쳐도 벗어날 수가 없었다.

…그러고 보면 전에도 비슷한 경험을 겪었던 적이 있다. 잿빛 10월에 의해 구조되기 직전, 나는 바다 속에 내던져져 해류에 몸을 맡긴 채 그대로 가라앉고 있었다. 그때의 나 역시도 거스를 수 없는 강력한 흐름에 의해 아래로, 아래로 가라앉고 있었다. 하지만 나는 끝내 살아남았다. 흐름을 거스르고 수면 위로 나를 건져낸 누군가가 있었기에.

'괜찮습니까? 호흡이 불편하거나, 어지럽지는 않나요?'

짙은 해무에 가려져 상대의 얼굴이 잘 보이질 않는다. 이 사람이 누구였더라? 나는 무엇을 하고 있었지? 생각이 거기에 이르렀을 무렵, 갑자기 어디선가 맑은 목소리가 들려왔다.

"…여보."

그 목소리가 나를 부른다는 걸 알아차리는 데에는 오랜 시간이 걸리지 않았다. 하지만 '여보'라는 호칭은 결혼한 상대를 부르는 말 일터. 나는 결혼을 한 적이 없는데, 이게 무슨 소리일까.

"…여보!"

다시 한번 울려 퍼지는 청아한 목소리. 아까와는 달리 그 음성에는 어쩐지 옅은 짜증이 배어있었다. 그보다 이 목소리, 어딘가 익숙한데…. 오래 생각을 할 틈도 없이 그 의문은 곧바로 해소되었다.

"이원일 일조!"

"…어, 어? 나 불렀어?"

갑자기 관등성명을 불리자 정신이 팟- 하고 제 상태로 돌아왔다. 눈을 뜨고 옆을 돌아보니 해인이 얼굴을 붉힌 채 나를 원망스레 노려보고 있었다.

"벌써 세 차례나 불렀습니다. 언제까지 사람을 부끄럽게 하실 겁니까?"

"아아, 미안."

방금 전까지 나를 여보라고 불렀던 사람은 다름 아닌 해인인 모양이었다. 그제야 주변 환경이 눈에 들어오며 현재 상황이 이해가 가기 시작했다. 나와 해인은 함장의 명령을 받고 학회의 신무기를 전달하기 위해 부부로 위장하여 연방에 잠입한 상태였다. 그리고 오늘은 본 목적이라 할 수 있는 연방의 브로커를 접선하기 위해 감천항 인근에 위치한 외진 접선장소로 이동하던 중이었다.

열차에 타서 의자에 앉은 것까지는 기억이 나는데… 그사이에 깜박 잠이 든 모양이었다.

"하으…. 귀에 익지 않은 호칭이라."

"저도 입에 익지 않습니다. 그렇다고 계속 직책을 부를 수도 없잖습니까."

나는 하품을 하며 궁색한 어투로 변명을 했지만, 해인은 부끄러운 호칭을 연달아 부른 것이 아직도 민망스러웠는지 입을 비죽 내밀고 툴툴거렸다.

하지만 그것도 잠시, 곧 해인은 걱정스러운 표정으로 내 안색을 살피며 상태를 염려해주었다.

"간밤에 잠을 충분히 이루지 못했나요?"

"…응."

잠자리가 바뀐 탓일까, 오랜만에 육상의 침대에서 잠을 청하려니 이상하리만큼 잠이 오지 않았다. 육상의 침실과 비교하면 해상의 침실은 언제나 시끄러운 소음으로 가득 차 있었다.

엔진이 내는 요란한 시동 소리, 배관을 타고 해수가 흘러가는 소리, 현측에 부딪힌 파도가 깨져나가는 소리…. 지난 수년간 나는 이런 소음들 속에서 잠을 청해 왔었다.

그런데 정작 육지에 나와 소음 하나 없는 정적 속에서 잠을 청하려 하니, 오히려 신경이 예민해져 잠이 오지 않게 되어 버렸다. 정적은 기억을 더듬어 낮에 들었던 소리를 침실에 불러내었고, 나는 밤새도록 여동생이 했던 말을 곱씹으며 잠을 설쳤다.

'오빠는 이미 죽었어.'

'내 인생에 더 이상 오빠 같은 건 필요 없어.'

　입 밖으로 소리 내어 말하지도 않았는데, 해인은 눈치 빠르게도 내가 무슨 일로 고민하고 있는지 속내를 알아차리고 선수를 쳤다.
　"혹시 어제 여동생에게 들은 그 말 때문입니까?"
　"…응."
　해인은 애써 웃어 보이려다가 다시 미소를 감추고 슬픈 표정을 지으며 나를 토닥여 주었다.
　"어제 일은 유감입니다만… 너무 마음 쓰지 마십시오. 여동생도 진심으로 한 소리는 아닐 겁니다."
　"…고마워."
　나는 해인의 위로에 진심으로 감사를 표하며 그녀의 손길에 머리를 맡겼다. 머리를 쓰다듬는 따스한 손끝의 감촉이 기분 좋게 몸에 스며들었다. 나를 진심으로 걱정해주는 누군가가 있다는 것이 지금처럼 위안이 되는 때도 없었다. 가족과 국가라는 거대한 버팀목을 잃은, 완벽한 이방인이자 외부인인 나를 지지해줄 수 있는 사람이 아직도 남아 있다니. 안도와 동시에 일말의 생경감이 느껴지기도 했지만… 그러고 보면 연방을 떠나 학회를 택했을 때부터 나는 이미 각오를 하고 있지 않았는가. 내가 돌아갈 곳은 가족의 품이 아닌 잿빛 10월이라는 것을.
　어쩌면 오랜만에 고향에 돌아와 향수에 취한 탓에 각오가 물러졌을지도 모르겠다.

　그 사이 해인은 자신이 한 말 중에서 무언가 걸리는 것이라도 있었는지 눈을 내리깔며 혼잣말처럼 중얼거렸다.

"그렇다고는 하지만… 저는 심한 소리를 했던 것일지도 모릅니다."

"심한 소리?"

내 반문에 해인은 쓴웃음을 지으며 어제 카페에서 있었던 소동을 입에 담았다.

"제가 어제 은혜 양에게 '말이 너무 심한 게 아니냐—'고 물었을 때, 그녀가 했던 말을 기억하시나요?"

"그건….'

내가 바로 대답을 하지 못하자 해인은 약간의 뜸을 두고 어제 은혜가 했던 말을 어투 그대로 읊었다.

"아무것도 모르면서 함부로 말하지 마."

"방금 한 말을 그대로 읊는 것 같아서 민망스럽지만… 은혜도 진심으로 한 소리는 아닐 거야."

여동생의 흉을 걱정하는 나를 안심시키려 했는지 해인은 아무것도 아니라는 것처럼 웃으며 손을 내저었다.

"틀린 말도 아닙니다. 저는 당신의 가족에 대해 아무것도 모르니까요. …아니, 애초에 저는 가족이라는 개념에 대해 잘 알지 못합니다."

그녀의 말에 새삼 떠올린 사실이지만 해인은 전쟁고아 출신으로 철이 들었을 적부터 혼자였다고 했다. 그래서 자신도 모르게 현실의 가족 관계에 환상을 갖고 있었노라고, 그녀는 말했다.

"저는 부모에 대한 기억이 없습니다. 형제나 자매가 있었던 적도 없었지요. 그래서 저는 '가족'이라는 개념에 대해 환상을 갖게 되었습니다. 만약 내게 생사를 알 수 있는 형제자매가 있었더라면 분명 이러한 모습을 하고 있었을 거라고… 제멋대로 이상의 관계를 만들어 그걸 당신과 당신의 여동생에게 씌우려 했던 것이지요."

하지만 어제 마주했듯이 현실의 남매란 드라마나 영화 속의 상냥한 모습과는 달리, 피가 이어져 있다는 사실만 제하면 거의 남남에 가까운 관계일 뿐이다. 나도 해인도 사회를 알기엔 너무 어렸던 모양이다.

"현실의 관계란 그렇게 단순하지 않군요."

"그러네."

엄밀히 말하자면 지금 내가 처한 상황도 평범하진 않긴 하지만… 그래도 지나간 관계에 집착하는 것은 좋지 못하다. 이미 수차례의 전투를 통해 배우지 않았던가. 지금의 내게 가장 소중한 것은 당장의 나를 위로하고 격려해주는 사람들과의 관계이다.

해인도 비슷한 생각을 했는지 그녀는 내 어깨에 몸을 기대며 꿈결 같은 목소리로 낮게 중얼거렸다.

"하지만 지금 당신과 함께 하는 이 순간의 관계는 환상이 아닌 현실이니까…."

"…."

문득, 주변 사람들의 시선을 깨닫자 얼굴이 뜨겁게 달아올랐다. 몇몇 사람들은 닭살 커플인가― 하는 투의 표정으로 이쪽을 흘겨보고 있었고, 또 다른 사람들은 쿡쿡 웃음을 터트리며 의도적으로 시선을 피하고 있었다. 아무리 부부 흉내를 내야 했다지만, 너무 과했던 거 아니야?

"아, 그게… 그, 그러니까…."

해인도 방금 했던 말이 얼마나 부끄러운 것인지 깨달았는지 당황해하며 말을 더듬었다. 그때, 타이밍 좋게 목적지에 도착했음을 알리는 기내 방송이 흘러나왔다.

[이번 역은 괴정, 괴정역입니다. 내리실 문은 오른쪽입니다.]

"목적지에 다 왔습니다. 다음 역에서 내리시지요."

"어, 어… 그래."

민망한 듯 재촉하는 해인에게 떠밀려 나는 들고 온 슈트케이스를 단단히 움켜쥐며 자리에서 일어섰다.

덜컥. 도시 하나는 족히 무력화시킬 수 있다는 정체 모를 신무기의 무게가 손에 실리자 그제야 비로소 잠에서 완전히 깨어났다는 실감이 들었다.

나는 가볍게 뺨을 두들기며 각오를 다졌다.

'그래, 나는 이곳에 놀러 온 것도, 신혼여행을 즐기러 온 것도 아니지. 정신 차리자.'

지난 일을 아쉬워하며 상념에 잠기는 것도 당분간은 안녕이다. 왜냐하면 지금부터 벌어질 일들은 꿈과 같은 달콤한 환상이 아닌, 살벌한 현실이니까.

...

부산 남서부에 있는 감천항은 주로 화물과 수산물이 드나드는 다목적항으로, 관광객으로 늘 붐비는 북항에 비하면 다소 황량한 느낌이 나는 작은 항구다.

애초에 보조항으로 쓰일 만큼 물동량이 많지도 않았던 데다가, 지난해 연방과 러시아의 관계가 악화되며 무역량이 크게 줄어든 탓에 러시아인 대상의 펍이 줄줄이 폐업하며 인적이 뜸해진 감천항로는 이제 을씨년스러운 느낌까지 주고 있었다. 이런 사정 때문에 평범한 관광객이라면 절대로 가까이 올 일이 없는 곳이겠지만… 사람을 물리고 싶은 브로커들에게는 이만한 접선지도 없으리라.

우리가 만나기로 한 브로커들이 제시한 접선 시간까지는 아직 한 식경 정도나 남아 있었지만, 역에서 내려 항로를 따라 문 닫힌 출하 공장들을 어슬렁거리고 있노라니 문득 한 무리의 남성들이 눈에 들어왔다. 꾀죄죄한 점퍼를 걸치고 머리를 짧게 친 중년의 남성들. 일견 일자리를 찾아 항구 주위를 어슬렁거리는 일용직 노동자처럼 보이기도 했지만 애초에 물동량이 사라진 항구에 일용직 노동자가 있을 리도 만무하다. 그 말인즉… 이들도 우리와 같은 떳떳하지 못한 존재이리라.

그들은 나와 해인의 존재를 알아차리자마자 얼굴을 찌푸리며 다가와 손을 저어 쫓으려 했다.

"관광객인가? 여기는 제한 구역이다. 관광 명소 같은 건 없으니 밀회를 즐기러 온 게 아니면 돌아가는 게 좋을 거야."

"죄송합니다. **요리에 쓸 기름이 다 떨어져서.**"

사전에 함장에게 전해 들은 암호문을 읊자 사내의 눈빛이 바뀌었다. 그는 곧 사분한 미소를 지어 보이며 나와 마찬가지로 동문서답의 대답을 했다.

"그런 거라면 남항의 급유선을 찾아갔어야지."

그리고 그는 기다렸다는 듯 손을 내밀어 악수를 청했다. 사내는 거칠게 내 손을 위아래로 잡아 흔들며 나를 훑어보았다.

"생각보다 일찍 왔군. 얼빠진 모습에 영락없이 길을 잃은 관광객이라고 생각했지."

"들키지 않도록 만전을 기하다 보니."

일부러 의도해서 이런 얼빠진 모습을 택한 건 아니었지만⋯ 의심스러운 사람처럼 보이지는 않았다니, 나로서는 내심 다행이라는 생각이 들었다. 하지만 어째서인지 해인은 기분이 상했는지 뾰로통한 표정으로 사내를 가볍게 노려보았다. 바보 취급한다고 생각해서 화가 난 건가?

하지만 그 시선을 눈치채지 못했는지, 아니면 일부러 못 본 체하는 건지. 사내는 해인에게는 눈길도 주지 않고 계속 나에게 질문을 던져 왔다.

"함대 사령부의 요원이 직접 온다고 들었는데, 연방어가 능숙하군. 연방 출신인가?"

"예, 일단은 그렇습니다."

연방 출신이라는 말을 듣자마자 사내의 눈이 가늘게 찢어지며 얼굴에 묘한 웃음기가 떠올랐다. 모처럼 타지에서 연방을 전복시키려 하는 사상적 동지를 만나 반가워하는 걸까. 그는 흥미롭다는 표정으로 이런저런 질문을 던져왔다.

"연방 출신이 학회에 입회한 걸 보면 여러 가지 사정이 있었던 모양이군. 안 그래? 어지간한 각오로 연방인이 학회에 입대할 리는 없으니까 말이야."

⋯이상하게 말이 많다.

평범한 브로커라면 빨리 물건을 챙겨 이 장소를 떠나고 싶어 할 텐데. 그는 마실이라도 나온 옆집 아저씨 마냥 계속 느긋하게 잡담을 건네 왔다. 그런 그의 태도가 나는 어쩐지 마뜩잖았다.

"그건 이번 거래에 필요한 정보입니까?"

내가 다소 야박하게 말을 끊자 사내는 머쓱한 기분이 들었는지 턱을 긁적이며 인상을 찌푸렸다.

"흐음… 아니. 그냥 내 개인적인 의문 때문에 그랬을 뿐이네. 자네 말대로 **일을 하는 데**에는 조금도 필요 없지."

그는 나와 하는 거래를 '일'이라고 표현했다. 어찌 생각하면 그에게는 이번 거래도 단순한 사무일지도 모르지만, 그의 태도에는 묘하게 진지함에 부족했다. 물론 나 역시도 테러리스트나 브로커를 만나는 것은 처음이기 때문에 무어라 뾰족하게 확답을 내릴 수는 없었지만… 그래도 찜찜한 기분은 여전히 가시지를 않았다.

"……"

그때, 문득 우리가 걸어온 반대쪽 방향에서 사람의 인기척이 느껴졌다. 이 을씨년스러운 장소를 찾는 사람이 우리 말고도 있었나 보다. 새삼 둘러보니 지금 대화를 나누고 있는 이 도로 한복판은 볕이 쨍하게 드는 게 은밀한 이야기를 나누기에는 적합하지 않아 보였다. 마침 사내도 같은 생각을 했는지 그는 가의 골목길로 우리를 부르며 먼저 발을 옮겼다.

"인적이 드물다고는 하지만 보는 눈이 있을지도 모르니 일단 자리를 옮기지."

"예, 그러죠."

그는 걸어가는 중에도 내가 들고 있는 브리프 케이스에 눈길을 고정한 채 계속 허튼 잡담을 걸어왔다.

"물건은 제대로 가져왔겠지?"

"물론입니다."

"자네가 가져온 물건이 어떤 물건일지 벌써부터 기대가 되는군. 학회가 야심 차게 개발한 비밀 무기라면 분명 그 위력도 어마어마할 테지."

나는 고개를 끄덕여 그의 말에 동의를 하려다 그냥 솔직하게 내가 아는 바를 답하기로 했다.

"…저는 이 안에 든 물건이 무엇인지 모릅니다."

"그런가? 그건 나도 마찬가지라네."

"네?"

나는 놀라 사내를 쳐다보며 반문했다. 나 역시도 카밀라 함장으로부터 도시 하나는 가볍게 파괴할 수 있는 무기가 들어있다는 언질을 듣기는 했지만… 이 안에 들어있는 것이 사제 폭탄인지, 생화학 무기인지 정체를 모르는 건 마찬가지였다. 그런데 거래를 하는 당사자들이 거래품의 정체를 모른다면 정작 케이스 안에 벽돌이 들어있어도 설명할 방법이 없질 않은가.

"뭐, 말단이 하는 일이 다 그런 법이지. 크크…"

하지만 사내는 여전히 천하태평이었다. 계속 수상쩍다는 생각이 들기는 했지만, 애초에 나도 브로커 일을 해보는 건 처음인 데다가, 해인도 별말이 없었기에 나는 우선 사내를 계속 따라가기로 했다.

잠시 후, 사내가 볕이 거의 들지 않는 골목 깊숙한 곳에서 멈춰 섰다. 나는 보는 눈이 없는 것을 확인하자 곧바로 사내에게 브리프 케이스를 건넸다.

"자, 여기 물건을 넘겨드리겠습니다. 약속하신 계좌로 대금을 보내주시면 바로 확인해 보겠습니다."

"음…"

하지만 그는 케이스를 받아들고도 한동안 무어가 불편한지 버르적거리며 대답을 미루었다. 한참의 침묵 끝에 사내가 다시 내게 케이스를 건네주며 말했다.

"역시 계약을 성사시키기 전에 물건을 확인해 보고 싶은데. 직접 케이스를 열어주지 않겠나?"

사내는 자연스럽게 내게 잠금 장치를 풀어달라고 했지만… 여전히 나는 그가 무슨 소리를 하는지 이해할 수가 없었다.

"케이스는 그쪽에서 열어주셔야 하는 게 아닙니까?"

"그게 무슨 소리지?"

"무슨 소리라뇨. 분명 함장님께서 말씀하시기를 케이스를 여는 패스워드는 조직에 따로 전달되었다고…"

그 말을 들은 사내의 표정에 당혹감이 떠올랐다. 그리고 곧이어 낭패감이, 그리고 끝에는… 조소가 떠올랐다.

"하하, 하하하!"

사내가 실성한 것처럼 마구 웃기 시작했다. 갑작스러운 사내의 변화에 나와 해인은 주위를 경계하며 뒤로 발걸음을 물렸다.

"갑자기 왜 그러십니까?"

"그렇군. 그랬어…. 그래서 마지막까지 원하는 걸 얻지 못할 거라고 했던 거였군. 귀찮은 녀석."

사내는 그렇게 혼잣말을 중얼거리더니 옆에 놓인 더러운 쓰레기통을 걷어차 흔들었다. 덜컹, 하는 소리와 함께 쓰레기통이 기울어지더니 안에서 사람의 형체를 한 무언가가 굴러 나왔다.

"…!"

쓰레기통 안에서 나온 건 입가의 피가 채 마르지 않은, 죽은 지 얼마

되어 보이지 않는 성인 남성의 시체였다. 그의 혼잣말로 미루어볼 때 아마도 이 남성이 우리가 원래 만나기로 했던 조직의 브로커겠지. 그렇다면 지금 우리 앞에 있는 이 사내는….

나는 해인을 내 등 뒤로 물리며 사내를 노려보았다.

"당신은… 누구죠?"

사내는 이제 속내를 감출 생각도 없는지, 짜증스러운 표정으로 옷깃을 풀어헤치며 내게 천천히 다가왔다.

"내가 누구냐고? 보고도 모르겠나? 너희 같은 비국민 녀석들 잡아 죽이는 애국자지. 연방 같은 지상 낙원을 두고도 만족하지 못하는 너희 같은 놈들은 정말 이해가 가질 않아서… 가끔은 골통을 열어보고 싶단 말이야."

그는 관자놀이를 손가락 끝으로 툭툭 두들기며 살벌하게 웃었다. 어쩐지 그 농담이 농담처럼 들리지가 않아서 등골이 서늘해졌다. 뒤에서 해인이 숨을 삼키며 작은 목소리로 말을 걸어왔다.

"…계획이 들통 난 모양이로군요."

"그러게. 연방 정부가 이렇게 빨리 움직일 줄이야. 도대체 어디서 비밀이 새어나간 거지?"

우리의 의문에 답하듯 사내가 다시 손가락을 들어 머리를 가리켰다.

"비밀이 새고 자시고 **너희 대빵**이 직접 부탁하던걸. **열심히 가꾼 화단을 제멋대로 망치는 벌레**를 대신해서 좀 박멸해달라고 말이야."

"학회의 수뇌부가 직접…?"

"왜, 자신이 직접 당해보니 놀랐나? 배신으로 흥한 자는 배신으로 망하느니ー. 배신자의 말로는 언제나 이런 법이지."

사내는 내가 절망에 빠진 줄 알고 한껏 조롱을 늘어놓고 있었지만,

내 머릿속은 오히려 오랫동안 풀리지 않았던 문제가 풀린 것처럼 말끔하게 개어 있었다.

　"…의무장을 믿으십니까?"
　"음, 그게 정보가 새어나간 모양이야."
　"배에 들어오게 된 경위조차 불분명한 조난자에 비하면 훨씬 믿을 수 있는 사람이지."

　그동안 함 행동의 중요한 순간마다 잿빛 10월의 정보는 외부로 유출되어 승조원들을 위험에 빠트렸다. 그 때문에 철저한 이방인이었던 나는 끊임없이 의심을 받고 곤욕을 치렀었다. 하지만 그 정보를 유출한 당사자가, 잿빛 10월의 이레귤러인 나를 제거하고 싶어 하는 학회의 높으신 분들이라면…
　빠져 있던 퍼즐 조각이 제자리를 찾아가며 머리가 깨끗하게 정리되기 시작했다. 학회 수뇌부와 연방이 내통하고 있다면 지금 위험한 건 우리뿐만이 아니다. 잿빛 10월의 승조원들도 위험에 빠질 수도 있다!

　내 얼굴에 드러난 초조함을 무어라 오해했는지 사내는 이죽이죽 웃으며 손을 뻗어 신호를 보냈다.
　"원래대로라면 이 자리에서 쳐 죽여 버리고 싶지만… 유감스럽게도 널 보고 싶어 하시는 분이 계신다."
　그가 손가락을 퉁겨 소리를 내자, 좁은 골목길 양쪽으로 건장한 체격의 남성들이 우르르 몰려와 우리를 포위했다. 나는 다시 정신을 차리고 주변을 둘러보았다. 잿빛 10월에 대한 걱정도 걱정이지만 우선은 우리가 살아서 이곳을 도망쳐야 한다. 하지만 수가 너무 많은데….

"의무장…."

뒤에서 해인이 불안한 표정으로 내 소매를 꼭 붙잡았다. 그 불안한 표정마저도 너무 사랑스러워서, 나는 손을 뿌리치고 싶지 않았지만 지금 두 사람 모두 도망치는 건 불가능에 가까웠다. 최소한 한 사람만이라도 도망칠 수 있다면….

"해인, 일단 내가 퇴로를 열게. 너는 도망쳐서 잿빛 10월에 연락을 해."

"하지만…!"

"그래야 모두가 살 수 있어—."

"어디서 영웅 놀이를 하려는 거야?"

내가 말을 마치기도 전에 지켜보고 있던 사내 중 하나가 눈알을 부라리며 내게 주먹을 내질렀다.

퍽!

팔을 들어 주먹을 막을 틈도 없이, 정신을 차리고 보니 나는 무력하게 바닥을 구르고 있었다.

뭐지? 무슨 일이 벌어진 거지?

눈꺼풀을 억지로 끌어올려 주변을 올려다보니 사내들이 히죽거리며 나를 내려다보고 있었다.

"뭐야, 이 약골은. 듣기로는 군인 출신이라고 해서 애 좀 먹을까 걱정했는데… 완전 먹물 아니야?"

"웃…기지 마!"

나는 다시 일어서서 팔을 힘껏 휘둘렀다.

그래도 두세 합 정도는 겨룰 수 있을 거라고 생각했는데. 단련된 사내들의 주먹 앞에 내 몸뚱아리는 금세 무력하게 무너져 내렸고, 결국 나는 배를 잔뜩 얻어맞고 바닥을 구르는 신세가 되었다.

"컥, 컥…"

"의무장!"

해인이 뒤에서 비명을 지르는 데도 나는 고통으로 몸을 일으킬 수가 없었다.

이게 뭐야, 완전 꼴사나워….

다시 몸을 일으키려는 찰나, 가장 가까이에 서 있던 사내가 다가와 축축하게 젖은 손수건을 내 코 가까이에 가져다 대었다.

"귀찮게 굴지 말라고. 형님의 말씀도 있으니까, 협조만 순순히 해준다면 험한 꼴은 당하지 않게 해줄게."

사내가 내민 손수건에서는 독한 본드 냄새가 났다.

'클로로포름?'이라는 생각을 할 틈도 없이 눈앞의 세상이 구깃—하고 일그러지기 시작했다.

안 돼, 여기서 정신을 잃으면 해인은…

잿빛 10월은…

눈앞이 흐려지며

나는 그대로

정신을

잃었

다.

...

    원일이 정신을 잃고 쓰러지는 데에는 그렇게 오랜 시간이 걸리지 않았다. 그를 붙들고 있던 사내들은 원일이 의식을 잃은 것을 확인하자마자, 그의 옆구리를 걷어차 바닥에 굴리며 툴툴거렸다.

    "약해빠진 게, 귀찮게 하고 있어."

    "읍… 으읍!"

    한편, 뒤에서 마찬가지로 다른 사내들에게 붙잡힌 해인은 틀어 막힌 입 사이로 신음소리를 내며 그들의 손아귀에서 벗어나기 위해 발버둥을 치고 있었다. 하지만 그녀의 여린 몸은 사내의 우악스러운 손아귀 아래에서 별 힘을 쓰지 못하고, 요동칠수록 더욱 단단히 구속될 뿐이었다.

    "형님, 이 계집애도 기절시킬까요?"

    "으음…."

    형님이라고 불린 사내는 눈살을 찌푸리며 한동안 해인의 얼굴을 바라보더니, 곧 주머니에서 구깃구깃 접힌 문서 한 장을 꺼내 들었다. 그가 '상부'로부터 전달받은 문서에는 방금 쓰러트린 사내의 용모파기만이 간략하게 쓰여 있을 뿐, 함께 있는 여성에 대한 언급은 어디에도 적혀있지 않았다.

    하지만 두 사람이 함께 동행해온 것으로 볼 때, 그녀도 학회의 일원임이 분명할 터. 두 사람이 갖고 있는 신분증은 위조된 것으로, 신분을 파악하는 데 아무런 쓸모가 되지 않았다.

    그의 고민이 깊어지자 다른 사내들이 그를 재촉하듯 해인에 대해 다시 물었다.

"형님, 이 계집애는 누굽니까? 분명 아까 말씀하시기로는 사내새끼 하나만 잡으면 된다고 하셨잖습니까."

"그런데 이 년도 그 학회인가 뭔가 하는 조직의 한 패인가? 험한 일 하는 계집답지 않게 얼굴 하나 반반한데 말이야."

"얼굴이라도 반반해야 쓸모가 있지. 그런 조직에서 계집이 할 만한 일이 뭐가 있겠어? 하하!"

"우웁… 웁! 으읍!"

다른 사내들이 하나둘씩 천박한 말을 얹기 시작하자 해인은 더욱 발버둥을 세게 치며 사내들을 매섭게 노려보았다. 하지만 결정권을 쥐고 있을 형님이라고 불린 사내는 바닥에 쓰러진 원일을 흘겨볼 뿐, 이미 해인으로부터는 흥미를 잃은 것처럼 보였다.

"…휴우."

한숨.

그는 바닥에 쓰러진 원일을 들쳐 업고는 귀찮다는 투로 손을 내저었다.

"나도 모른다. 팀장님께서는 이 사내만 데려오면 된다고 하셨으니까… 그 계집애는 너희가 가지고 놀든가 말든가 알아서 해. 대신 뒤처리는 확실하게 해야 한다."

"감사합니다. 형님!"

사내로부터의 '허가'가 떨어지자마자 다른 사내들은 천박한 웃음을 흘리며 해인의 겉옷을 잡아당겼다. 개에게 뼈다귀를 던져주는 듯한 무심한 말투. 이미 사내들에게 해인은 사람으로서도 취급되지 않고 있었다. 그녀는 자신에게 무슨 일이 벌어질지 예상이라도 한 듯, 눈을 질끈 감았다.

　그때였다.
　"경찰 아저씨, 여기예요!"
　갑자기 골목 어귀에서 카랑한 여자아이의 목소리가 들려오자 사내들이 술렁이기 시작했다.
　"겨, 경찰? 어째서 여기에 경찰이?"
　"근처 지구대 녀석들은 이미 매수한 거 아니었어?"
　"젠장, 해경 녀석들인가! 귀찮게 되었네."
　원일을 들쳐 업은 사내가 큰 목소리로 소리쳤다.
　"꾸물거리지 마! 사법부 녀석들에게 들켰다가는 뒤처리가 어려워! 빨리 목표만 회수해서 뛰어!"
　그의 지시가 떨어지자마자 사내들은 훈련받은 것처럼 일사불란하게 짐을 챙겨 발소리가 나는 반대 방향으로 뛰어가기 시작했다. 난리통에 골목에 덩그러니 남겨진 해인이 정신을 차리고 보니 어느새 골목에는 인적이 사라지고, 부산한 발걸음 소리만 남아 있었다.

　타박, 타박, 타박.
　경찰이 온다고 했던 방향에서 들려오는 발걸음 소리는 이상하리만큼 가벼웠다. 성인 남성의 발소리라 하기에는 가볍고 부산스러운 것이 마치…
　"괜찮으세요?"
　소녀의 얼굴이 가까이 다가와 해인에게 손을 내밀었다. 그 얼굴을 확인하자마자 해인은 놀라 숨을 삼켰다. 이곳에서 볼 거라고는 생각지도 못했던 낯익은 얼굴이다.

"은혜 씨? 어째서 여기에…"

갑자기 나타난 소녀- 원일의 여동생인 은혜는 가쁜 숨을 몰아쉬며, 어제는 다시 보지 않겠노라고 선언했던 오빠부터 찾았다.

"두 사람이 골목길로 들어가는 것을 우연히 보고 직후에 큰 소리가 나서 소리를 쳤어요. 그보다 오빠는요?"

"사람들이 의무장… 아니, 원일 씨를 강제로 끌고 갔어요. 빨리 쫓아가야…!"

해인의 설명이 떨어지기가 무섭게 은혜는 사내들이 달려간 방향을 향해 내달렸다. 하지만 골목을 빠져나온 그녀의 눈에 보인 것은 먼 도시를 향해 사라지는 검은색 세단 차량의 뒷모습뿐.

"…젠장!"

은혜는 숨을 삼키며 욕지거리를 내뱉었다. 뒤늦게 해인이 다가오자 은혜는 뒤를 돌아보며 신경질적으로 질문을 쏟아냈다.

"도대체 오빠는 무슨 일을 하고 있는 거예요? 언니랑은 무슨 관계죠? 저 사람들은 또 누구고요?"

갑작스레 쏟아진 질문의 홍수에 해인은 말문이 턱 막혀버렸다. 애초에 본인도 이 상황을 완벽하게 이해하지 못하기도 했거니와, 아는 것조차도 곧이곧대로 답할 수 없는 상황이라. 해인은 말끝을 흐리며 시선을 내리깔았다.

"…이야기하자면 길어요."

하지만 그 대답은 눈앞에서 형제를 다시 잃은 은혜를 만족시키기에는 너무나도 부족했다. 결국 은혜는 폭발하듯이 해인에게 달려들어 소리를 쳤다.

"도대체 뭔가요, 당신들은! 우리 오빠에게 무슨 짓을 한 거예요? 모처럼 살아 돌아왔다고 생각했는데… 또다시 오빠를 잃을 수는 없다고요!"

어제의 냉랭하던 모습과는 정반대로 은혜는 원일이 걱정되어 어찌할 줄 몰라 하고 있었다. 역시, 말은 그렇게 해도 실제로는 자신의 형제가 살아 돌아왔다는 사실에 안도하고 있었던 모양이다. 하지만 은혜의 진심을 확인하고도 해인은 마음을 쉬이 추스르지 못했다. 아니, 오히려 그녀는 맞서 싸우듯이 같이 목소리를 높여 화를 냈다.

"애초에 원일 씨의 말을 듣지 않으려 했던 건 당신이잖아요! 그가 어떤 고초를 겪었는지도 모르면서…!"

"당신이 우리 오빠의 뭔데요?"

"나는… 나도…!"

원일이 눈앞에서 납치되는 것을 보고만 있어야 했다는 죄책감에, 방금 전 못된 짓을 당할 뻔했다는 충격이 겹쳐 해인은 끝내 울음을 터트리고 말았다.

해인이 말을 잇지 못하고 눈물을 흘리자, 은혜 역시 그 표정에 대고 화를 낼 수는 없었다. 두 여인은 고개를 떨어뜨리고 한동안 침묵을 나누었다.

원일과는 달리 지극히 평범한 여고생의 삶을 살아왔던 은혜였지만, 오빠가 사라지고 난 뒤 자신에게 벌어졌던 일말의 경험들을 통해—아니, 방금 사라진 사내들의 수상쩍은 행동만 보더라도—그녀는 원일을 납치한 상대가 평범한 범죄자가 아님을 직감적으로 알아차렸다. 아마 경찰에 연락한다 하더라도 적극적인 도움을 받기는 어려울 테지.

"…."

방금 전까지 서로 분노를 투사했던 상대임에도 불구하고, 서로를 도울 수 있는 존재가 그 상대밖에 없다는 사실이 은혜는 문득 아이러니하게 느껴졌다.

그건 해인 역시도 마찬가지였다.

"지금 도와줄 사람은 있어요?"

은혜가 그렇게 물었을 때, 해인은 잿빛 10월의 승조원들을 떠올렸다. 하지만 학회가 배신을 해 온 이 상황에 보안성이 없는 전화로 무작정 연락을 취했다가는 양쪽 다 큰 위험에 빠질지도 모른다. 그렇다고 천애고아인 그녀에게 연방에 의지할 수 있는 사람이 있는 것도 아닌지라.

해인 역시 지금은 기댈 상대가 은혜밖에 없었다.

"…그럼 우리 집에 올래요?"

그래서 은혜가 터무니없는 제안을 건네 왔을 때, 해인은 저도 모르게 고개를 끄덕이고 말았다.

⋯

"수프가 좋겠는걸."

원일의 어머니는 해인을 마주하자마자 대뜸 그런 말을 중얼거렸다.

귀한 손님을 앞에 두고 오마카세(お任せ)를 고민하는 셰프처럼, 그녀는 턱 끝을 매만지며 다시 한번 해인에게 질문을 던졌다.

"닭고기 수프, 좋아해요?"

기호는 둘째 치고 식사를 하러 이곳에 온 것이 아니었기 때문에 해인은 당황했다. 어째서 이 여인은 갑자기 식사의 이야기를 하고 있는 걸까.

고개를 돌려 은혜에게 도움을 요청하듯 시선을 보내보았지만, 은혜 역시 한숨을 내쉬며 어깨만 으쓱일 뿐이었다. 표정을 보아하니 하루 이틀 벌어진 일은 아닌가 보다. 해인은 다시 원일의 어머니를 가볍게 눈으로 훑어보았다.

20대의 장남을 두고 있으려면 아무리 젊게 쳐도 사십 후반에 가까운 나이일 텐데. 해인의 눈에 비친 그녀의 모습은 원일의 나이 많은 누이라고 해도 믿을 만큼 젊어 보였다.

여행을 좋아하는 활동적인 성향의 어머니라고 들었는데, 그 때문일까. 눈가에는 연륜이 느껴지는 깊은 빛이 사분히 내려앉아 있었지만, 입가에는 장난기 가득한 천진한 어린아이의 미소가 잔뜩 어려 있었고, 부산히 식재료를 고르는 손끝에는 생기가 넘쳤다. 누가 이 사람을 두 아이의 어머니라고 생각할까.

해인이 한동안 말을 하지 않고 그녀를 쳐다보기만 하자 답을 긍정으로 생각했는지, 원일의 어머니는 아일랜드 위에 식재료를 부려놓고 손질을 하기 시작했다. 가장 먼저 손에든 것은 양파였다. 요리에 능숙한, 해인과 같은 전문가의 손놀림은 아니었다. 그녀는 서투르게 양파의 표면을 어루만진 다음, 칼로 천천히 양파를 다지기 시작했다.

사각, 사각, 사각.

그녀가 양파 하나를 완전히 손질하는 데에는 무려 30초나 걸렸다. 분초를 다투는 이 상황에, 셰프의 눈으로 서툰 요리를 계속 바라보고 있으려니 해인은 애가 닳아 입만 계속 달싹거렸다.

'당신의 아들이 지금 무슨 꼴을 당하고 있을지 걱정되지 않느냐. 지금 상황을 제대로 이해하고 있기나 한 거냐.'

수십 가지의 날 선 질문이 뱃속에서 꿈틀거렸지만, 정작 그녀의 입 밖으로 튀어나온 것은- 마찬가지로 상황에 어울리지 않는 엉뚱한 질문이었다.

"…어째서 수프인가요."

서양식에서는 가장 기본적인 전채 요리이자, 요리사의 스킬을 판단하는 척도가 되는 요리인 수프. 원일의 어머니가 그런 요리인 수프를 골랐다는 사실이 셰프로서의 본능을 자극해서였을까. 해인은 호기심 어린 눈으로 그녀를 올려다보았다. 하지만 그의 어머니는 해인의 질문에 당연하다는 어투로 반문했다.

"식사 시간이잖아요. 손님 대접을 해야죠."

해인의 입에서 '그걸 물은 게 아니잖나—' 라는 말이 튀어나오려던 찰나, 원일의 어머니는 한쪽 눈을 감아 윙크를 보내며 따뜻하게 데운 보리차 한 잔을 해인에게 내밀었다.

"…그리고 힘들 때는 따뜻한 음식만 한 것도 없으니까요."

김을 타고 모락모락 피어오르는 보리차의 구수한 향기와 도기 잔 너머로 전해지는 따뜻한 찻물의 온기.

새삼스러운 사실이었지만 해인은 자신이 지쳐있다는 사실을 그제야 실감했다. 몸을 돌아보니 손끝이 저릿저릿하고 입안이 메말랐다. 공복이 오래된 탓에 배도 고팠다.

평소였더라면 이 정도로 지치기 전에 알아서 휴식을 취했을 텐데…

오늘 하루 동안 너무 많은 일을 겪은 탓에 신경도 무뎌져 몸이 내지르는 비명을 듣지 못했나 보다.

그러고 보면 해인도 고된 작업이 있는 날에는 꼭 따뜻한 국물 요리를 끓여서 수병들에게 먹이곤 했었다. 그러고 보면 누군가의 염려를 받은 것도 오랜만이구나,

그런 생각을 하며 해인은 차를 한 모금 들이켰다.

"닭고기 수프, 좋아해요?"

원일의 어머니가 다시 한번 물었다.

"캠벨(Campbell)의 치킨 누들 수프만 아니라면…."

연방의 주부에게는 먹히지 않을 아주 개인적인 농담이었다고 생각했는데, 놀랍게도 그녀는 속뜻을 알아들었는지 입가를 가리며 호호하고 웃었다.

"걱정 마세요. 연방에서 캠벨의 수프 캔을 구하는 건 완벽한 치킨 수프를 끓이는 것보다 더 어려우니까요."

완벽한 치킨 수프라. 요리에 완벽이라는 단어를 붙이는 사람은 정말 오랜만에 보았다. 보통은 진짜 맛있는 음식이 무엇인지도 모르는 얼뜨기나 할 수 있는 소리지만… 어쩐지 해인은 눈앞에 있는 이 여인이 정말로 완벽한 수프를 끓일 수 있을지도 모르겠다는 생각이 들었다. 그리고 그의 어머니가 그 생각에 쐐기를 박듯 한마디 말을 더했다.

"제 수프는 아주아주 맛있거든요."

"아주아주."

노래마디 같은 그 단어를 해인이 무의식적으로 따라 읊자 은혜가 눈살을 찌푸리며 말을 정정했다.

"뭐… 그럭저럭."

두 모녀의 평가가 극단으로 갈리는 것이 퍽 우스워 해인은 엷게 미소를 지었다.

그러고 보면 항구에서 습격당한 이후로 처음 짓는 웃음이었다. 웃음은 마음의 여유를 가져오고 그녀에게 현상을 다시 한번 돌이켜 볼 수 있는 기회를 주었다.

'그래, 배가 고프면 될 일도 그르치는 법이니까.'

그녀는 과거의 경험을 떠올리며 조리대 앞으로 다가갔다.

"돕겠습니다."

하지만 원일의 어머니는 해인이 다가오려 하자 단호하게 손을 내저으며 그녀를 뒤로 물렸다.

"대접을 하려는 손님께 폐를 끼칠 수는 없지요."

"하지만―."

"게다가."

그의 어머니는 손가락을 들어 운을 떼며 선언을 하듯 요리에 대한 자신의 지론을 늘어놓았다.

"누군가를 위하여 음식을 만드는 것은 제 몇 안 되는 즐거움이랍니다."

그 말에 해인은 멈칫했다.

그동안 그녀는 잿빛 10월에서 수백 명의 승조원들을 위해 하루도 거르지 않고 음식을 만들어왔지만, 그것이 특별히 즐거움이라고 생각해 본 적은 없었다. 물론 그렇다고 해서 괴로운 일이었다는 건 아니지만…

자신의 일상이 또 누군가에게는 즐거운 경험이 될 수 있다는 사실이 문득 생경하게 느껴졌다.

"제 즐거움을 빼앗지는 말아주세요."

그래서 해인은 드물게 누군가가 자신을 위해 요리를 만들어 주는 이 상황을 지켜보기로 했다.

원일의 어머니는 우선 커다란 냄비에 토막 낸 닭을 담은 다음 소금과 후추로 가볍게 간을 하고 푹 삶아 스톡을 내기 시작했다. 닭 육수 위에 떠오르는 거품을 간간이 걷어내면서 그녀는 치킨 수프에 들어갈 향신료를 골랐다. 양파와 당근, 샐러리와 월계수 잎, 레몬그라스와 파슬리…

사실 어떤 종류의 수프든 끓이는 것 자체는 그렇게 어렵지 않다. 정량의 재료를 넣고, 오랜 시간 동안 정성을 들여, 눋지 않게 냄비를 저어 주기만 하면 된다. (물론 말이 쉽지, 온도를 일정하게 유지하며 시머하는 일은 엄청난 집중력을 요하는 일이다.) 이렇게만 하면 맑고 투명한 치킨 수프를 얻을 수 있다.

유명 레스토랑의 셰프들은 여기에 자신의 색을 입히기 위해 약간의 변화를 주기도 한다. 레몬즙이나 으깬 토마토와 같은 산을 더하여 불순물을 래프트 째로 건져내기도 하고, 재료의 상태를 변형하여 풍미를 바꾸기도 하고…. 물론 쉬운 일은 아니다. 그런데 특이하게도 원일의 어머니는 잘게 썬 양파를 다른 향신료들과 냄비에 넣기 전에 약간의 갈색이 돌도록 버터에 볶아냈다. 해인이 직접 사용해 본 방법은 아니지만, 저렇게 하면 분명 카라멜라이징된 양파의 색이 스톡에 배어들며 훨씬 더 아름다운 황금색의 치킨 수프가 탄생할 것이다.

평범한 주부가 쓸 만한 기법이 아닌데…. 결국 해인은 호기심을 참지 못하고 다시 어깨너머로 고개를 빠끔히 내밀었다.

"수프를 만드는 법을 어디서 배우셨나요?"

"CIA요. 미국에 유학하던 시절에 단기 과정을 수료했을 뿐이지만요."

그의 어머니는 농담을 건네듯 생글거리며 CIA라는 단어에 힘을 주어 말했다. 일반적으로 그 약어를 듣게 되면 대부분의 사람들은 미 중앙정보국을 떠올릴 테지만, 업계에서 일하고 있는 해인은 그 CIA가 뉴욕에 있는 요리 전문학교(The Culinary Institute of America)를 의미한다는 사실을 금세 알아차렸다.

"…하이드 파크에 있는 그 CIA 말이죠?"

"하하, 그걸 바로 알아들으시는 걸 보니 해인 씨도 요리를 전문적으로 배우신 적이 있으신가 보네요."

"예, 제 일이… 요리를 하는 일이니까요."

"정말요? 혹시 서양 요리를 조리하는 셰프신가요?"

"네."

"어머나. 나이든 남성이라면 모를까, 이렇게 젊은 여성 셰프를 보는 건 처음이라, 놀랐어요."

그의 어머니는 입으로는 놀랐다는 듯 호들갑을 떨었지만 표정은 여전히 아까와 마찬가지로 평이했다.

"그렇게 놀란 것처럼 보이시지는 않으시네요."

"그런가요? 이래 봬도 굉장히 놀라는 중이긴 한데."

해인의 지적에 그녀는 짐짓 입가를 가리며 놀란 시늉을 해 보인 다음, 다시 엷게 웃음을 지어 보였다.

어제의 은혜가 화난 표정으로 본심을 감추는 유형이었다면, 그녀의 어머니는 미소로 본심을 감추는 유형이라고 할까. 해인의 속내를 읽었는지 원일의 어머니가 머쓱한 미소를 덧씌우며 어깨를 으쓱였다.

"하긴, 저희 가족들은 감정을 읽기 어렵다는 평가를 자주 듣고는 하죠."

"가족이요…?"

해인은 그 말에 의아하다는 표정으로 반문했다. 가족이라면 그녀의 아들인 이원일 일조도 포함하는 뜻일 터. 하지만 해인이 보아온 원일의 모습은 감정을 읽기 어려운 포커페이스와는 거리가 멀었다. 오히려… 너무 감정에 솔직해서 알기 쉬운 게 문제가 되는 때가 있으면 모를까. 그의 어머니도 같은 생각을 했는지 쿡쿡 웃으며 고개를 끄덕였다.

"아, 원일이는… 좀 특별한 아이죠."

"네."

어머니의 특별하다는 말에 해인은 별 이견을 갖지 않고 고개를 끄덕였다. 잿빛 10월에 승선한 이후로 그는 언제나 특별했다. 잿빛 10월의 유일한 남성 승조원일뿐더러, 그는 예상치 못한 기행으로 부대에 많은 변화를 가져왔다. 비록 누군가는 그걸 좋게 보지 않는다 하더라도….

그때, 그의 어머니가 한 가지 질문을 더 던졌다.

"그 아이가 당신에게도 특별했나요?"

"…네."

조금 시간이 걸리긴 했지만 해인은 마찬가지로 고개를 끄덕였다. 그가 오고 나서 해인의 세계는 크게 바뀌었다. 과거에는 일과 요리밖에 모르던 그녀가, 최근에는 여러 가지 다른 취미도 즐길 수 되었고, 무엇보다 행동거지에 제법 유도리가 생겨났다. 모든 일상이 원일을 중심으로 바뀌어갔다. 그런데도 그가 특별하지 않다면 세상의 무엇이 특별하랴.

그의 어머니는 수프의 불을 중불로 줄이고, 의자를 끌어와 앉으며 해인에게 이야기를 청했다.

"그럼 말해주시겠어요? 저희가 모르는 그 아이의 이야기를."

그러고 보면 해인의 앞에 있는 이 모녀는 자신에 대해, 지난 2년간의 원일에 대해 아무것도 모른다. 모녀가 의외로 살갑게 다가온 탓에 깜박 잊고 있었지만, 정보가 불균형한 상태에서는 대화가 성립할 수 없다.

"……."

하지만 지금 이 시점에서 원일에 대한 기억을 떠올리는 것은 해인에게도 괴로운 일이었다. 입술이 파들파들 떨리고 입이 좀처럼 떨어지지 않았다.

"…그와 만난 건 2년 전 동중국해에서였습니다."

처음에는 감정이 너무 북받쳐 말을 잇기 어려울 거라 생각했는데, 막상 입을 여니 다른 사람이 자신의 입을 빌려 말을 하는 것처럼 그간의 일이 술술 흘러나왔다.

원일이 잿빛 10월에 처음 승선했던 날의 풍경을, 그가 여자만 있는 군함에서 겪었던 고난과 또 이를 극복해 나가던 모습을, 그와 가짜 부부 행세를 하며 연방에 오게 된 경위를, 그리고 그들을 습격한 적들의 모습과 당시의 상황을…

원일의 어머니는 해인의 이야기를 듣는 동안 "저런", "큰일이었네요." 하고 간간이 맞장구를 쳐 주긴 했지만, 특별히 말을 끊거나 새로운 질문을 던지지는 않았다. 덕분에 해인은 막히는 일 없이 수년간 그녀가 보고 겪었던 모든 것들을 한 숨에 실타래처럼 풀어놓을 수 있었다.

이야기를 마치고 보니, 냄비 속의 양파는 부드럽게 풀어지고, 고기는 딱 알맞게 익어 수프가 뭉근하게 끓어오르고 있었다. 하지만 원일의 어머니는 냄비에는 조금의 시선도 주지 않고, 해인과 눈을 맞추며 은은한 웃음만 지어 보였다. 해인의 기억에는 없지만, 어딘가 그리움을 자극하는…

그래, 어머니의 미소였다.

"…큰일이네요"

그래서 원일의 어머니가 그렇게 중얼거렸을 때, 해인은 순간적으로 그녀가 자신을 걱정하고 있는 거라고 착각을 할 뻔했다. 상식적으로 생각하면 아들을 납치당한 어머니가 이 상황에서 자식의 안위를 제쳐두고 모르는 여자를 걱정할 리가 없는데… 그 미소에 홀려 너무 많은 것을 기대해 버리고 말았다. 해인은 부끄러움을 얼버무리려는 것처럼 허둥거리며 그녀의 혼잣말에 맞장구를 쳤다.

"네. 큰일이네요. 빨리 그들이 원일 씨를 어디로 데려갔는지 알아내야 할 텐데…."

하지만 원일의 어머니는 해인의 답에 예상치 못했다는 것처럼 눈을 바로 뜨며 고개를 가로저었다.

"아뇨. 저는 아들 이야기를 하고 있는 게 아니에요."

그리고 그녀는 손끝으로 해인을 가리키며 방금 전까지 그녀가 했던 생각이 착각이 아니었음을 새삼 확인시켜 주었다.

"해인 씨, 당신의 이야기입니다."

"제 이야기요?"

갑자기 지목을 받은 탓에 목소리가 이상하게 튀었다. 이 어머니는 자식이 위험에 처한 이 상황에서 무얼 생각하고 있는 걸까. 해인이 말을 꺼내기 전에 선수를 치듯 원일의 어머니가 담담히 상황을 짚었다.

"당신 역시 그 학회라는 조직의 소속이고, 아들과 함께 있는 것을 녀석들이 보았더라면… 분명 적들의 다음 목표는 당신이 될 테죠."

그렇다. 그녀의 말처럼 지금 가장 큰 위험에 노출된 사람은 다름 아닌 해인이었다. 스스로를 지킬 수 있는 충분한 완력을 지닌 전투원이라면 모를까, 평생 주방에서만 살아온 해인에게 전장은 너무나도 가혹하다. 원일의 어머니는 그 사실을 새삼 짚어주었다.

"이 나라에 당신을 도와줄 수 있는 사람이 또 있나요?"

"없습니다. 하지만…!"

해인은 감정이 목에 북받쳐 말을 잇지 못하고 숨을 삼켰다. 그래, 자신이 나서기에는 상황이 너무나도 위험하다는 것은 잘 알고 있다. 하지만 원일은 어떤가. 그는 지금 더한 위험에 빠져 있을지도 모른다. 그런데 그의 가족이, 다른 사람도 아닌 그의 어머니라는 사람이 이성적으로만 상황을 판단하고 되레 자신을 만류하려는 꼴을 보고 있으려니.

해인은 조금씩 분이 나기 시작했다.

"원일 씨가 걱정되지 않나요?"

"걱정이 되지 않을 리가요."

하지만 그의 어머니도 무감정한 기계는 아니다. 태연을 가장하기 위해 짓고 있던 웃음에 조금씩 실금이 가며 본심이 툭툭 흘러나왔다.

"죽은 줄 알았던 아들이 살아 돌아왔다는데 기뻐하지 않을 어미가, 또 그 아들이 나쁜 자들에게 납치당했다는데 걱정하지 않을 어미가— 세상 어디에 있겠습니까."

하지만 어머니는 끝내 감정의 둑을 무너트리지 않았다. 조심스럽게 현실을 마주하며, 아들과 함께 멀리서 찾아온 낯선 소녀에게 단호히 선을 그었다.

"하지만 당신에게 이 일은 타인의 일이니까요."

"…타인."

해인은 그 차가운 말을 곱씹으며 이를 악물었다.

그녀의 지적은 분하지만 사실이었다. 한솥밥을 먹어 온 동료라던가, 일단은 부부처럼 함께하는 사이라던가. 아무리 핑계를 대려 해도 원일과 해인이 서로 명백한 타인이라는 사실은 변하지 않았다. 작전이 끝나고, 용병으로서의 고용이 끝나면 아무런 관계도 성립하지 않는 타인. 원일의 어머니는 이를 꿰뚫어 보고 있었다.

"필요하다면, 당신이 저희를 도울 위치에 있다면, 저는 기꺼이 손을 내밀겠습니다. 하지만 자신의 안전도 보장하지 못하는 여인에게 도와 달라 손을 내미는 것은 인의에 맞지 않습니다."

그리고 이어지는 가벼운 한숨.

"심지어 그것도 국가와 같은 존재를 상대로 싸우는 일에 사람 하나가 더해진다고 무엇이 달라질까요."

그의 어머니의 말처럼 상대는 호락호락하지 않다. 국가를 상대로 싸우는 것이나 다름이 없다. 자신의 목숨 하나도 건사하기 어려운데, 타인을 돕겠다고 나서는 자신이 이해가 가질 않겠지.

스스로도 그렇게 생각하면서도 해인은 물러서지 못했다. 내면의 무언가가 그녀를 계속 떠밀고 있었다.

"하지만 그렇다고 원일 씨를 그대로 둘 수는 없잖아요."

벌써 몇 번째나 반복한 소리. 원일의 어머니는 약간 지친 표정으로 다시 한번 물었다.

"해인 씨, 당신은 어째서 저희를 도우려 하시나요?"

"원일 씨가 위험하니까—"

"순수한 호의인가요? 그렇다면 거절하겠습니다.

…타인의 호의를 짊어지는 일에는 지쳤습니다. 사람들은 위험에 처한 사람을 보면 자기만족으로 무작정 도우려 하지만, 결국 타인은 타인일 뿐. 가장 위험하고 중요한 순간에는 함께해주지 않습니다. 그 뒤에 남는 것은 사람의 도움을 받았다는 부채와도 같은 무거운 책임뿐."

그 어머니의 표정은 어쩐지 어제 만난 은혜의 표정과 많이 닮아있었다. 사람의 호의를 쉽게 믿었다가 배신당하기를 반복해 지칠 대로 지친 **유가족**의 얼굴. 이 모녀는 선의와 악의를 구분할 수 없을 만큼 지친 게 분명했다.

"그 무거운 짐을 짊어지느니, 저는 차라리 혼자 가려 합니다."

다시 한번 그의 어머니가 선을 그었다.

여기서 완벽한 타인인 해인이 선택할 수 있는 선택지는 하나밖에 없다. 포기하고 자신의 안위를 챙기는 것. 가장 가까운 혈족이 포기하라는데, **그와 아무런 관계도 아닌** 해인이 억지를 부릴 수는 없었다.

'아무런… 관계가 아닌….'

무언가 뜨거운 것이 해인의 가슴 깊은 곳에서부터 치밀어 올랐다. 그 응어리는 곧 숨이 되고, 목소리가 되어 그녀의 입 밖으로 나직이 흘러나왔다.

"…타인이 아닙니다."

"그럼요?"

"원일 씨는… 제게… 가장 소중한 사람이에요."

해인은 단어 하나하나에 힘을 주며 띄엄띄엄 말했다.

아무리 강조해도 달라지지 않는다. 원일은 그녀에게 있어 가장 소중한 사람이다.

"함께 배를 타는 동료라던가, 같은 학회의 일원이라던가, 그런 단순한 관계만으로 타인이 아니라 우기는 게 아닙니다. 지난 2년간 저는 그와 일상을, 추억을 나누었습니다. 함께 웃고, 함께 슬퍼하고, 감정을 공유하고, 숨을 나누었지요. 그런데 어떻게 제가 그와 타인일 수 있나요."

타인이 아니다. 타인일 리가 없다. 원일의 존재는 이미 해인의 일상 속에 깊숙이 스며들어와 그녀의 일부가 되었다. 그가 없는 잿빛 10월에서의 일상은 상상할 수도 없고, 상상하기도 싫었다. 해인은 숨도 쉬지 않고 비명을 지르듯이 계속 말을 이어갔다.

"그가 없으면 아무리 맛있는 요리를 만들어 먹는다 해도 의미가 없습니다. 제가 만들어 온 요리는 그와 함께 해 온 추억이 있기에 가치 있는 것입니다.

그런데 그가 없다면… 그와 함께할 수 없다면… 저는… 제 요리는… 아무런 의미도 갖지 못한다고요!"

해인을 주먹을 꽉 쥐고 그의 어머니를 바라보았다.

저도 모르게 눈물이 흘러내린 탓인지 시야가 부옇게 흐려져 앞이 잘 보이지 않았다. 상대가 무슨 표정을 짓고 있는지 확인할 수 없었지만 해인은 진심을 담아, 자신이 생각하는 바를 솔직하게 내뱉었다.

"그러니까… 저는… 남은 목숨을 걸고서라도, 홀로라도… 그를 구하러 갈 겁니다."

그리고 해인은 손을 들어 소매로 눈가를 훔쳤다. 그와 동시에 시야가 맑게 개었다. 과연 원일의 어머니는 어떤 표정을 짓고 있을까. 갑작스러운 선언을 듣고 놀란 표정을 짓고 있으려나, 아니면 당혹스러워하고 있으려나. 그도 아니라면… 경멸하고 있으려나.

하지만 막상 고개를 들어보니 그의 어머니는 웃고 있었다. 아까 보여주었던 것과 같은 따뜻한 어머니의 미소를 지어 보이며.

"구하지 않는다는 말은 하지 않았어요. 비록 모자라고 손이 많이 가기는 하지만… 제 아들인걸요."

그녀는 다정한 어투로 자신의 아들에 대한 애정을 드러내 보인 다음, 수프가 끓고 있는 조리대로 향했다.

냄비의 뚜껑을 열자 맑은 닭기름이 밴 황금빛의 육수가 드러나며 고소한 풍미가 공기 중에 퍼져나갔다. 그 상태만으로도 수프는 충분히 먹음직스러워 보였지만, 그녀는 작은 종지에 전분 물을 풀어 이를 냄비에 조금씩 풀었다. 그러자 수프는 점차 점도를 더해가며 걸쭉한 황갈색 스톡으로 변모했다. 마지막으로 접시에 수프를 한 국자씩 따라낸 다음, 잘게 자른 샐러리 잎을 곁들여 원일의 어머니는 식탁 앞에 앉은 두 소녀에게 음식을 내어주었다.

"자, 식기 전에 드세요."

해인은 수저를 들어 김이 모락모락 피어오르는 수프를 표면부터 부드럽게 떠냈다. 수저 위에 소담히 담긴 수프는 깊고 투명한 황갈빛을 띠고 있었다. 코로 느껴지는 감칠내 또한 훌륭했다. 수프가 너무 식기 전에 한 모금.

"하아…"

따뜻한 국물이 목 너머로 넘어가며 저도 모르게 탄성이 흘러나왔다. 입 안을 가득 메우는 닭고기의 풍부한 감칠맛과 코를 간질이는 레몬그라스의 풋내. 완벽하지는 않았지만 아스라한 추억 어딘가를 자극하는 따뜻한 맛이었다.

"어때요, 맛은 괜찮은가요?"

"……."

원일의 어머니가 맛을 물었을 때, 해인은 바로 답을 하지 못했다. 평소였더라면, 주방에서였더라면 겨우 합격점을 줄 만한 볼품없는 수프인데. 어째서 이 맛은 이렇게 몸에 깊게 스며드는 걸까. 수프를 먹으면 먹을수록 자꾸 눈물이 날 것 같았다.

"킁…."

해인이 다시 눈물을 글썽거리며 코를 훌쩍이자 원일의 어머니는 각티슈를 가져다 그녀에게 가져다주었다. 해인이 감사의 인사를 표하기도 전에 그의 어머니는 자신 몫의 수프를 따라내며 멋대로 혼잣말을 시작했다.

"물론 해인 씨의 진심은 알겠지만… 아까 했던 말처럼 제 아들을 데려간 상대는 쉽게 대적할만한 적이 아니에요. 설령 목숨을 건다 해도 승리를 보장할 수 없는 거대한 악이죠."

그녀의 말처럼 지금부터 해인이 하려는 싸움은 승산이 없는 무모한 싸움이었다. 아무리 자식의 목숨이 걸린 일이라 하더라도 그의 어머니는 선의의 피해자가 나올 수 있는 무모한 싸움을 응원하고 싶지는 않았다. 평소였더라면 개입하지 않고 관찰만 하는 것이 그녀의 숙명이었겠지만…

"…후우."

수프의 마법이란 계획에도 없는 용기를 불어넣는 법이라. 그녀는 따뜻한 국물을 한 모금 머금고 결심한 듯 눈을 감았다.

"원래의 계획대로라면 저도 아들을 믿고 지켜보려고만 했었지만… **우리 귀한 아들도 모자라 며느리까지** 울린 상대는 용서할 수 없으니까."

그의 어머니는 해인과 만난 이후 처음으로 서늘한 시선을 내리깔며 냉소를 흘렸다. 그것으로 상황은 정리되었다.

한편, 해인은 잠자코 그 말을 듣고 있다 '며느리'라는 표현이 자신을 가리키는 것을 뒤늦게 깨닫고 얼굴을 붉히며 손을 내저었다.

"저, 저희는 그런 관계가 아니라…!"

"어머, 아까 한 말은 고백인 줄 알았는데. 아니었나요?"

그의 어머니가 장난스러운 미소를 지어 보이며 히죽거렸다. 분명 아까는 분위기를 타서 가장 소중한 사람이라느니- 목숨을 걸고서라도 구할 거라느니- 하며 고백 같은 소리를 내뱉긴 했지만, 그걸 연인의 고백으로 오인 받는 건 어쩐지 마뜩잖았다. 무엇보다…

"…고백을 당사자가 없는 곳에서 하는 것도 이상하잖아요."

그녀의 말에 원일의 어머니는 눈을 동그랗게 뜨더니 파안대소를 터트리며 고개를 끄덕였다.

"하하하, 그러네요. 제가 너무 성급했어요. 아들이 관련된 일에는 성급해지는 것이 어머니의 마음이니, 부디 이해해주시기를."

그녀의 웃음소리를 듣고 있노라니 해인은 어쩐지 한편으로는 부끄러워졌지만, 또 다른 한편으로는 이 땅에서 자신을 지지해줄 수 있는 또 다른 사람을 만났다는 사실에 내심 안도를 했다.

원일의 어머니는 잘게 거른 수프의 건더기를 손질하며 해인에게 지나가는 말처럼 물었다.

"우선은 갖고 있는 패를 확인해봐야겠는데…. **이 나라 밖**이라면 도와줄 사람이 있나요?"

그 말에 해인이 떠올린 것은 잿빛 10월의 승조원들이었다. 하지만 아까도 생각한 것이지만, 지금 이 상황에서 섣부르게 잿빛 10월과 연락을 취하려 들었다가는 학회가 눈치를 채고 먼저 손을 써버릴 위험이 있었다.

해인의 말을 들은 원일의 어머니는 잠시 고민을 하더니, 곧 눈을 반짝이며 서재에서 무언가를 꺼내 왔다.

"그런 거라면 좋은 수단이 하나 있어요."

그 말과 함께 그녀가 해인에게 내민 것은 다름 아닌… 가정식 레시피가 잔뜩 실려 있는 연방의 여성지였다.

7. 베이컨

-1-

해인과 원일이 연방으로 떠나고 5일째 되던 날의 점심.

기관부의 수병 루나는 점심으로 나온 포모도로 스파게티를 깨작거리며 트리샤에게 넌지시 물었다.

"트리샤. 조리장님 돌아오시려면 며칠이나 남았지?"

"2주 일정으로 가셨으니 돌아오시려면 열흘 정도는 더 걸리지 않을까?"

"그렇구나…."

루나는 말꼬리를 흐리며 스파게티 면에 다시 포크를 푹 꽂았다. 하지만 포크를 입으로 가져가지는 않았다. 이미 식사를 시작한 지 10분이 넘어가고 있었지만, 스파게티는 좀처럼 줄어들 기미를 보이지 않고 있었다. 식사 전에 주전부리를 너무 많이 먹은 탓에 배가 불러서 그러는 것은 아니었다. 갖고 있던 주전부리는 이미 사흘째에 모두 물려버렸다.

조리장이 떠난 후, 첫날과 이튿날은 승조원 모두가 식사 대신 숨겨놓은 냉동식품과 즉석식품을 까먹느라 식당은 거의 개점 휴업상태나 다름없었다. 하지만 이틀이 지나고, 사흘이 지나자, 사람들은 하나둘씩 식당으로 돌아오기 시작했다. 단맛과 짠맛이 강한 레토르트 식품은 유혹이 강한 만큼 질리기도 쉬웠다. 하지만 루나를 포함한 대부분의 승조원들은 여전히 입맛을 되찾지 못하는 것처럼 보였다.

　루나는 면발이 돌돌 말린 포크를 입 가까이에 댔다가 다시 내려놓으며 혼잣말처럼 중얼거렸다.

　"…이해인 조리장님이 해준 밥 먹고 싶다."

　루나는 자신이 말해놓고서도 스스로가 한 말에 놀라 손사래를 치며 황급히 트리샤를 돌아보았다.

　"아, 미안해! 나도 모르게 그만… 열심히 음식을 만들어 준 사람 앞에서 할 소리가 아니었네."

　하지만 트리샤는 쓴웃음을 지으며 고개를 끄덕였다.

　"아니야. 사실인걸. 조리장님이 가시고 난 이후로 음식 맛이 떨어졌다는 건 우리도 잘 알고 있어."

　트리샤는 자기 몫의 스파게티를 씹으며 맛을 음미했다. 월계수 잎을 넣어 올리브유에 볶아낸 토마토소스는 적당히 달았고, 육즙을 가득 머금은 고기의 풍미도 좋았다.

　하지만 면의 삶기만은 어떻게 할 수가 없었다. 한 번에 수십인 분의 면을 불지 않게 삶으려면 커다란 솥을 써야 했는데, 면을 건져내는 시간이나 온도 따위가 조금씩 다르다 보니 면마다 미묘하게 삶기가 달랐다.

　분명 심이 느껴질 정도로 단단한 식감의 면을 접시에 담아냈는데, 계속 먹다 보면 푹 퍼진 면을 씹게 된다든지… 모두 조리장이 있었을 때는 한 번도 없던 일이었다.

　"참 이상도 하지. 분명 같은 레시피대로 했는데 맛과 식감이 이렇게나 다르다니."

트리샤는 자조가 어린 표정으로 고개를 가로저으며 루나의 접시 옆에 나란히 포크를 내려놓았다. 트리샤를 위로할 셈이었는지 루나는 작게 소곤거리며 농담을 건넸다.

"혹시 다른 사람들이 안 볼 때 몰래몰래 비장의 향신료라도 요리에 넣은 거 아니야? 같은 레시피인데 다른 맛이 날 리가 없잖아."

"조리장님이 너인 줄 아니."

트리샤는 루나가 일전에 블라디보스토크에서 요리에 수상한 가루를 탔던 일을 떠올려내고 쓰게 웃었다.

비결… 이라고 하기도 뭣하지만, 조리장이 만든 음식이 더 맛있는 이유는 아마도 상황에 맞추어 조금씩 조리법을 바꾸기 때문이리라. 습한 날의 밀가루는 습기를 흡수하기 때문에 물을 적게 넣는 편이 좋고, 해풍을 맞은 식재는 간을 적게 해도 충분히 짜다. 이해인 조리장은 이런 사소한 차이를 늘 간과하지 않았다.

물론 이 차이는 여간한 사람이라면 알아차리지도 못할 정도로 사소한 것이었다. 범인이라면 조리병들이 만든 음식과 어떻게 다른지도 모를 것이다.

하지만 문제는 해인의 요리를 매일 먹어 온 승조원들의 혀가 지나치게 예민해졌다는 점이었다. 고급스러운 요리에 한껏 예민해진 혀는 '평범한' 음식에 위화감을 느끼고 있었다.

음식에 위화감을 느끼는 건 루나뿐만이 아니었다. 무슨 음식이든 호쾌하게 잘 먹어치우던 기관부의 수병들도 요새는 식욕을 잃은 것처럼 보였고, 감정을 거의 드러내지 않던 갑판부의 수병들도 불만족스러운 기색이었다.

직별장 한두 사람이 자리를 비우는 일이야 전에도 왕왕 있었던지라, 해인과 원일이 출장을 간다고 했을 때도 그렇게 큰 신경을 쓰지 않았었는데… 막상 그들이 떠나고 나니 그녀의 빈자리는 유난히 크게 느껴졌다. 아침에 일어났을 때, 일을 마치고 돌아왔을 때, 따끈하고 맛있는 식사가 준비되어 있다는 사실을 그간 당연히 여겨왔기 때문에 불편할 거라는 상상조차 하지 못했다. 하지만 실제로는 그렇지 않았다.

　　"나도 요새 조리장님이 좀 그리워."
　　트리샤가 옅은 한숨을 내쉬며 말했다.
　　"주방에서 예상치 못한 상황이 생길 때면 없는 줄 알면서도 습관적으로 조리장님을 부른다니까."
　　"설마 우리가 그 만년 생리불순 조리장을 그리워하게 될 줄은 몰랐어. 그것도 5일 만에 말이야."
　　"그러게."
　　루나와 트리샤는 흉 아닌 흉을 늘어놓으며 쿡쿡 웃었다.
　　"앞으로는 조리장님이 점심에 풀떼기 반찬만 해주더라도 불평하지 않고 열심히 먹어야지."
　　"정말? 내일은 해가 서쪽에서 뜨겠네."
　　"아, 물론 밤중에 가끔 몰래 즐기는 라면은 절대로 끊을 수 없지만."
　　"그야 당연하지. 후후후…"
　　즐거운 담소를 나누며 음식을 먹다 보니 맛이 없다던 스파게티도 어느새 바닥을 보이고 있었다.
　　문득, 루나는 승조원 식당을 둘러보다 평소에는 볼 수 없었던 낯선 손님들을 구석 자리에서 발견했다. 평소라면 끼니때마다 사관실에서

회의를 겸하며 식사를 해야 했을 초급 장교들이 직별장들과 어울려 밥을 먹고 있었기 때문이었다. 보통 사관 식사는 함장의 주재로 이루어졌기 때문에 루나는 자연스럽게 함장의 행방을 곱씹어 보았다.

"그나저나 오늘은 사관 식사가 없나 보네. 함장기도 내려가 있는 걸 보면… 함장님은 어디 가셨나?"

"응. 사령부에 볼일이 있다고 하셔서 점심은 따로 준비하지 않았어. 무슨 일이라도 있으신가?"

사령부라는 말이 나오자마자 루나는 싫은 소리를 들은 것처럼 질색하며 주먹을 꽉 쥐었다.

"사령부라고? 그럼 보나 마나 뻔하지. 그 아틀인지 피클인지 하는 제독이 쓸데없는 거로 트집을 잡으려고 부른 게 분명해. 저번에도 우리 중에 범인이 있다며 그렇게 들쑤셔 놓고선 결국 문제는 사령부 쪽에 있었다며?"

지난달 산다칸 항에 기항했을 때, 잿빛 10월에서는 함 내 보안 영상이 외부로 유출되는 사건이 있었다. 당시 학회 사령부에서는 작전관인 마리아 수병장을 범인으로 지목하고 잿빛 10월을 혹독하게 조사했지만, 범인은 정작 사령부 내부에 있는 것으로 밝혀졌었다.

루나는 그때의 원한이 풀리지 않았는지, 손까지 바들바들 떨어가며 불만을 격하게 털어놓았다.

"그때 불시검문을 하는 바람에 몰래 숨겨둔 소장품을 얼마나 뺏긴 줄 알아?! 아아… 막시무스(MAXIMUS) 12월호 한정 증정품인 저스틴 피트 반라 브로마이드 달력은 어디 가서 구할 수도 없는데! 거기에 개인적으로 쓰려고 들여온 틴트랑 안마기도…"

"그런 걸 부대에 들여온 네가 잘못한 게 아닐까."

쓴웃음을 지으며 딴죽을 걸기는 했지만, 사령부의 인원들이 못마땅하기는 트리샤도 마찬가지였다. 음식을 나누며 막역하게 친해진 잠수함 전대의 다른 전대원들과는 달리 사령부의 인원들은 계급의 고하를 막론하고 유독 다른 부대원들을 내리 깔보는 경향이 있었다. 아랫사람을 대하는 태도라기보다는… **마치 실험체를 보는 듯한** 기분 나쁜 시선이었다.

트리샤는 마음 한구석에서 이는 불길한 예감을 꾹꾹 눌러 담은 채 손을 내저었다.

"그렇게 걱정하지 마. 그런 이유로 부른 건 아닐 거야. 듣자 하니 이번 정비 때 선체에 새로운 스텔스 장치를 달기로 했다던데, 그걸 논의하러 가신 게 아닐까?"

하지만 루나의 눈에는 여전히 의심이 가득했다.

"새로운 장치? …사령부 놈들이 하는 일이라니 어째 못 믿겠는데. 그 스텔스 장치에 도청장치라도 달린 거 아냐? 아니면 그 핑계로 예산을 깎겠다고 엄포를 놓는다거나―."

"에이, 그래도 카밀라 함장님이 직접 가셨는데. 설마 지고 오시겠어? 오히려 더 뜯어내면 뜯어내셨지."

불신으로 잔뜩 굳어있던 루나의 표정이 '카밀라 함장'이라는 말이 나오자마자 살짝 누그러졌다.

"…그건 그래. 다른 사람도 아니고 우리 함장님이 누구한테 져 줄만한 위인은 못되지."

비록 카밀라 함장이 제 옷 단추 하나 못 채울 것처럼 못 미더워 보이기는 해도, 함 행동에 관해서라면 누구보다도 유능한 사람이었다. 특히 부하들의 안전과 관련된 일이라면 카밀라는 한없이 진지해졌다.

게으름뱅이에 무능한 함장이라며 앞에서는 불평을 늘어놓긴 해도, 잿빛 10월의 승조원들은 알게 모르게 카밀라 함장을 의지하고 있었다.

루나 역시 함장을 믿고 있었다.

"…그래, 함장님을 믿고 기다리자."

루나는 그리고 남은 스파게티 가락을 입에 억지로 밀어 넣었다. 음식은 여전히 불만족스러웠다.

-2-

"방금… 뭐라고 했어?"

카밀라 함장은 보기 드물게 새하얗게 질린 표정으로 아틀 제독을 노려보았다. 하지만 아틀 제독은 평온한 표정으로 차를 홀짝이며 너스레를 떨 뿐이었다.

"아무래도 시끄러운 함상에서 일하다 보니 귀까지 나빠진 모양이군, 카밀라 함장. 돌아가는 길에 의무대에서 귀 검진을 받고 가도록 하게."

"…"

제독의 농담에 함장은 아무런 대답도 하지 않고 계속 상대를 노려보았다. 하지만 아틀 제독도, 그 옆에 서 있는 리타 소위도 대답할 기색을 보이지 않아 한동안 불편한 침묵의 시간이 계속되었다.

침묵을 견뎌내는 게 지루했는지, 아니면 시간을 끌어봐야 별 쓸모가 없다고 생각했는지. 아틀 제독은 어깨를 한 번 으쓱거린 다음 친절하게 아까 한 말을 다시 읊어주었다.

"…이번 **실험**에 잿빛 10월을 쓰기로 했다고 말했네."

"실험, 말이지."

카밀라 함장은 느릿느릿한 어투로 제독이 말한 그 단어를 따라서 읊었다. 제독의 말투는 일상적인 업무를 분장하는 것처럼 평이하기 짝이 없었지만, 카밀라는 그 '실험'이 단순한 테스트가 아님을 잘 알고 있었다.

지난달, 쇼우코가 질량 전이 실험에 대해 유의미한 결과를 내놓자 학회는 본격적으로 질량 전이 장치를 실용화하기 위해 고등 동물을 대상으로 한 실험을 속행하였다.

실험이 언제나 뜻대로 잘 이루어졌더라면 좋았겠지만… 대부분의 피험체는 마우스를 실험할 때처럼 조각나거나 젤화된 상태로 출력되었다. 말이 좋아 전이 실험이었지 사실상 동물을 분쇄기에 밀어 넣고 살아나오기를 바라는 무식한 반복 작업의 연속이었다. 하지만 학회 상층부는 이에 만족하지 않고 더 나아가 **인간을 대상으로 한 전이 실험**을 속행하길 바랐다.

안전이 검증되지 않은 실험에 무작정 사람을 투입하겠다는 상층부의 의견에 카밀라 함장은 역겨움을 느꼈다. 하지만 그녀는 굳이 반대 의견을 내놓지는 않았다. 사람을 상대로 학회가 비인도적인 실험을 진행해 온 것이 하루 이틀도 아니었거니와… 그 실험의 피험체가 되는 것은 자신과 상관없는 타인이 되리라고만 생각했기 때문이었다.

하지만 아들 제독은 피험체로 잿빛 10월을 골랐다.

실험 데이터만 얻을 수 있다면 잿빛 10월과 그 승조원들이 **어떤 꼴**이 되더라도 개의치 않겠노라고 허가서를 써 준 셈이었다. 상황을 이해한 함장의 표정이 분노로 조금씩 물들어가기 시작했다.

카밀라는 의자에서 등을 떼고 몸을 굽혀 아틀 소장에게 얼굴을 가까이 들이밀었다. 그리고 이를 드러내며 날이 잔뜩 선 목소리로 따져 물었다.

"왜 하필이면 우리 배를 쓰려는 거지? 학회에 쓸 만한 더미가 그렇게 없어?"

카밀라의 질문에 제독은 기다렸다는 듯이 입에 발린 변명을 늘어놓았다.

"솔직히 말하자면 그렇군. 현재 서태평양 함대에서 함 행동이 가능한 수상함은 잿빛 10월이 유일한 데다가, 극비로 진행되어야 하는 실험의 특성상 외부 인력을 쓸 수도 없거든. 사전에 전력을 확보하지 못해 유감이네."

"우리라고 한가한 줄 알아? 게다가 실험이 잘못되어서 배가 침몰하기라도 한다면, 앞으로 동중국해에서의 잠수함 지원은 누가 할 건데?"

"그 점도 충분히 고려했네. 잿빛 10월이 쓸모없는 배라서 실험에 쓰겠다는 게 아니야. 그만큼 이 실험이 중요한 임무이기 때문에 잿빛 10월을 고른 것이지. 본관은 언제나 지휘관으로서 가장 효율적인 수단을 고른다네."

"말은 잘해요."

'핑계는 언제나 번드르르하군.'

함장은 혀를 차며 속으로 그렇게 중얼거렸다.

비싼 장비를 물 쓰듯 낭비하는 학회의 입장에서도 잿빛 10월은 쉽게 버리기 아쉬운 패였다. 여간한 전함 상대로도 밀리지 않을 정도의 강력한 자체무장을 탑재한 것은 물론이요, 연구 설비를 포함한 지원 인프라도 충분하다. 게다가 잿빛 10월에 승함하고 있는 고급 인력들도 학회로서는 아쉬운 재원이었다. 당장 잿빛 10월이 폐기되면 엘레나가 주도해 오던 신형 어뢰 개량 일정에 차질이 생기는 것은 물론이요, 이를 운용-시험해볼 테스트함까지 통째로 사라지는 셈이었다.

무엇보다 학회는 현재 연방과 전쟁 중이다. 동중국해에 머무르고 있는 잠수함 전대의 기함을 뒤로 물린다면, 그만큼 전선에 큰 공백이 생긴다. 그동안 잿빛 10월이 연방군을 상대로 올렸던 전과를 차지하더라도, 연방과의 교섭에서 잿빛 10월은 유의미한 패가 될 수 있었다.

그런데, 아틀 제독은 그 모든 가능성을 참작했음에도 잿빛 10월을 버림말로 쓰겠노라 선언했다. 이는 전략적인 판단에서 기인한 결정이 아니었다. 학회의 일에 사사건건 불온한 태도를 보여 온 카밀라 함장과 그 부하들에 대한 보복성 인사였다.

"휴우⋯."

함장은 깊이 한숨을 내쉬며 머리를 긁적였다.

단순히 협상을 위해 블러프를 치는 것처럼 보이지는 않았다. 이미 제독은 마음을 정했다. 협상은 불필요했다. 그렇다면 최소한 피해를 줄일 방법이라도 찾아야 했다. 함장은 조심스럽게 지난 실험의 결과에 대해 물었다.

"실험의 성공률은 얼마나 돼?"

"원숭이를 상대로 한 실험에서는 10% 정도였네. 그나마도 대부분이 불구가 되거나 코마 상태에 빠져버렸지만⋯ **인간을 상대로 실험하는 건** 이번이 처음이라 잘 모르겠군."

제독이 말한 어처구니없는 확률에 카밀라 함장의 인내심도 끝내 바닥이 나고 말았다.

"그건 그냥 죽으라는 소리잖아!"

쾅!

주먹에 책상이 세게 흔들리며 찻잔이 엎어졌다. 엎어진 찻잔에서 흘러내린 찻물이 책상 끝에 맺혀 똑똑 떨어지며 청량한 박하 향을 풍겼다. 하지만 제독은 엎어진 차를 훔칠 생각도 하지 않고, 고개만 천천히 가로저었다.

"섭섭한 소리를 하는군, 함장. 부하를 일부러 죽이는 상관이 세상 어디에 있겠는가."

제독은 어려운 임무를 주문하는 지휘관처럼 거만한 표정으로 턱을 매만졌다.

"뭐, 생환율이 낮은 것은 부인하지 않겠네. 하지만 군인된 자가 안전한 임무에만 투입되려 한다면 전쟁을 어떻게 치르겠나? 이기기 위해서는 목숨을 걸어야 하는 법일세."

'…궤변이야.'

이것이 그녀의 말처럼 그저 위험한 전장에 투입되는 것뿐이었더라면, 함장도 군소리 없이 제독의 말을 따랐을 것이다. 하지만 이건 전투조차 아니었다.

본래 사령관이라는 작자들은 병사들을 대체할 수 있는 소모품처럼 취급하기도 한다. 병사 한 사람, 한 사람에게 이입하면 제대로 된 지휘를 할 수 없기 때문이다.

하지만 그렇다고 해서 병사들이 사지로 돌격하라는 명령을 아무런 의심도 없이 수행하는 것은 아니다. 병사들도 바보는 아니다. 목숨을 걸기 위해서는 대의명분이 필요하다. 국가 간의 총력전에서는 애국심이 그 명분이 될 수도 있고, 돈을 주고 고용한 용병들에게는 사후 가족들에게 돌아갈 충분한 연금이 그 명분이 될 수도 있다.

하지만 잿빛 10월의 승조원들에게는 그 모두가 무의미한 소리였다. 그들에게는 돌아갈 나라도 가정도 없다. 오로지 제 한 몸뚱어리가 유일한 재산이고, 삶의 이유인 아이들에게, '지식의 탐구'라는 추상적인 대의명분을 위해 목숨을 걸으라니.

그런 불합리한 명령을 내릴 수는 없다.
그런 불합리한 명령에 따를 리가 없다.

하지만 제독은 함장에게 그 불합리함을 전파하라고 강요하고 있었다. 이것은 명령이 될 수 없다. 단순한 협박이다.

"휴우…."
함장이 다시 한번 깊게 한숨을 내쉬었다. 할 수 있는 게 아무것도 없었다. 당장 제독의 얼굴에 주먹이라도 날린다면 속이야 시원하겠지만, 상황을 해결하는 데에는 아무런 도움도 되지 않으리라. 표정은 분노로 가득 차 엉망진창 일그러지고, 손은 주체할 수 없이 떨려왔다. 무의미한 질문인 줄 알면서도 함장은 굳이 입을 열어 다른 경우의 수를 물었다.

"…만약 명령을 거절한다면?"

"명령 불복종은 중죄이니 유감스럽지만, 잿빛 10월 승조원 전원을 학회에서 제명하는 수밖에 없지. 물론 총을 포함한 장비는 학회의 재산이므로 반납해야겠지만…."

아틀 제독은 입가에 은근한 미소를 띠며 뒤에 한 마디를 덧붙였다.

"무기도 없는 한 무리의 여자들이 현상금 사냥꾼의 손을 피해 얼마나 오래 살아남을 수 있을지 궁금하군."

제독이 굳이 상기시켜주지 않더라도, 지난달 산다칸에서 벌어졌던 일련의 소동으로 인해 함장은 잿빛 10월이 얼마나 큰 위험에 노출되어 있는지 이미 알고 있었다.

얼굴은 이미 웹 사이트에 공공연하게 뿌려져 있고, 현상금은 연방 정부가 보장한다. 거기에 구성원들도 모두 힘으로 제압하기 쉬운 젊은 여성들뿐이니, 현상금 사냥꾼들에게 잿빛 10월은 떡하니 잘 차려진 진수성찬처럼 보일 것이다. 이러한 상황에서 그녀들을 지켜주는 유일한 보호막까지 벗겨가 버린다면… 카밀라 함장과 승조원들은 말 그대로 사자 우리에 던져진 토끼 꼴이 되어버리고 말 것이다.

자리에 앉아 파들파들 떠는 카밀라 함장에게 아틀 제독이 다시 한 번 쐐기를 박았다.

"실험 예정일은 다음 주 월요일이네. 일정에 차질 없도록 준비에 만전을 다해주도록."

"…."

함장은 답이 없었다. 그녀는 조용히 제독과 리타 소위를 번갈아 본 다음, 욕지거리와 함께 책상을 힘껏 걷어찼다.

"씨발!"

와장창!

책상이 엎어지자 그 위에 있던 식기들은 산산조각이 나고 말았다. 요란한 소음이 나는데도 제독과 부관은 눈 하나 깜짝하지 않았다. 함장은 바로 자리에서 일어나 뒤도 돌아보지 않고 빠른 걸음으로 집무실을 빠져나갔다.

쾅.

문 닫는 소리가 요란하게 울려 퍼지고, 집무실에는 한동안 침묵이 계속되었다. 아틀 제독이 좀처럼 입을 열 기색을 보이지 않자 부관인 리타—마르가리타 소위는 말없이 나서서 바닥에 너부러진 잔을 치우기 시작했다. 부관이 식기를 치우는 것을 보며 제독이 혼잣말처럼 말했다.

"…함장 앞에서는 그렇게 말하긴 했지만, 막상 패를 버리려 하니 아깝군. 잿빛 10월과 그 승조원들은 아직 쓸모가 많은데 말이야."

"용케도 내색하지 않으셨군요. 잘하셨습니다."

마르가리타는 미소를 지으면서도 단호하게 고개를 가로저었다.

"하지만 카밀라 함장과 그 부하들이 작정하고 학회에 반기를 든다면 연방과의 전쟁 이상의 피해가 발생할 겁니다."

그녀는 찻물을 훔친 수건을 휘둘러 물기를 털어내며 옛 직업처럼 요리사 같은 소리를 했다.

"감자는 싹이 돋기 전에, 고기는 질겨지기 전에. 식재를 아까워하다가는 더 큰 탈이 나고 말지요."

'탈(汰)'이라는 말에 아틀 제독은 무언가 안 좋은 기억을 떠올렸는지 표정을 찌푸렸다. 하지만 그것도 잠시. 제독은 곧 결심을 굳힌 표정으로 다시 한번 명령을 확인했다.

"…마르가리타. 실수는 없겠지?"

"실험 말씀이신가요. 아니면 **본 목적** 말씀이신가요?"

히죽히죽.

마르가리타는 짓궂다고 표현하기에는 어딘가 소름 끼치는 구석이 있는 미소를 지어 보이며 능청을 떨었다. 하지만 제독이 농담을 받아주지 않자 그녀는 어깨를 으쓱거리며 말을 이어갔다.

"잿빛 10월의 승조원들이 협조해주지 않는다면 실험은 실패할 수 있습니다. 하지만…"

마르가리타의 입꼬리가 기괴하게 뒤틀렸다.

"어떤 결정을 하든 간에 잿빛 10월과 그 승조원들은 살아남지 못할 겁니다."

"**기대**하고 있겠네."

제독은 기대라는 단어에 힘을 주어 말하며 깨지지 않은 컵 하나를 집어 들었다. 그리고 안에 남은 찻물을 단숨에 훅 들이켰다.

-3-

함장실에 들어섰을 때, 카밀라 함장은 자신이 어떻게 배에 돌아왔는지도 기억해낼 수가 없었다. 싸구려 독주를 마신 것처럼 눈앞이 흐릿하고 머리가 아팠다.

차라리 아까 들었던 이야기들이 지나친 걱정에서 피어난 꿈속의 이야기였더라면 좋았으련만. 제독의 목소리는 이명처럼 귓가를 맴돌며 방금 있었던 일이 꿈이 아니었음을 함장에게 가르쳐주었다.

'실험 예정일은 다음 주 월요일이네.'

사형 집행일을 언도받은 사형수의 기분이 이럴까. 차라리 자신의 목숨만 걸려 있었더라면 미련이라도 버렸을 텐데, 자신을 믿고 따라준 부하들의 목숨까지 함께 버려야 한다는 사실이 그녀를 더욱 비참하게 만들었다. 취하지 않고서는 견딜 수가 없는 심정이었다.

함장은 책상 위의 찬장을 열고 아껴두었던 루스토의 셰리 한 병을 꺼내 잔에 따랐다. 한 모금 들이켜자마자 강화된 주정의 묵직한 맛이 혀에 감겨들었다.

취기로 인해 얼굴이 후끈 달아오르자 함장은 내선 무전을 켜고 습관적으로 조리실을 호출했다.

"조리장, 거기 있지? 나 술 한잔하게 안주 좀—."

문득, 말을 하다 말고 카밀라는 조리실의 내선이 꺼져있는 것을 알아차렸다.

'이상하다. 언제나 이 시간에는 해인이 조리실에서 다음 날의 아침 메뉴를 짜고 있었을 텐데…'

생각이 거기까지 미쳤을 무렵, 카밀라는 해인과 원일이 지금 연방에 출장을 가 있다는 사실을 떠올려냈다.

"나도 참, 바보 같은 짓을."

막상 처음에 해인과 원일이 배에 찾아왔을 때는 언젠간 떠나리라 생각하며 무심한 척 지냈었는데, 막상 사라지고 나니 두 사람의 빈자리가 유난히 크게 느껴졌다.

언제나 그 자리에 있으리라 생각했던 것들이 변해간다. 이 배도, 승조원들도, 영원히 이 상태로 머무를 수는 없다. 그런 생각이 들자 갑자기 무어라 형언할 수 없는 강렬한 상실감이 몰려들었다.

"…가끔은 혼자 해결해 볼까."

카밀라는 다시 한번 찬장을 열어 안의 내용물을 뒤적였다. 비싼 고급술로 가득한 찬장의 한편과는 달리 다른 한쪽에는 함장이 해인 몰래 쟁여둔 싸구려 통조림 안주가 가득 쌓여있었다. 카밀라 함장은 그중에서도 후추와 겨자에 절인 베이컨 통조림을 집어 들었다. 짭조름하게 간이 밴 두툼한 베이컨 조각 자체는 안주로 나쁘지 않았지만 그래도 비싼 와인에 어울리는 마리아쥬(mariage)는 아니었다.

'조리장이 보았더라면 어떻게 이런 걸 루스토의 세리에 곁들여 먹냐며 호들갑을 떨었었겠지.'

카밀라는 해인의 뾰로통한 얼굴을 떠올리며 쓰게 웃었다.

"…조리장, 오늘따라 네 음식이 그리워."

168
169

8. 맥주

아틀 제독으로부터 **통보**를 받은 지 벌써 사흘이 넘게 지났지만, 카밀라 함장은 아직도 뾰족한 대책을 떠올리지 못하고 있었다. 애초에 적과 싸우는 것이 아니니, 대책이라고 할 수 있을 만한 것도 없었다. 학회에 몸을 담고 있는 이상 함장이 고를 수 있는 선택지는 죽을 자리를 어디로 하느냐 정도뿐이었다. 그렇다고 학회 전체를 적으로 돌려 싸우자니, 승산이 없었다.

당장 항구를 벗어나기만 해도 동중국해에는 학회의 잠수함들이 우글거리고 있었다. 이 잠수함들의 성능은 일전에 상대했던 연방 잠수함에 비할 바가 아닌 데다가 잿빛 10월의 약점도 잘 알고 있었다. 기습을 가하는 데 성공하더라도 잠수함 편대가 이곳에 머무르고 있는 한 잿빛 10월은 항구를 빠져나가기도 전에 물고기 밥 신세가 되고 말 것이다.

만에 하나 운 좋게 동중국해를 빠져나간다 하더라도 대책이 없는 것은 마찬가지였다. 연방과 학회를 모두 적으로 돌리고 어디에 몸을 기탁한단 말인가. 가능한 모든 수를 짚어 보아도 외통수였다.

'어쩌다 이 지경에까지 이르게 된 걸까.'

모든 일에는 전조가 있는 법이다. 제독도 하루아침에 잿빛 10월을 버림 패로 쓰겠노라고 결정하지는 않았을 것이다. 물론 아틀 제독이 카밀라 함장과 잿빛 10월 승조원들을 마뜩잖게 여기고 있다는 사실은 이미 알고 있었지만 대처가 늦었다. 이 모든 상황이 자신의 탓인 것 같아 함장은 속이 타는 듯 괴로웠다.

차라리 자존심을 모두 버리고 승조원들의 목숨만이라도 보장해 달라고 빌어 볼까— 하는 생각도 들었지만, 그 너구리 같은 체카 소위가 순순히 말을 들어줄 것 같지도 않았다.

'정말 죽음을 받아들이는 수밖에 없나….'

생각이 거기에 머물렀을 무렵, 누군가가 갑자기 함장실의 문을 두드렸다.

똑, 똑.

"들어가도 좋습니까? 트리샤 베이커입니다."

"응, 들어와."

함장은 우울한 표정을 짐짓 유쾌하게 고쳐 지어 보이며 고개를 끄덕였다. 곧 함장실의 문이 열리고 트리샤가 방 안으로 들어섰다. 그녀는 품에 안은 문서 다발을 떨어뜨리지 않게 주의하면서 경례를 올려붙였다.

"육상 기지에 문서 수발을 다녀왔습니다. 이쪽이 함장님 앞으로 온 편지와 이번 달 잡지입니다."

트리샤가 가져온 것은 함장에게 도착한 우편물이었다. 카밀라는 곁눈질로 우편물을 훑으며 손을 내저었다.

"응, 수고 많았어. 거기 두고 가."

하지만 트리샤는 임무를 완수한 이후로도 무언가 신경 쓰이는 것이 있는지 나가지 않고 문가에서 계속 버르적거렸다. 할 말이 있는가 싶어 함장이 먼저 질문을 던지려던 찰나, 트리샤가 먼저 입을 열었다.

"저… 함장님?"

"왜?"

"주제넘은 말임을 알고 있습니다만, 혹시…"

트리샤는 아주 잠깐 주저한 다음, 걱정스럽다는 표정으로 입가를 가리켰다.

"무언가 걱정이 있으신가요?"

"걱정?"

트리샤의 지적에 함장은 황급히 입가를 매만져보았다.

승조원들 앞에서는 억지로라도 미소를 유지하려고 했는데… 의식하지 못한 사이 어느새 함장의 입가는 못마땅한 듯 다시 뒤틀려 있었다. 언제나 생글생글 천연덕스러운 미소만 짓던 사람이 오늘은 죽상을 쓰고 있으니, 소심한 트리샤도 걱정이 되었던 모양이다.

'표정 하나 제대로 감추지 못하다니… 나도 함장 실격이네.'

걱정이 있는 것은 사실이긴 하지만… 아직은 승조원들에게 걱정을 끼칠 때가 아니다 싶어 카밀라는 가짜 미소를 지어 보이며 천연덕스럽게 거짓말을 했다.

"걱정이야 많지. 배를 운용하려면 신경 써야 할 것이 한두 가지가 아니니까. 유류 보급부터 시작해서 항로 계산이나, 탄약 실셈, 부대원 관리까지…"

거짓말이랍시고 떠오르는 말을 길게 늘어놓았는데, 어쩐지 말하고 보니 원래 함장이 했어야 하는 일뿐이었다. 엘레나의 사나운 눈초리가 떠오르는 것 같아 카밀라는 황급히 변명처럼 끝에 한 마디 덧붙였다.

"…물론 내가 직접 하는 일은 없지만"

거짓말을 하는 와중에도 변명을 고르고 있는 꼴이 우스웠는지 트리샤가 쿡쿡 소리를 내며 웃었다. 하지만 그녀의 눈만큼은 여전히 진지했다. 트리샤는 곧 자신의 가슴에 손을 살포시 올려놓으며 혼잣말처럼 부탁했다.

"물론 일개 사병인 제가 도움이 될 수 있으리라 생각하지는 않습니다. 하지만 가끔은… 저희에게도 도울 기회를 주셨으면 합니다."

그녀의 눈은 전에 없이 진지한 색으로 빛나고 있었다.

"저희는 함장님께 큰 빚을 지고 있으니까요."

"휴우…."

그 말을 듣고 나니 깊은 한숨이 터져 나왔다. 트리샤의 말이 허황되게 느껴지거나 이해할 수 없다고 생각해서 그런 것은 아니었다. 오히려 함장은 그녀의 기대에 부응할 수 없는 자기 자신이 한심하게 느껴졌다.

'빚은 오히려 이쪽에서 지고 있는데 말이지.'

자신을 믿고 따르는 부하들을 위해서라도 포기할 수는 없었다. 카밀라는 이번에야말로 진심에서 우러난 미소를 지으며 고개를 끄덕였다.

"말만으로도 고마워. 큰 도움이 되었어."

"그렇다면 다행입니다."

트리샤는 기쁜 표정으로 경례를 올려붙이며 함장실을 빠져나가려 했다. 돌아서는 그녀의 뒷모습을 보며 함장은 평소처럼 실없는 질문을 던졌다.

"트리샤. 오늘 저녁은 뭐야?"

"토란과 실 곤약을 넣은 고기 감자조림입니다. 디저트로는 아이스크림이 준비되어 있습니다."

고기 감자조림과 아이스크림.

문득 카밀라는 묘한 기시감을 느꼈다. 전에도 이 메뉴가 저녁으로 나왔었을 때 골치 아픈 일이 생기지 않았었던가? 하지만 카밀라는 정확히 그때가 언제였는지 기억해 낼 수가 없었다.

"…그렇구나. 기대하고 있을게."

"네. 그럼 먼저 실례하겠습니다."

트리샤를 보내고 나서 함장은 그녀가 가져온 우편물을 뒤적거리며 소인을 확인했다. 대부분은 가입한 금융서비스 등의 통지서였고, 그 사이에 정기 구독하는 연감이나 잡지 등이 섞여 있었다.

적당히 우편물을 헤집고 있노라니, 문득 우편물 사이에서 처음 보는 잡지 한 권이 함장의 눈에 들어왔다. 그 잡지는 요리 레시피와 맛집 정보를 주로 다루는 여성지였다.

"…내가 이런 잡지를 구독한 적이 있었던가?"

아무리 생각해도 이런 잡지를 읽었던 기억은 없었다.

혹 수신인을 착각했나 싶어 다시 소인을 살폈지만 받는 이에는 분명하게 카밀라 함장의 이름이 적혀 있었다. 잡지를 들고 페이지를 팔랑팔랑 넘겨보니 사이에 끼워져 있던 투박한 엽서 한 장이 책상 위에 톡 떨어졌다. 평범한 독자 사은 엽서라고 생각했는데, 놀랍게도 엽서의 공란에는 누군가가 적은 메시지가 빼곡히 채워져 있었다. 내용을 읽을 것도 없이 낯이 익은 특유의 동글동글한 글씨체를 보는 순간, 함장은 이 엽서를 보낸 사람이 누구인지 바로 알아차렸다. 이해인 조리장이었다.

-2-

일과 중에 갑자기 사관 회의가 소집되는 일에 잿빛 10월의 간부들은 어지간히 익숙해져 있었지만, 그날의 회의는 어쩐지 평소와는 조금 분위기가 달랐다. 평소였더라면 흐트러진 차림으로 시답잖은 농담이나 던져대던 함장도 오늘은 웬일인지 제대로 된 제복을 입은 채 상석에 앉아 있었고, 사관실의 분위기도 이상하리만큼 경직되어 있었다.

물론 잿빛 10월이라 해서 언제나 당나라 군대처럼 늘어져만 있는 것은 아니었다. 작전 중에 전황이 좋지 않을 때면 오늘처럼 진지한 분위기에서 회의가 이루어지기도 했다.

하지만 예정된 함 행동도 없는 상태에서 갑자기 함장이 진지한 기색으로 회의를 소집하니, 사관들은 도무지 감이 잡히질 않는다는 표정을 짓고 있었다.

직별장들까지 모두 자리에 앉고 나자 함장은 진지한 표정으로 간부들을 돌아보며 조심스레 입을 떼었다.

"갑작스럽게 이런 이야기를 하게 되어서 미안하지만… 안 좋은 소식을 전달해야 할 것 같아."

안 좋은 소식이라는 말에 사관실이 싸늘하게 얼어붙었다.

무슨 이야기부터 시작해야 할까. 카밀라는 속으로 말을 고르며 입을 달싹거렸다. 함장이 계속 본론을 말하지 못하고 주저하자 옆에서 함장을 의심쩍은 눈초리로 노려보던 엘레나 포술장이 대뜸 돌직구를 던졌다.

"…혹시 남자한테 차였어요?"
"…뭐?"
함장이 어처구니가 없어 말을 잇지 못하는 사이, 다른 사관들도 포술장을 따라 한 마디씩 거들기 시작했다.

"설마, 결혼 사기라도 당하신 건가요?"

"생각을 좀 해라, 대잠관. 함장님한테 남자가 있을 리가 없잖아? 분명 술이랑 관련된 문제일 거야."

"그럼 술 먹고 사람이라도 쳤어요?"

"상대가 죽은 건 아니겠죠?"

"아니면 도박을 하다가 배를 걸고 날려 먹었다던가…"

추측은 점차 수위를 높여가더니 끝내는 인신공격의 수준에 이르고 있었다. 함장은 짓궂은 질문을 던져대는 사관들을 향해 미간을 찌푸리며 골을 냈다.

"아니야! 그보다 너희들은 나를 어떻게 생각하는 거야!?"

하지만 포술장은 그런 함장의 반응이 되레 이해가 가질 않는다는 것처럼 콧방귀를 뀌며 쏘아붙였다.

"어떻게 생각하기는요. **언제나처럼** 게으른 우리 잿빛 10월의 카밀라 함장님으로 생각하고 있죠."

엘레나의 눈은 일견 경멸의 빛으로 가득 찬 것처럼 보였지만, 자세히 살펴보면 엷게 장난기가 배어있었다. 언제나 그랬던 것처럼, 카밀라의 실없는 농담을 기대하듯이.

그래, 언제나처럼.

"…"

문득 사고가 냉정해졌다.

언제나처럼 유쾌한 사관들의 반응을 보고 나자 카밀라 함장의 눈에 현실이 들어왔다. 새삼 진지한 척 어울리지도 않는 가면을 쓸 필요는 없었다. 평소처럼, 담담하게 하고 싶은 이야기를 하면 된다.

카밀라는 천천히 한숨을 내쉬었다. 그리고 평소처럼 장난스럽게, 무심하게 하고 싶은 말을 입 밖으로 꺼냈다.

"학회가 우릴 버렸어."

조금의 가감도 없는 담백한 사실.

이 담백한 사실을 말하기 위해 얼마나 오랫동안 속앓이를 해왔는지. 하지만 정작 사관들은 함장의 말을 이미 예상하고 있었다는 것처럼, 대수롭지 않다는 투로 저마다의 소감을 한마디씩 늘어놓았다.

"뭘, 새삼스럽게."

"그 녀석들이 우리 싫어하는 거 이미 알고 있었잖아요?"

"난 이렇게 될 줄 알고 있었어. 학회를 믿느니 차라리 우리 배 원자로 안전 관리 상태를 믿고 말지."

"…잠깐, 방금 그거 무슨 뜻이야?"

"애초부터 그 녀석들 마음에 안 들었다고요. 이참에 우리가 먼저 한 방 먹여 주죠!"

"…우리 배 원자로에 무슨 일이 일어나고 있는데!?"

와글와글, 시끌벅적.

상급 사관들부터 각 부 직별장들까지 한마디씩 말을 얹기 시작하자 사관실은 시장통처럼 소란스러워졌다. 방금 막 버림받았다는 사실을 알아차린 용병들이라고는 생각할 수 없는 유쾌한 분위기. 여느 때의 잿빛 10월이었다.

정말, 말도 안 되는 분위기였지만… 이 말도 안 되는 유쾌함 덕분에 함장은 한결 가벼워진 마음으로 입을 열 수 있었다.

"…잘 들어. 지금부터 하는 이야기는 농담이 아니니까."

어려운 이야기라고 생각했는데, 막상 입을 열고 나니 의외로 말은 쉽게 흘러나왔다.

함장은 그간 이 배와 학회에서 있었던 일을 승조원들에게 모두 솔직하게 털어놓았다.

그간 잿빛 10월이 동중국해 해역에서 진행해 왔던 연구의 실체를, 그 연구의 사전 시험 진행이 예상보다 빠르게 진척되어 이제는 인간을 대상으로 한 임상 시험을 고려하고 있다는 사실을, 그리고 그 시험의 대상자로 잿빛 10월이 선정되었다는 진실을. 함장은 조금의 숨김도 없이 아는 대로 모두 이야기했다.

그동안 학회에 대한 불신이 깊이 쌓였던 탓이었을까.

잿빛 10월의 승조원들은 자신들이 학회의 시험용 쥐로 쓰이게 되었다는 사실에 그다지 놀라지 않았다. 오히려 SF 영화의 텔레포트 기술을 연상시키는 대규모 질량 전송 장치가 있다는 사실에 대해 더욱 흥미를 보였다.

"무슨 스타트렉 시리즈도 아니고…. 그런 게 실제로 가능하다고?"

"이론상으로는. 충분히 강력한 전압만 걸어준다면 자기장 내의 질량을 다른 좌표계로 옮길 수 있다고 해. 물론 이송중의 화물이 멀쩡할지는 아무도 장담할 수 없지만 말이야."

물론 자신들이 학회의 일방적인 통보에 분개하는 이가 아무도 없는 것은 아니었다. 특히 시험의 결과에 대해 누구보다 잘 알고 있었던 쇼우코 군의관은 기가 찬다는 표정으로 목소리를 높였다.

"그걸 우리한테 쓰겠다고? 미친 거 아냐?"

"미쳤지. 미치지 않고서야 그럴 수는 없지. 하지만 애초부터 정상적인 집단은 아니었잖아? 상식을 기대한 우리가 바보였을지도 몰라."

"…성공 확률은 얼마나 되나요?"

조리장 직별 대행으로 참가한 칸나 수병장이 조심스럽게 일말의 가능성에 희망을 걸어보았지만, 군의관이 내뱉은 수치는 절망적인 수준이었다.

"쥐를 상대로 한 실험은 1%. 그마저도 인간을 상대로 한 실험이 아니라서 실제로는 어떻게 될지도 몰라."

"휴우…."

어디선가 낮은 한숨이 터져 나왔다.

카밀라는 그런 반응을 예상이라도 했다는 것처럼 너털웃음을 터트리며 손을 내밀었다.

"다들 죽고 싶지는 않겠지? 시험 예정일은 다음 주 월요일이니까 도망치려거든 그 전에 도망치라고. 위조 신분증이랑 표는 어떻게든 준비해볼게. 쉽지는 않겠지만… 그래도 이 배에 남아 죽기를 기다리는 것보단 나을 거야."

"…"

함장의 제안에 다시 사관실이 조용해졌다.

분명 가능성에 대해 셈을 해보고 있는 것이리라.

용병에게 목숨만큼 소중한 재화는 없다. 죽고 싶어 환장한 광인(狂士)이 아니라면, 당연히 자신의 목숨을 우선시할 것이다. 적어도 카밀라는 그렇게 생각했다.

그런데 그때. 갑자기 갑판장 샤오지가 질문을 던졌다.

"그럼, 함장님은 어떻게 하실 건가요?"

일부러 승조원들에게 말하지 않으려 했던 사실을 굳이 짚어내는 점이 퍽 갑판장다웠다. 하지만 함장은 그 질문에 대한 답도 이미 준비해 두고 있었다.

"나는 이 배와 운명을 함께 해야지."

카밀라는 마호가니로 만들어진 함장석의 팔 받침을 가볍게 두들기며 작위적인 미소를 지어 보였다. 영화 타이타닉에 나오는 노련한 선장같은 인상을 주려고 했었는데, 승조원들의 눈에는 단순한 얼간이로 보였는지 싸늘한 시선이 쏟아졌다. 특히 엘레나 포술장은 어처구니가 없다는 투로 도끼눈을 치켜뜨며 따져 물었다.

"아니, 그냥 앉아서 개죽음을 당하겠는 거예요?"

"그럴 리가 있겠냐. 최소한 할 수 있는 데까지는 발버둥 쳐 볼 생각이야."

카밀라가 목을 죈 넥타이를 고쳐 매며 툴툴댔다.

"어차피 이 배는 자동화 시스템이 잘 되어 있으니까 나 혼자서도 어느 정도 움직여 볼 수는 있어. 최소한… 녀석들의 그 불쾌한 면상에 포탄 한 발 정도는 먹여줄 수 있겠지."

침묵.

사관들은 아무런 말도 하지 않았다. 홀로 죽음을 각오한 상관 앞에서 부하들이 무어라 할 말이 있겠냐마는, 그걸 참작하더라도 사관실의 분위기는 이상하리만큼 조용했다.

함장은 따가운 침묵을 피부로 느끼며 담담히 대답을 기다렸다. 과연 잿빛 10월의 사관들은 함장의 결정에 어떤 반응을 보여줄까. 위로일까, 비난일까.

　　예상과는 달리 가장 먼저 돌아온 반응은… **조롱이었다.**

　　"**퍽이나.** 혼자서 잘도 하시겠습니다."

　　함장이 고개를 들어 보니 엘레나 소교가 냉소 어린 표정을 지은 채 함장을 노려보고 있었다. 그녀는 머리끝을 손가락으로 배배 꼬며 아니 꼽다는 듯 콧방귀를 뀌었다.

　　"해도도 제대로 읽지 못하시면서 혼자서 가시는 어딜 가십니까? 탐색 레이더랑 추적 레이더 화면은 구분하실 수 있으십니까? 소나 데이터는 어떻게 처리하시려고요?"

　　"나도 그 정도는—"

　　함장이 채 말을 끝마치기도 전에 포술장이 옷깃에 달린 학회의 계급장을 투둑, 하고 뜯어냈다. 그리고 그녀는 계급장을 책상 위에 내던지며 아까 전의 태도만큼이나 가벼운 어조로 담담히 선언했다.

　　"학회가 마음에 들지 않던 건 저도 마찬가지였습니다. 녀석들에게 마지막 성질을 부리실 거라면 저도 조금은 어울려드리죠."

　　너무나도 갑작스러운 선언에 그 뜻을 이해하는 데에는 조금 시간이 걸렸다. 카밀라 함장은 잠깐 벙쪄 있다가 불같이 화를 내며 포술장을 다그쳤다.

　　"웃기지 마! 이건 자살행위야! 네가 여기에 참가해야 할 이유는 조금도 없다고!"

　　"그 말 그대로 돌려드리죠. 함장님, 함장님이야말로 왜 혼자서 자살

행위를 하시려는 겁니까?"

엘레나는 책상에 손을 짚은 채 진지한 표정으로 반문했다. 순간적으로 화를 내기는 했지만, '학회와 맞서는 것은 자살행위다'라는 소리는 함장 본인에게도 적용되는 말이었던지라. 카밀라는 한동안 꿀 먹은 벙어리처럼 입만 계속 달싹거렸다. 함장의 말문이 막히자 엘레나가 엷은 미소를 지어 보이며 다시 입을 열었다.

"전에 블라디보스토크에 기항했을 때 함장님께서는 좋은 남자나 잡아서 달아나라고 하셨지요."

블라디보스토크에서 그녀의 선배가 혁명을 일으켰었을 때, 함장은 이미 한 번 엘레나 포술장에게 배와 승조원들을 버리고 가라고 명령한 적이 있었다. 물론 엘레나는 그때도 듣지 않았었다.

"그런 삶도… 나쁘지는 않았을 겁니다. 자신의 삶을 타인에게 맡긴 채 하루하루 주어진 것에 만족하며 살아가는 평온한 인생. 하지만 조국과 가족을 버리고 한 끼의 식사를 택한 우리에게, 평범한 범인의 삶이란 감히 입에 담기도 어려운 사치일 뿐입니다."

그녀는 배와 승조원들을 돌아보며 분개한 표정으로 주먹을 꽉 쥐었다.

"고향을 등지고 떠난 이후로, 우리는 이 배에서 줄곧 살아왔습니다. 이 배에서 음식을 먹고, 일을 하고, 잠을 청해 왔습니다. 이 배는 제게 남은 유일한 '집(Home)'입니다.

그런데 이제 와서 이 집에서 나가라고요? 도망쳐야 하는 것은 저희가 아니라 사람의 목숨으로 장난을 치려는 저 무뢰한들입니다. 그들이 우리의 집을 빼앗으려 한다면 목숨을 바쳐서라도 저항하겠습니다."

엘레나의 말이 끝나자마자 그 옆에 앉아 있던 샤오지에 갑판장이 화답하듯 옷깃에서 계급장을 뜯어냈다. 그리고 그녀는 포술장의 계급장 옆에 자신의 계급장을 나란히 올려놓으며 말했다.

"저도 함께하겠습니다."

"갑판장까지…."

함장이 미간을 찌푸리며 쳐다보자 샤오지에는 되레 섭섭하다는 것처럼 손을 내저으며 푸념을 했다.

"갑판부 없이 배를 움직일 수 있다고 생각하시다니, 이것 참 섭섭하네요. 이러니까 장교님들이 수병 아이들에게 미움을 받는 거라고요."

원망조로 말하기는 했지만, 정작 갑판장의 목소리에는 장난기가 가득 서려 있었다. 샤오지에는 함께 온 갑판부의 직별장들을 돌아보며 예전의 일을 반추했다.

"제가 학회의 지시를 거부하고 갑판부 아이들을 지키겠노라고 선언했을 때, 함장님께서는 제 억지를 들어주셨지요. 단순한 상관과 부하의 관계였다면 그러지 않으셨을 겁니다. 갑판부의 아이들이 제게 마음을 열고 가족이 되어 준 것처럼, 함장님께서도 가족이 되어 주셨습니다."

그녀의 눈은 그때처럼 더없이 진지했다.

"한솥밥을 먹는 가족을 버리고 도망치다니, 또 지킬 수 없는 명령을 내리시는군요. **당연히 듣지 않을 겁니다.** 저는, 샤오지에니까요."

샤오지에가 말을 마치자 다른 갑판사들도 고개를 끄덕이며 똑같이 계급장을 떼어 책상 위에 올려놓았다.

함장은 이제 아무런 말도 할 수가 없었다.

마리아 작전관이 무뚝뚝하게 말했다.

"…나 대인공포증 있는 거 알잖아. 작전 끝날 때까지 나는 이 배에서 한 발자국도 안 나갈 거야."

칸나 수병장도 능청을 떨며 말했다.

"식사 준비도 안 끝났는데 배를 비우라니… 조리장님이 아신다면 가만 안 두실걸요? 저희는 죽는 것보다 화난 조리장님이 더 무서워요."

사관들이 장난스럽게 한 마디씩 보태기 시작했다.

"이제야 죽을 자리를 찾았는데 배를 떠나라니 너무하세요! 학회의 실험체로 쓰여서 죽을 수도 있다니… 아, 그건 그것 나름대로 매력적이긴 하지만."

"나스챠, 재수 없게 그런 소리 하지 마. 죽기는 누가 죽는다는 거야?"

"뭐, 우리도 배에 남을 거지만. 높으신 분들 엉덩이에 포탄을 박아줄 수 있다면 무급으로도 일할 수 있어."

"우리는 그… 원자로 고칠 때까지는 이 배에 있을게."

"아니, 진짜로 이 배 원자로에 무슨 일이 일어나고 있는 건데!?"

함장이 정신을 차리고 보니, 어느새 책상 위에는 떼어낸 계급장이 수북이 쌓여 있었다.

세어보니 결국 배를 떠나겠다는 사람은 아무도 없었다. 한편으로는 화가 나고 답답하면서도, 또 다른 한편으로는 평소의 잿빛 10월답다는 생각이 들어 함장은 절로 헛웃음이 터져 나왔다.

"정말이지… 말 안 듣는 녀석들 같으니라고."

"상관의 말을 곧이곧대로 들으면 잿빛 10월의 승조원이 아니지요."

샤오지에가 함장의 혼잣말에 엷은 미소로 답했다.

카밀라는 자리에 모인 승조원들을 하나씩 돌아보며 눈을 마주쳤다. 가브리엘라 기관장, 엘레나 포술장, 마리아 작전관, 나스챠 대잠관, 샤오지에 갑판장… 어느 하나 사랑스럽지 않은 사람이 없었다. 모두가 소중한 부하들이자 한솥밥을 먹는 가족이었다. 한 사람도 포기할 수 없다.

문득, 빈자리 하나가 함장의 눈에 들어왔다.

1년 전까지만 하더라도 없었던, 남는 의자를 끌어다 임시로 만든 의무 부사관의 자리. 카밀라가 한동안 말없이 그 자리를 바라보자 다른 승조원들도 함장의 시선을 쫓았다.

남자 하나를 구하기 위해 목숨을 걸 수 있다니, 옛날의 카밀라가 들었더라면 그게 무슨 헛소리냐며 면박을 주었을지도 모른다.

하지만 그는 이제 카밀라에게, 잿빛 10월에게 포기할 수 없는 소중한 사람이 되었다. 카밀라는 시선을 물리며 장난스레 너스레를 떨었다.

"이 함장이 모처럼 좋은 이야기를 하고 있는데, 회의에 불참하다니… 이원일 일조도 군기가 빠졌구먼."

함장의 농담을 듣고 있던 엘레나 포술장이 답지 않게 맞장구를 치며 한술 더 떴다.

"최근 힘든 일이 없다 보니 군 생활이 편한 줄 아는 게지요. 복귀 시간이 지났는데도 배에 승선하지 않았으니, 탈영으로 봐도 무방합니다."

"탈영병 검거에 좋은 작전이라도 있나, 포술장?"

포술장은 고개를 끄덕이더니, 기다리고 있었다는 것처럼 마리아로부터 어떤 파일이 담긴 스마트패드를 받아 함장에게 내밀었다. 함장이 그 내용을 확인하기도 전에 엘레나는 장난스러운 미소를 지으며 '평소였더라면 절대로 꺼내지 않았을 제안'을 먼저 건넸다.

"엄청나게 **바보 같고 무모한 작전**이 있는데.
한 번 같이 해보시겠습니까?"

-2-

실험 하루 전.

아틀라후아 제독의 부관이자 학회 정보부의 요원인, 마르가리타─메그 소위는 항만의 곡주에 앉아 싱하(Singha) 맥주를 마시며 바다를 바라보고 있었다.

평범한 부관이라면 업무 시간에 집무실을 비운 채 부대 밖에서 음주를 한다는 것은 상상도 하기 어려운 일일 테지만, 메그는 별다른 죄책감 없이 맥주를 홀짝였다.

애초에 마르가리타는 아틀 제독의 진짜 부관도 아니었다. 잿빛 10월을 '처리'하고 나면 그녀는 블라디보스토크에 있는 자신의 작은 주점으로 돌아갈 예정이었다.

그곳에서 마르가리타는 과거 보안위원회 시절이 그립지 않을 정도로 자유로웠다. 학회에 적을 두고 있기는 했지만, 누구도 그녀에게 지시하지 않았고, 가만히 앉아만 있어도 사방에서 온갖 흥미로운 재료가 흘러들어왔다.

주어진 재료로 우아한 스페셜리티를 만드는 것은 마르가리타의 특기였다. 수많은 크렘린의 인사들이 그녀의 손아래에서 학회의 입맛을 돋워줄 전채 요리로 전락했다. 그렇게 계속 마음씨 좋은 식당 안주인

흉내를 내는 것도 나쁘지는 않았겠지만….

"적어도 네년 머리통을 날려버릴 수는 있겠지, 미스 마르가리타."

카밀라 함장이 그 말을 꺼냈을 때, 마르가리타는 다시 셰프 나이프를 꺼내 들기로 마음먹었다. 이해인 조리장만큼은 아니라지만, 마르가리타도 요리에 퇴짜를 받고 잠자코 물러날 정도로 무른 성품의 소유자는 아니었다. 열심히 준비한 전채 요리를 맛보지도 않은 채 돌려보냈으니, 본 요리 만큼은 절대로 퇴짜를 놓지 못하게 만반의 준비를 다 할 것이다. 그리고 그들은 죽음으로 음식값을 치르게 되리라.

"그러니까 그때 잠자코 말을 들어주었으면 좋았을 것을."
애초에 잿빛 10월의 승조원들이라는 것들도 하나같이 마음에 들지 않는 인선뿐이었다. 포술장인 엘레나 소교는 소비에트를 몰락시켜 보안위원회를 없애버린 원흉의 딸이고, 작전관인 마리아 수병장은 심심풀이로 학회의 DB에 손을 대는 골칫거리 크래커였다. 게다가 그들을 이끄는 함장인 카밀라 대교는 또 어떤 사람인가. 아무리 유능한 재원이라고는 하지만, 그녀가 학회의 지시를 무시하고 제멋대로 일을 벌이는 바람에 획책하던 계획이 틀어진 것이 한두 번이 아니었다.

잿빛 10월 승조원들의 얼굴을 면면이 떠올리고 있노라니 갑자기 맥주의 맛이 떨어졌다. 하지만 이제 하루만 지나면 그 가증스러운 잿빛 10월을 마주할 일도 없어진다.

국가를 이끄는 높으신 분들이 '민족과 국가를 위해서—' 라는 말에는 쩔쩔매는 것처럼, 깐깐하기로 소문난 학회의 높으신 분들도 '과학의 발전과 미래를 위해서—' 라고 서두를 떼면 어떤 사안이든 퍽 너그러워졌다.

평생 조직을 위해 싸워온 백전노장도, 무수한 전공을 세운 무훈함도, 학회에서는 언제든 버릴 수 있는 장기 말에 불과했다. 실험이 끝나고 나면 잿빛 10월과 그 승조원들은 우유에 푹 절인 젤리처럼 흐물흐물하게 변한 채 질량 전이 실험의 데이터로만 기억될 것이다.

하지만 만에 하나라도.

만에 하나라도 **운 나쁘게** 실험이 성공해 버린다면…

작전을 빙자해 그들을 숙청하려던 계획은 수포가 되겠지만, 그래도 잿빛 10월의 승조원들은 살아남지 못할 것이다.

치틀 제독의 지시를 받은 학회 수상함들이 이미 예상 해역에 대기하고 있었다. 만일 잿빛 10월이 무사히 예상 해역에 전이된다면, 그곳에 대기하고 있던 수상함들이 기밀 유지를 핑계로 잿빛 10월을 침몰시킬 것이다. 동선이 겹치지 않도록 이미 연방군과도 일정을 조율해 두었다.

물론 이 사실은 카밀라 함장에게는 알려주지 않았다.

죽을 고비를 넘기고 난 뒤에 다시 절망을 마주했을 때, 카밀라 함장이 어떤 표정을 지을까. 마르가리타는 상상만 해도 벌써 기분이 좋아졌다.

"성공적인 실험을 위해 건배."

마르가리타는 축배 삼아 남은 맥주를 단숨에 들이켰다.

달콤한 일탈은 이것으로 끝이다. 이제 남은 일은 집무실로 돌아가 내일을 기다리는 것뿐.

마르가리타가 캔을 찌그러트리며 자리에서 일어섰을 때.

갑자기, 어디선가 기적(汽笛)이 들려왔다.

부우우—.

처음 그 소리를 들었을 때, 마르가리타는 귀를 의심했다. 고래의 울음소리를 닮은 그 기적은 잿빛 10월의 기적 소리였기 때문이었다.

'설마, 실험을 하루 앞두고 달아나려는 건 아니겠지.'

다른 항구라면 몰라도 이곳은 학회의 주력함들이 머무르고 있는 모항이다. 아무리 잿빛 10월의 승조원들이 기행을 일삼아 온 별종이라고는 하지만, 설마 호랑이 굴에서 소동을 부리는 간 큰 행동을 벌일까 싶었다.

메그는 황급히 잿빛 10월이 계류되어있는 부두로 발길을 옮겼다. 하지만 그녀의 예상을 비웃기라도 하는 것처럼 잿빛 10월은 이미 한참 전에 방파제를 벗어나 근해를 향해 나아가고 있었다.

명령이 떨어지지도 않았는데 제멋대로 부대를 움직여 탈영을 시도하다니… 이는 의심할 여지 없는 항명 행위였다.

블라디보스토크에서 메그는 분명히 경고했었다.

잿빛 10월이 한 번만 더 말을 듣지 않는다면 학회의 전우들이 그들을 직접 사냥하러 나설 것이라고. 하지만 잿빛 10월과 카밀라 함장은 그 말을 까맣게 잊어버린 것처럼 또 학회의 경고를 무시했다.

"정말… 어찌할 도리가 없는 부대네요."

말로는 불평하면서도 마르가리타의 입가에는 엷은 미소가 떠올라 있었다. 소위는 전화기를 들어 군용 회선으로 잿빛 10월을 호출했다.

　벨이 두 번 울리기도 전에 상대가 전화를 받았다.

　[슬라맛 빠기(아침인사). 누구신가요?]

　누가 전화했을지는 뻔히 알고 있었을 텐데. 전화를 받은 상대— 카밀라 함장은 장난스러운 말레이식 아침 인사를 건네며 상대를 물어왔다. 메그는 최대한 감정이 드러나지 않게 담담한 목소리를 가장하며 답했다.

　"일정을 착각하신 게 아닌가요, 카밀라 함장님. 실험은 분명 내일이었을 텐데요."

　보이스 체인저를 사용했는데도 메그의 말투를 바로 알아보았는지 카밀라 함장은 전에 마르가리타가 사용했던 지칭을 입에 담으며 비아냥거렸다.

　[아, **학회 씨**구나. 오랜만이야. 일부러 친절하게 전화까지 해가며
　알려줘서 고마워. 하지만 이걸 어쩌나, 갑자기 급한 일이 생겨서
　말이야. 실험은 다음에 하면 안 될까?]

　"함장, 지금 하는 말은 농담이 아닙니다. 저희는 분명히 경고했습니다. 앞으로 한 번 더 말을 듣지 않는다면, 잿빛 10월을 사냥하는 건 학회의 전우들이 될 거라고요."

　마르가리타가 은근한 어조로 협박을 가하자 카밀라 함장도 웃음기를 뺀 채 날이 돋친 어조로 되받아쳤다.

　[잠꼬대는 밤에나 하시지. 누가 그딴 엉터리 실험에 응해준대?
　그렇게 과학 실험이 하고 싶으면 안뜰에서 나팔꽃이라도 기르던
　가. 유치해서 더는 못 놀아주겠다.]

"…"

메그는 대답 대신 핸드폰 단말을 두들겨 함대의 위치를 확인했다. 잿빛 10월의 위치가 표시된 노란색 점은 말을 하는 동안에도 점차 항구에서 멀어지고 있었다. 어쩌면 이렇게 시답잖은 이야기를 계속하는 것도 시간을 벌기 위한 함장의 계략일지도 모른다.

"…도망치시는 겁니까?"

[실례되는 소리. 난 함장이 된 이후로 단 한 번도 후퇴한 적이 없어. 계속 다른 방향으로 전진하는 것뿐이지.]

함장은 여전히 장난스러운 목소리로 궤변을 늘어놓고 있었다. 상대가 받아들이지 않을 거라고 속으로 확신하면서도 메그는 의례적으로 함장을 설득하는 시늉을 했다.

"이번 실험의 성공률이 낮은 것은 부인하지 않겠습니다. 하지만 학회의 함대를 피해 무사히 도주할 가능성이 그보다 클까요? 설령 도망치는 데 성공한다고 하더라도 학회와 연방, 양쪽에서 쫓기며 얼마나 버틸 수 있을까요? 부하들을 한 명이라도 더 살리고 싶으시면 제 말을 듣는 게 좋으실 겁니다."

[퍽이나. 네 녀석이 우리가 얌전히 도망치도록 놔둘 리가 없잖아.]

역시나, 카밀라 함장은 눈치 빠르게도 마르가리타의 수를 처음부터 꿰뚫어 보고 있었다. 능청을 떠는 것도 더는 의미가 없겠다 싶어 마르가리타는 아예 보이스 체인저를 꺼 버리고 솔직하게 말했다.

"후후, 과연, 눈치는 빠르시군요. 말레이반도의 암표범이라는 그 별명도 아직은 유효한 모양이네요. 하지만 눈치를 챘다면 더 빨리 움직이셨어야죠. 이제 와서 발버둥을 친들… 정해진 운명은 바꿀 수 없습니다.”

　　[……]

　　한동안 대답은 없었다. 그 대신 무언가 입안으로 말을 고르고 있는
지 수화기 너머에서 입술을 달싹이는 마른 소리가 났다. 잠시간의 침묵
끝에 카밀라가 입을 열었다.

　　[마르가리타 소위.]

　　“예?”

　　[가서 네 언니랑 밴대질이나 해라, 쌍년아.]

　　그리고 통화는 끊어졌다.

　　“후후, 후후후….”

　　카밀라 대교에게 일방적으로 욕만 얻어먹었음에도 불구하고, 메그
의 입가에는 청량한 미소가 절로 피어오르고 있었다.

　　드디어 잿빛 10월을 숙청할 기회를 얻었는데 어찌 기뻐하지 않을 소
냐. 예상했던 것보다 훨씬 빠르기는 했지만, 카밀라 함장은 자신의 입
으로 학회를 적대하겠노라 선전포고를 했다.

　　이제 잿빛 10월을 사냥할 명분은 모두 갖춰졌다.

　　‘약간’의 월권행위를 하더라도 명분이 있다면 아틀라후아 제독도 이
해해줄 것이다. 그녀는 제독만이 접속할 수 있는 핫라인을 통해 해역에
있는 잠수함 전대에 명령을 내렸다.

　　“잿빛 10월이 학회를 배신했다. 현 시각 부로 서태평양 함대 예하 전
잠수함은 잿빛 10월을 사냥하라.”

　　제아무리 잿빛 10월의 승조원들이 유능하다고 한들, 엄니를 드러내
고 달려드는 무수한 늑대 떼를 버텨낼 수는 없으리라. 메그는 잿빛 10

월의 용골이 반으로 쪼개지는 장면을 상상하며 답신을 기다렸다.

하지만 이상하게도.
수화기 너머에서 들려온 무전은 예상 밖의 것이었다.
[…통신 불량.]
전략 잠수함, 검은 3월의 함장인 요나하 중교는 심드렁한 목소리로 통신 상태가 불량하다는 답변만을 짤막하게 보내왔다. 하지만 감도는 깨끗했고, 핑도 제대로 처리되고 있었다.
메그는 이상하게 여기며 다시 한번 명령을 전파했다.
"검은 3월. 통신 상태는 양호하다. 다시 한번 전파한다. 잿빛 10월이 학회를 배신했다. 서태평양 함대 예하 전 잠수함은 지금 즉시 잿빛 10월을—."
이번에는 메그가 말을 끝마치기도 전에 답변이 돌아왔다.
[…부정한다(Negative).]
"뭐라고?"
[검은 3월은 잿빛 10월을 공격할 수 없다. 양해 바란다.]
메그는 귀를 의심했다.
그녀가 지금 잘못 들은 것이 아니라면, 잿빛 10월에 이어 검은 3월까지 학회에 반기를 들고 나섰다는 뜻이기 때문이었다. 메그는 떨리는 목소리를 억누르며 재차 질문을 던졌다.
"그게 무슨… 요나하 중교. 지금 항명을 하려는 셈인가?"
[유감스럽게도 그렇네요, **체카 나으리.**]
갑자기 무전이 평문으로 바뀌며, 킬킬거리는 목소리가 여기저기서 들려왔다. 메그 소위를 조롱하고 있는 것은 검은 3월의 함장인 요나하

뿐만이 아니었다. 다른 잠수함의 지휘관들도 질 나쁜 집단 괴롭힘을 주동하는 것처럼 메그를 빙 둘러싼 채 비웃음을 흘리고 있었다.

도대체 이게 무슨 일이란 말인가.

분명 보이스 체인저는 제대로 작동하고 있을 텐데, 요나하 함장은 그녀가 제독이 아니라는 것을 어떻게 알았으며, 또 배신자를 공격할 수 없다는 건 무슨 뜻인가. 메그의 의문에 답을 하듯 요나하 함장이 입을 열었다.

[듣고 싶은 말이 많겠지. 하지만 들려줘도 너는 절대로 이해할 수 없을 거야.]

요나하 함장은 꿈을 꾸는 듯한 나른한 목소리로 계속 말을 이어 갔다.

[아무리 돈을 받고 하는 일이라지만, 어두운 심해에서 숨을 죽인 채 소리에만 귀를 기울이고 있노라면 강철로 된 관에 갇힌 기분이 들 때가 있어. 내가 살아있는 존재인지, 죽은 채 꿈을 꾸는 존재인지 알 수 없는… 그런 때.

하지만 따뜻한 밥을 먹을 때만큼은 살아있다는 걸 실감할 수 있거든. 혀에 느껴지는 맛이, 온몸에 퍼져 나가는 온기가 우리를 살아 있게 해. 매일 갓 지은 밥을 먹을 수 있는 육상 부대 녀석들은 절대로 모르겠지.]

"그게 명령을 들을 수 없는 것과 무슨 상관이 있지?"

메그의 반문에 요나하 함장은 당연한 사실을 이야기하듯 호들갑을 떨며 쿡쿡 웃었다.

[아직도 이해 못 한 거야? 세상에 무능한 상관에게 총구를 돌리

는 병사는 있어도, 자기네 식당을 공격하는 바보는 없거든.]

이어서 다른 잠수함의 지휘관들도 한 마디씩 농을 던져 가며 그녀의 말을 거들었다.

[암, 밥차가 터지는 건 부대 사기에 직결되는 문제지.]

[들짐승도 먹이 주는 사람 손은 안 무는 법이야.]

[이러나저러나 결국 잿빛 10월의 맛있는 밥은 앞으로 못 먹게 되는 건가? 이럴 줄 알았으면 어제 저녁밥은 더 많이 먹어둘 걸 그랬네.]

마르가리타는 지금의 상황이 도무지 이해가 가질 않았다.

그녀가 보기에는 함대원들 모두가 갑자기 정신착란이라도 일으키는 것처럼 보였다. 잿빛 10월도, 잠수함 전대도, 지금 이 상태로 학회를 떠나면 모두 살아남지 못할 것이다. 안전을 보장받지 못한 채 하루하루 끼니를 걱정해야 하는 도망자의 삶밖에 주어지지 않을 것이다.

그런데 고작 밥 한 끼의 의리 때문에 그런 불완전한 삶을 택하겠다니. 마르가리타는 도저히 이해할 수가 없었다.

"학회를 배반하고 도망쳐서 행복을 얻을 수 있을 것 같습니까? 용병의 의리랍시고 죽음보다 더 고통스러운 삶을 택해서 어쩌자는 겁니까!"

[글쎄, 적어도 인류의 발전이라는 미명으로 눈을 가린 채 사람 목숨으로 체스를 두는 삶보다는 훨씬 즐겁겠지.]

마르가리타의 분노 어린 일갈에 잠수함 함장들이 킬킬거리며 유쾌한 어조로 답했다.

[입에 풀칠하는 방법이야 살아만 있으면 어떻게든 되는 법이야. 아니면… 이번에야말로 진짜 졸리 로저를 내걸고 해적질을 하는 것도 나쁘지 않겠지.]

[그러고 보니 남태평양에서 졸리 로저를 내건 채 새우잡이를 하는 해적 잠수함이 있다던데….]

[그거 좋네. 우리도 가서 새우나 배 터지게 먹어보자고.]

[나는 알 아히요가 좋아!]

그들은 잡담을 나누듯이 한동안 떠들썩하게 대화를 나누다가 누가 먼저라고 할 것도 없이 무전을 끊어버렸다. 그와 동시에 단말 위에 표시된 잠수함의 피아식별 기호가 하나둘씩 사라져갔다. 잿빛 10월의 위치를 나타내는 노란 점이 사라지는 것을 끝으로 단말은 끝내 까맣게 암전되었다.

"이럴 리가… 없어."

현실을 부정하며 몇 번이고 단말을 두들겨 보아도 반응은 없었다. 서태평양 학회 사령부는 5분 만에 함대 하나를 통째로 잃어버린 셈이었다.

'이젠 어떻게 하지? 제독에게는 무어라고 말해야 하지?'

자신의 실책으로 잿빛 10월은 물론이고, 함대 하나를 통째로 날려버렸다는 사실을 어찌 전달해야 한단 말인가. 초조감에 질려 손톱을 물어뜯고 있노라니, 휴대전화의 전화벨이 낮게 두 번 울렸다. 아틀라후아 제독이었다.

[실패했군, 마르가리타.]

제독은 사소한 실수를 언급하는 것처럼 가벼운 어조로 그녀를 질책했다. 하지만 목소리만큼은 마르가리타가 그동안 들어보았던 그 어떤 목소리보다 낮게 가라앉아 있었다.

"제독님, 이건 그러니까… 분명 착오가…."

[변명은 직접 얼굴을 마주한 자리에서 듣도록 하지. **시간은 충분할 거야.**]

아틀라후아 제독은 차가운 목소리로 짧게 대꾸하고서는 바로 전화를 끊어버렸다. 반평생 다른 사냥감을 요리하며 살아온 마르가리타에게 자신이 처분당할 사냥감이 되었다는 사실은 쉽게 와 닿지 않았다. 메그는 흐릿해지는 시선을 바로잡으며 잿빛 10월이 사라진 방향을 향해 짧게 욕지거리를 내뱉었다.

"…빌어먹을 여우 년들."

-3-

고려 연방, 황해, 덕적도 인근 해역
연방 해군 2함대 소속 초계함 "망양" 함교

"…지독한 안개로군."

망양함의 함장, 박순찬 중령은 안개가 잔뜩 낀 바다를 바라보며 그렇게 중얼거렸다. 서해에서 수십 년간 배를 몰아온 베테랑인 그에게도 오늘의 해무는 이례적으로 느껴질 만큼 고약하기 짝이 없었다.

물론 그렇다고 해서 항해를 하는 데 큰 어려움이 있는 것은 아니었다. 이 일대의 해도는 모조리 외우고 있는 대령에게 서해에서의 통상적인 초계 항해는 눈을 감고도 할 수 있을 만큼 간단했다.

하지만 지금 배의 키를 잡은 당직사관은 함장이 아닌 몇 달 전에 새로 부임한 신임 갑판사관 중위였다. 상관이 지켜보고 있다는 이 상황이 부담스러웠는지 중위의 눈이 불안하게 흔들렸지만, 중령은 짓궂게도 아무 말 없이 그의 조함을 지켜만 보았다.

'어디 한 번 후배의 실력 좀 볼까.'

중령은 안개가 잔뜩 낀 바다와 후배를 번갈아 지켜보며 가져온 논 알코올 맥주를 홀짝였다.

아무리 해도를 잘 숙지하고 있다 하더라도, 신출내기 뱃사람에게 안개 낀 바다는 괴물로 가득한 미궁처럼 느껴질 것이다. 이 두려움을 이겨내야만 한 사람의 사관으로서 배를 부릴 수 있게 되는 것이다. 하지만 중위는 함장의 우려와는 달리 TDS(Tactical Data System, 전술 지휘 통제 체계)를 참고해 가며 제법 능수능란하게 명령을 내리고 있었다.

"키 오른쪽 0-2-5 잡아."

"키 오른쪽 0-2-5 잡기 끝."

"키 바로. 양현 앞으로 하나."

"양현 앞으로 하나, 잡기 끝."

"좋아. T1. 접촉물 보고하도록."

[T1 접촉물 보고. 탱고 원, 방위 0-1-0, 거리 10 마일, 자함 방향으로 10노트 속도로 접근하고 있습니다. 레이더 상 크기로는 어선으로 파악됩니다.]

"좋아, 선박 동정을 주시하며 음향 신호 준비하도록."

[네, 기적 준비하겠습니다.]

'…제법이군.'

갑판사관의 지휘는 딱히 특출하게 대단한 점은 없었지만, 그는 한 치 앞도 보이지 않는 저시정 상황에서도 당황하지 않고 필드 매뉴얼대로 배를 조함하고 있었다.

해풍에 폭 절여진 베테랑이라면 모를까, 바다에 갓 나선 신참이 안개를 두려워하지 않는다는 것은 드문 일이었기에 함장은 의아한 표정으로 질문을 던졌다.

"저시정 항해에 익숙한 편인가?"

"저시정 항해보다는… 안개에 익숙한 편입니다."

말을 이해하지 못한 함장이 눈썹을 치켜뜨자 중위는 바로 대답을 덧붙였다.

"그… 제 고향이 무진입니다."

"아, 그렇군."

함장은 무진의 풍경을 떠올리며 고개를 끄덕였다.

"유쾌한 동네는 아니지."

어느 작가의 말마따나 '무진의 특산품은 안개—'라는 소리가 있을 정도로 무진시는 안개가 자주 끼는 음산한 동네였다. 그 도시에서 나고 자란 사람들이라면 당연히 안개에 익숙할 수밖에 없으리라. 금방이라도 귀신이 튀어나올 것 같던 무진항의 황량한 풍경을 떠올리며 함장은 가볍게 이야기를 꺼냈다.

"초임 소위 시절에 그곳에서 잠깐 신세를 진 일이 있었지. 요즈음은 어떤가. 군항이 생겨난 뒤로 그 우중충한 분위기도 많이 개선되었나?"

"한때는 그랬었습니다만… **그 배**가 침몰한 이후로는 어째 전보다 더 어두워진 느낌입니다."

"그도 그렇겠군. 안 좋은 일로 같은 이름이 계속 언급될 테니 말이야."

갑판사관이 말한 그 배는 분명 작년에 침몰한 무진함을 이르는 것이리라.

무진과 같은 이름을 쓰는 그 초계함은 동중국해에서 초계 임무를 수행하던 중, 미상의 적으로부터 갑작스러운 공격을 받고 침몰해 버렸다. 전혀 예상치도 못한 일이었기에 연방의 시민들은 큰 충격을 받았다. 그리고 이어서 총통이 그 배후로 학회를 지목하면서, 무진과 무진함은 학회와의 전쟁을 상징하는 명분처럼 여겨졌다. 산발적인 교전이 일어날 때마다 자신이 사는 도시의 이름이 언론에 오르내리고 있으니, 도시의 분위기가 퍼질 리가 없다.

'…하지만 기연이군. 이 시기에 무진함을 다시 떠올리게 될 줄이야.'

함장은 제복의 안주머니를 만지작거리며 어젯밤 받은 기묘한 명령에 대해 생각했다.

무진함이 침몰한 이래로 연방 해군은 줄곧 학회와 싸우고 있었다. 그들은 전우의 목숨을 앗아간 원수요, 용서할 수 없는 적이었다. 그리고 중령 역시 그 사실을 의심하지 않았다.

지난밤 사령부로부터 극비 전문을 받기 전까지는….

[현 시각 부로 24시간 동안 학회 군함과의 교전 행위를 일체 금함. 이는 총통 각하 직속 명령임.]

사령부로부터 전달받은 암호문에는 앞뒤의 맥락도 없이 그렇게만 쓰여 있었다. 처음에는 총통이 전쟁을 끝내기 위해 회담을 준비하려는 걸까 싶었지만, 그렇다고 치기에는 암호문이 전달된 루트가 너무나도 이상했다. 제독들을 거치지 않고 현장 지휘관에게만 극비로 전달되는 휴전 소식이 세상에 어디 있겠는가.

　　게다가 광양함이 머무르고 있는 이 해역은 수도로 들어가는 해상 관문인 서해 앞바다다. 동중국해라면 모를까, 서해 앞바다에 학회의 군함이 나타날 것을 우려하여 전문을 보낸다는 것은 아무리 생각해도 이상했다. 그런데… 이대로 이 명령을 받아들여도 괜찮을까?

　　'뭐, 어련히 총통께서 알아서 하시겠지.'

　　함장은 한참 동안 전문을 곱씹어 읽다가 한숨을 내쉬며 다시 안주머니에 구겨 넣었다.

　　그러고 보면 총통은 언제나 수상쩍은 일만 벌여왔었다. 군적에 기록되지 않은 부대를 운용하고, 수상쩍은 약물을 병사들에게 나누어주고. 이에 의구심을 가졌던 사람들은… 소리소문 없이 사라졌다.

　　분명 의심스러운 사내였다. 하지만 **결과는 언제나 좋았다.** 조용히 입만 다물고 있으면 아무런 문제도 생기지 않았기 때문에 아무도 이유를 묻지 않았다.

　　중령도 마찬가지였다. 그는 진실과 모험보다는 자기 보신과 퇴직 연금에 더 관심을 두는 사내였다. 그래서 함장은 자의가 없는 장기 말처럼 총통의 말을 의심하지 않고 주어진 임무를 계속 수행하기로 했다.

"…그보다 저 접촉물은 뭐지?"

전술 상황판을 살펴보던 함장이 손가락 끝으로 모니터의 녹색 점 하나를 가리키며 물었다. 그 녹색 점은 일정한 속도로 망양함을 향해 일직선으로 다가오고 있었다. 중위는 지적을 당했다고 생각했는지 허둥거리며 변명처럼 말을 늘어놓았다.

"30분 전에 탐지한 어선으로 추정되는 해상접촉물입니다. 지정 하나로 분류했고, 국제상선검색망에는 호출부호가 등록되어 있지 않습니다."

"직접 무선으로 불러내 봐."

함장의 지시에 따라 갑판사관이 수화기를 들었다.

"여기는 연방 해군, 미확인 선박은 응답하라."

[⋯.]

하지만 상대로부터 답신은 없었다. 혹여나 다른 회선을 쓰고 있는 걸까 싶어 몇 번이고 채널을 바꾸어가며 상대를 호출했지만, 여전히 응답은 없었다.

갑판사관이 다시 한번 호출부호를 읊으려던 찰나, 갑자기 스피커가 상대측에서 보내온 메시지를 읊기 시작했다.

[⋯♬]

그것은 사람의 목소리가 아니었다.

여유롭고 목가적인 분위기의 곡을 연주하는 첼로의 선율. 수화기 너머로 울려 퍼지는 음악 소리에 당혹스러워하며 당직자들은 서로의 얼굴을 마주 보았다.

"이게 무슨 소리지?"

"음악입니다. 클래식… 같습니다만."

평화로운 산중의 새벽을 연상시키는 독주. 누구나 한 번쯤은 들어봤을 법한 유명한 오페라의 서곡이었다.

"로시니의 [기욤 텔 서곡]이군. 어부치고는 고상한 음악을 즐겨듣는 모양인데."

함장의 혼잣말에 중위가 쓴웃음을 지었다.

아닌 게 아니라 뱃사람 중에는 지금처럼 통신 채널에 대고 음악을 틀어놓는 괴짜들이 제법 많았기 때문이었다. 물론 대부분의 선곡은 구수한 민요나 트로트였고, 이렇게 클래식을 틀어놓는 뱃사람은 거의 없었다.

어찌 되었든 상대편 선장이 노래에 취해 전방 주시에 태만한 상태로 항해를 하고 있다는 뜻이니, 망양함으로서는 안심할 수 없는 상태였다.

"충돌 위험이 있으니 기적으로 장음 신호를 보내도록. 양현 견시는 철저히 전방을 주시하도록."

"알겠습니다!"

부우우― 부우우―.

함장의 지시에 따라 조타병이 벨을 길게 눌러 두 번의 기적 신호를 보냈다. 하지만 신호는 되돌아오는 일 없이 안개 속으로 공허하게 흩어져 버렸고, 스피커에서는 여전히 로시니의 오페라가 흘러나오고 있었다.

서곡은 어느새 새벽을 의미하는 1부가 끝나고 폭풍을 의미하는 2부에 접어들고 있었다. 현악기가 자아내는 긴박한 트레몰로와 관악기의 도약음은 어쩐지 함장을 초조하게 만들었다. 멀리서 폭풍이 다가오고 있었다.

'그러고 보니 이 곡을 처음 접한 게 언제였더라?'
문득 함장은 어린 시절에 보았던 오래된 만화 영화의 한 장면을 떠올렸다. 전술에는 능하지만, 주색잡기를 좋아하고 **무책임한 함장**이 주인공으로 등장하는 소년 대상의 만화 영화였다. 영화의 마지막 장면에서 적과의 일전을 앞둔 주인공 일행을 배경으로도 이 로시니의 서곡이울려 퍼졌는데… 어째서인지 함장은 그 마지막 장면을 머릿속에서 지워버릴 수가 없었다.
"…적과 마주하고 있는 것도 아닌데 말이지."
"무어라 하셨습니까?"
"아무것도 아닐세. 그저… 혼잣말이었네."
함장은 맥주를 한 모금 삼키며 갑판사관의 질문을 얼버무렸다. 어느새 서곡은 2부의 절정에 들어가 팀파니가 힘차게 천둥을 연주하고 있었다. 총합주가 자아내는 폭풍우가 점차 거세져 간다.

그때, 갑자기 무전기가 치직거리더니, 우현 사이드 윙에 나가 있던 견시가 머뭇거리며 질문을 던져왔다.
[함교… 우현 견시 보고. 어, 그러니까…. 0-1-0 방향에 어선이 있다고 하셨습니까?]
질문도, 보고도 아닌 애매한 무전에 전화수를 맡고 있던 선임 수병이 씨근덕거리며 후임을 다그쳤다.
"야 임마! 네 짬이 얼만데 견시 보고 수칙을 또 틀리는 거야? 보고는 간결하고 명확하게 하라고 했잖아!"

그러자 견시는 말을 더듬으며 보고를 이어갔다.

[저, 그게… 방위 0-1-0, 거리 200에 군함이 보입니다.]

"군함이라고?"

보고를 듣자마자 함장은 함장석에서 벌떡 일어나 좌현으로 뛰쳐나갔다. 견시를 서고 있던 수병은 함장에게 경례하는 것도 잊은 채, 도깨비에게라도 홀린 것처럼 안개 저편을 하염없이 바라보고 있었다. 함장도 그의 시선 끝을 쫓아 안개가 자욱한 수평선을 바라보았다.

거대한 잿빛의 선체, 위협적으로 솟구친 포신. 정말 견시의 말처럼 거대한 한 척의 군함이 물살을 가르며 다가오고 있었다.

"실전! 총원 대함 전투 배치!"

그 거대한 잿빛의 선체를 보는 순간, 함장은 저도 모르게 당황하여 경보음을 울리는 것도 잊은 채 전투배치 명령을 내렸다. 뒤늦게 당직자들이 전투배치 명령을 복창하며 경보를 울렸다.

"전투 배치!"

삐, 삐, 삐, 삐, 삐….

경보음이 울려 퍼지며 함 내 곳곳에서 승조원들이 내달리는 소리가 들려왔다.

전혀 예상치도 못한 해역에서 실전이 걸린 탓에 소집된 사관들도 당황한 눈치가 역력했다. 특히 부장은 함교에 올라와 미상의 군함이 접근 중이라는 사실을 알아차리자 역정을 내며 전탐 인원들을 다그쳤다.

"저 정도 크기의 군함이 들키지 않고 이 거리까지 접근하다니, 전탐장은 무얼 하고 있었나!"

[하, 하지만… 분명 레이더 상에는 작은 어선 정도의 크기로밖에 잡히지 않았습니다. 더욱이 안개가 너무 심해서….]

"변명은 집어치우게! 저 정도 크기의 배를 어선 크기로 착각하다니! 배 전체에 스텔스 도료라도 바르지 않고서야 그런 일이 있을 리가ㅡ!"

"진정하게, 부장."

함장은 부장을 진정시키며 앞으로 나섰다.

"저 배는 온갖 신기술로 무장한 학회의 배가 아닌가. 어떤 일이 일어나도 놀라울 게 없어. 우선은 최대한 경계하며 전투에 임하게."

"…알겠습니다. 우선은 사격 준비를."

말은 그렇게 하기는 했지만, 당혹스럽기는 함장도 마찬가지였다. 지난밤 총통으로부터 전문을 전달받지 못했더라면, 그도 부장처럼 패닉에 빠져 있었을지도 모른다.

'이것도 총통께서 세우신 계획의 일부인가?'

함장은 반신반의하며 쌍안경으로 갑자기 나타난 군함을 살폈다. 학회의 군함은 '일단' 적대적으로 보이지는 않았다. 연방군을 기습하려는 목적으로 접근하는 것이었더라면 이미 시야가 닿지 않는 먼 거리에서 미사일이나 포탄을 날렸을 것이다. 하지만 학회의 배는 적대 행위를 하는 일 없이 계속 느긋하게 망양함에 가까워져 오고 있었다.

애초에 할 말이 있었더라면 무전이나 발광 신호기로 접촉을 해왔을 것이다. 하지만 학회의 배는 아무런 말도 하지 않고 담담히 서곡을 연주하기만 했다.

'혹시 무슨 암호 같은 건가? 아니면 숨겨진 의미라도?'

여러모로 궁리를 해 보았지만, 함장은 여전히 그들의 의중을 읽을 수가 없었다. 그러는 사이에도 배는 조금씩 망양함을 향해 가까워지고 있었다.

필드 매뉴얼의 원칙대로라면 위협사격을 가해 영해 밖으로 내쫓아 내야 하는 게 옳겠지만…

'만일 저 배가 총통께서 교전하지 말라고 했던 그 배면 어떻게 하지? 위협사격이라도 했다가 교전이 벌어지면 그 책임은 누가 진단 말인가?'

이번에는 어제 총통에게 들은 전문이 그의 사고를 가로막았다. 총통의 말대로라면 저 배와도 싸워서는 안 된다. 하지만 영해를 침범한 적함은 내쫓아야 한다. 상식적으로 이해하기 어려운 일이 연달아 일어난 탓에, 함장은 적을 구축해야 한다는 군인의 본분마저 의심하게 되었다.

주변 함대에 학회의 군함과 접촉했다는 무전을 날렸지만, 여전히 답신은 없었다. 다들 총통의 전문을 신경 쓰고 있는 탓이리라.

"…사령부에서 온 전문은 따로 없었나?"

통신병을 다그쳐 보았지만, 명령은 여전히 바뀌지 않았다. 학회 군함과의 교전 행위를 일절 금함.

"함장님, 지금 바로 발포하셔야 합니다. 주저하다가는 정말로 녀석들을 놓치고 맙니다!"

적함이 시시각각 가까워져 오자 몸이 달아오른 부장이 포격 명령을 요청했지만, 함장은 여전히 요지부동이었다.

"…허가 명령이 나지 않았네."

"예?"

"총통께서 학회의 군함과 교전하지 말라고 직접 명령하셨네. 상관의 명령을 어기란 말인가?"

"하지만… 이건 비상사태입니다! 저들은 국제 규범 따위는 밥 먹듯이 어기는 해적입니다! 저들이 연안에 접근한다면 어떤 일이 벌어질지 모릅니다!"

"하지만 명령을 따르지 않았을 때 어떤 일이 벌어질지도 알 수 없지 않은가!"

부장의 말을 반박하면서도 함장은 여전히 혼란스러웠다.

'총통 각하는 도대체 무슨 생각을 하고 계신 거지? 이 일도 각하의 의중 아래서 발생한 상황인 건가?'

저 배가 총통이 말한 학회의 군함이라면 아무런 문제도 없다. 함장은 상관의 명령대로 그저 가만히 있기만 하면 된다. 하지만 만에 하나, 총통의 계획에 결점이 있었더라면? 저 배가 총통의 눈을 피해 연방을 불태우러 오는 학회의 공작선이라면?

함장은 물론이고 망양함의 승조원들은 경계에 실패한 군인으로 역사에 길이 남을 오명을 쓰게 되리라.

'나는… 후대에 한심한 졸장으로 기억되고 싶지는 않아.'

발포 허가를 내리는 스위치에 손을 대려다 말기를 몇 차례. 함장은 끝내 스스로에게 다짐하듯 사관들을 돌아보며 작게 중얼거렸다.

"아직… 아직 일세. 아직 늦지는 않았어."

서서히 폭풍우가 가라앉고 있었다.

격렬했던 2부의 총합주가 끝나고 라디오가 평화로운 전원의 풍경을 상징하는 서곡의 3부를 연주하기 시작했다. 스스로가 방금 한 말 덕분인지, 부드러운 잉글리쉬 혼의 음색 덕분인지. 일순 냉정이 돌아왔다.

함장은 창문 너머로 적함을 응시했다.

이제 학회의 배는 승조원의 얼굴을 서로 확인할 수 있을 만큼 가까이 접근해 있었다. 여기서 더 머뭇거린다면 적함도 망양함도 안전을 보장할 수 없으리라.

그때, 학회의 배에서 크라운 캡을 쓴 적발의 여인이 함교 밖으로 걸어 나왔다.

'무얼 하려는 거지?'

함장은 쌍안경으로 여인의 행동을 주시했다. 하지만 그녀는 난간에 몸을 걸친 채 아무런 움직임도 취하지 않았다. 대신 그녀는 망양함을 바라보며 의미심장한 웃음을 빙그레 띄워 보였다.

'…웃어? 이 상황에서 웃을 수가 있다고?'

자신은 긴장으로 심장이 터져버릴 것만 같은데. 이 상황에서 웃을 수 있는 여인의 담력이 함장은 도무지 믿어지질 않았다. 두 함의 거리는 이미 소총으로 서로를 쏘아 맞출 수 있을 만큼 가까워져 있었다. 그런데도 여인은 죽음 따윈 두렵지 않다는 것처럼 초연하게 몸을 드러내고 있었다.

혹은… 상대가 자신을 쏠 수 없다는 것을 아는 것처럼.

'정말로 저 배가 총통이 말한 그 학회의 전함인가?'

이미 두 배의 포문은 서로를 향해 정확히 겨누어져 있었다. 저 여인이 나쁜 마음으로 이 배에 접근하고 있는 거라면. 만에 하나, 만에 하나라도….

"함장님, 결단을 내리셔야 합니다."

"이미 사거리 안에 적함이 들어온 지 오래입니다!"

초조한 목소리로 자신을 다그치는 부하들, 함포를 마주한 채 가까워지는 두 적의 전함, 진의를 알 수 없는 상대의 자신만만한 미소, 그 와중에 경쾌하게 울려 퍼지는 로시니의 서곡….

　　이 모든 현실이 너무나도 비현실적이라 함장은 문득 이 상황이 만화 영화의 한 장면 같다고 생각했다. 그러고 보니 그 무책임한 함장은 같은 상황에서 어떤 선택을 했더라?

　　서곡은 이제 클라이막스에 접어들어 힘차고 강렬한 행진곡이 라디오에서 흘러나오고 있었다. 트럼펫의 화려한 독주에 이은 경쾌하고 빠른 관악기들의 서주. 말이 내달리는 듯한 급한 박자에 덩달아 초조해졌는지 사관들의 목소리가 점차 높아져 갔다.

　　"함장님, 결단을!"

　　"함장님!"

　　이제 두 배는 금방이라도 충돌할 만큼 가까이 접근해 있었다. 이제는 타를 돌려 진로를 방해하든, 포를 쏘든 결단을 내려야 했다.

　　그때, 갑자기 적발의 여인이 손을 앞으로 내뻗었다. 포격 명령을 내리려는 건가? 중령은 당황하여 똑같이 손을 내뻗으며 발포를 지시하려 했다.

　　하지만 놀랍게도.

　　여인은 손을 내려 포격 명령을 내리는 대신, 그대로 손끝을 이마에 붙여 멋지게 경례를 했다.

　　"…"

“…”

상상치도 못한 상대의 행동에 함교는 그대로 얼어붙었다. 하지만 메시지는 분명했다. 그들에게는 적의가 없다.

망양함의 승조원들은 군인이었다. 무뢰배가 아니었다.

그러므로 적의가 없는 상대와 싸울 수 없었다.

“…휴우.”

함장은 한숨을 내쉬며 무어에라도 홀린 것처럼 손을 들어 똑같이 경례를 했다.

대함 경례를 하듯이 중령과 적발의 여인은 경례를 한 채 한동안 서로 시선을 주고받았다. 그리고 곧… 학회의 군함은 망양함을 그대로 지나쳐 뭍을 향해 사라져갔다.

얼마간의 침묵이 흘렀을까. 함교 안의 정적을 깨고 함장은 혼잣말을 하듯 중얼거렸다.

“…가 버렸군.”

“가 버렸군요.”

부장이 함장의 말을 따라 했다.

그 목소리는 묘하게 함장을 원망하는 것처럼 들렸다. 육지로 향하는 적함을 그대로 보내주었으니, 이제 어쩌느냐는 어조였다. 하지만 함장은 어쩐지 이대로 학회의 배를 보내주어도 괜찮겠다는 생각이 들었다. 총통의 명령 때문만은 아니었다. 자신에게 경례를 하던 그 여인의 유쾌한 미소를 떠올리고 있노라면, 아무 문제도 생기지 않을 거라는 근거 없는 확신이 들었다.

문득 손에 쥐고 있던 맥주 캔이 눈에 들어왔다.

지나치게 긴장을 한 탓인지, 맥주 캔은 종잇장처럼 구깃구깃 찌그러져 있었다. 함장은 캔을 흔들어 남은 음료의 양을 셈하며 사관들에게 말했다.

"모두들 잘 듣게. 우리는 이 해역에서 그 어떤 것도 듣지도 보지도 못한 걸세. 술과 안개에 너무 형편없이 취해 있었던 탓에… 어떤 이상 야릇한 배가 현측을 지나가는데도 알아차리지 못했던 거야."

함장의 말에 일부는 고개를 끄덕였지만, 일부는 불만스러운 표정으로 고개를 가로저었다. 특히 부장은 불편한 심기를 노골적으로 드러내며 대꾸를 했다.

"…군사 재판을 받게 될 겁니다."

"오명을 쓰는 것보다는 낫겠지."

평소라면 이런 소리는 하지 않았을 것이다.

정말 도깨비에게라도 홀린 걸까. 안개 낀 바다는 여전히 잔잔했다. 함장의 말처럼, 아무 일도 벌어지지 않았다는 것처럼.

함장은 캔에 남은 맥주를 들이켜며 누구에게 하는지도 모를 혼잣말을 중얼거렸다.

"저들이 우리가 생각하는 것보다 온건한 존재이기를…."

-4-

■ VC 인사이드 : 군사-밀리터리 게시판

스레드 명 : [실황] 야 이거 실화냐?

▶ 망원경치 : 야, 나 망원동 사는 유저인데, 방금 강변북로 앞에

서 개 쩌는 거 봤다!

▶ 색무새 : 왜, 나체의 여인이라도 뛰어가고 있었냐?

▶ 애보국수 : 상식적으로 생각해라. 나체의 여자 사진을 찍었으면 은꼴 게시판으로 갔겠지, 왜 밀리터리 게시판으로 왔겠냐? 지나가던 장갑차라도 찍었나 보지.

▶ 쾨니히스티거 : 아니면 장갑차 주유구에 거시기를 박는 미친놈이라도 보았다던가.

▶ 망원경치 : 반은 맞고, 반은 틀려.

▶ 고라니 : 뭐? 진짜로 어떤 미친놈이 장갑차 주유구에 거시기를 박고 있었다고?

▶ 망원경치 : 아니, 그게 아니라… 일단 이 사진이나 봐.

[첨부된 사진 다운로드 : 1.1124 mb/1.2288 mb]

▶ 익명 4230 : 이게 뭐야, 탱크들이잖아?

▶ 신림동찰순대 : 탱크라니, 전차라고 제대로 불러야지. 게다가 이건 전차도 아니고, 자주포야. 보아하니 수방사 예하 동원사단에서 굴리던 구형 K9 자주포 같은데.

▶ 익명 0907 : 허미, 저게 아직도 현역으로 굴러다니고 있단 말이야? 그나저나 저건 왜 튀어나온 거야? 무슨 훈련이라도 있나?

▶ 망원경치 : 아냐, 병사들이 자주포에 장전하고 있는 저 탄환을 보라고. 저건 훈련탄이 아니라 실탄이야.

▶ 물곰 : 설마, 잘못 본 거 아냐?

▶ 망원경치 : 아냐, 훈련탄은 탄두 색깔이 완전히 다른데. 내가

전방 부대에서 보급병으로 몇 년을 굴렀는데, 그걸 잘못 볼 리가 있겠냐?

▶ 신림동찰순대 : 아니, 서울 한복판에서 실탄을 장전해서 어디에 쓰는데?

▶ 사마귀군주 : 설마… 진짜 쿠데타라도 일어난 거야?

▶ 고라니 : 아무리 여론이 압도적이라도 그렇지. 선거가 얼마 남았다고 쿠데타를 일으켜? 민주당 놈들, 정말로 돌아버렸나?

▶ 쾨니히스티거 : 야, 이 반란군 놈의 새끼야! 니들 거기 꼼짝 말고 있어! 내 지금 전차를 몰고 가서 네놈들의 머리통을 다 날려버리겠어!

▶ 민주빨갱이 : 난 이럴 줄 알고 있었다. 최천중 총통의 비호 아래 독재를 이어온 공화당 놈들이 언젠가는 민중의 심판을 받을 거라고 늘 생각했었지!

▶ 익명 5575 : 아저씨, 닉이나 바꾸고 말해요.

▶ 망원경치 : 그런데 뭔가 이상해. 다들 청와대나 국회로 돌격하기는커녕 한강변에 진을 치고 무언가를 기다리는 것처럼 보여. 자주포의 포구도 죄 강가를 향하고 있고.

▶ 쾨니히스티거 : 그럼 그렇지. 수방사령관이랑 경비단장들이 죄 총통 직속 라인인데… 갑자기 미쳐서 쿠데타를 일으킬 리가 없잖아.

▶ 공화당꼴통 : 그럴 줄 알았다. 최천중 총통께서 이 나라를 지키고 있는 한 민주당 빨갱이 놈들이 무슨 수를 꾸미더라도 고려 연방은 끄떡도 하지 않을 거다!

▶ 익명 5575 : 아저씨, 닉네임 원래대로 바꾸고 말해요.

▶ 애보국수 : 그럼 저 부대는 뭐랑 싸우려고 저기서 진을 치고 있는 거지? 무장공비라도 침투했나?

▶ 고라니 : 무장공비라니, 도대체 어느 시대 이야기를 하고 있는 거야? 터무니없는데도 정도가 있지.

▶ 익명 3793 : 아니면 한강에 괴물이라도 출몰했다던가?

▶ 익명 0907 : 아, 나 그거 알아. 미군이 방류한 화학물질 때문에 변이한 그 양서류 말이지?

▶ 고라니 : 그거야말로 옛날 영화 이야기잖아. 상식적으로 생각해보라고. 분명 북방관구의 독립을 꾀하는 무장 레지스탕스들이 반잠수정을 타고 한강에 진입 중인 게 분명해.

▶ 물곰 : 그것도 옛날 만화 영화 이야기잖아….

▶ 강화도령 : 음, 다들 재미있게 추리하던 중에 방해해서 미안한데. 저 병사들이 싸우려는 상대는 괴물도 무장공비도 아닐 거야.

▶ 익명 5575 : 그럼 뭐 때문인데?

▶ 강화도령 : 군함. 학회의 군함이 한강으로 진입하고 있거든.

[첨부된 사진 다운로드 : 1.6754 mb/1.9468 mb]

▶ 망원경치 : 뭐야, 이거 진짜 군함이야? 여기가 어딘데?

▶ 강화도령 : 강화도. 아까 전에 찍은 사진이니 지금은 김포 근교를 지나고 있으려나.

▶ 고라니 : ㅋㅋㅋ 말이 되는 소리를 해라. 학회 군함이 어떻게

한강까지 진입해? 연방군이 아무리 병신이라도 그렇지.

▶ 익명 3793 : 그러게. 거기에 클론트루퍼 병사들은 안 타고 있던? ㅋㅋㅋ

▶ 익명 5576 : 잘 만든 합성이네. 프로그램 뭐 썼어?

▶ 강화도령 : 합성 아니거든, 병신들아.

▶ 익명 5366 : 저기… 나 파주 사는 갤럼인데, 여기도 군경 출동하고 난리 났다. 사람들 이야기 들어보니까 진짜 군함이 들어오고 있다던데.

▶ 신림동찰순대 : 뭐야, 진짜야? 구라가 아니라고?

▶ 익명 3432 : 나도 방금 봄. 김포 한강신도시 앞에 군함 지나갔다.

▶ 익명 7502 : 아니, 동중국해에서 활동 중인 적함이 왜 멀쩡히 한강에 들어오고 있어? 이게 무슨 상황이야?

▶ 익명 2599 : 하, 시발. 진짜 나라 망했냐?

▶ 연방수호자 : 내 이럴 줄 알았다. 인류 지식의 유일한 수호자이자 최첨단 과학 기술로 무장한 광명학회에 싸움을 거니까 이런 꼴이 나는 거지. 지금이라도 연방은 사죄하라!

▶ 익명 5575 : 아저씨, 그거 컨셉이지? 하지만 역시 닉네임은 바꾸는 게 좋을 것 같아.

▶ 익명 1011 : 저렇게 큰 배가 들어오는데 어떻게 모를 수가 있어? 서해 함대는 무얼 하고 있는 거야?

▶ 익명 5575 : 그보다 저거 안 막아? 국회 코앞까지 올라오도록 그대로 둘 거야? 대포라도 쏴야지!

▶ 익명 3793 : 정부는 무슨 생각을 하고 있는 거야?

▶ 익명 1000 : 도대체 지금 무슨 일이 벌어지고 있는 거야?

-5-

고려 연방, 서울 종로구
국가안보실 지하 위기관리상황실

"도대체 지금 무슨 일이 벌어지고 있는 거야?"

겨자색의 민방위 재킷을 입은 총리가 책상을 두들기며 길길이 화를 냈다. 총통의 부재로 국무총리 주관으로 주재된 NSC(국가안보장회의)에는 각 부의 책임자들이 빠짐없이 앉아 있었지만, 그 누구도 총리의 질문에 답을 하지 못했다.

잠시간의 불편한 침묵 끝에 2함대 사령관이 화상회의 모니터를 통해 주뼛거리며 상황을 보고했다.

[어, 그러니까… 방금 보고 드린 대로 학회의 군함이 한강을 통해 서울로 진입하고 있습니다. 영상에 찍힌 외형과 무장을 통해 서태평양 함대 사령부의 보급함, '잿빛 10월'로 확인되었으며, 배수량은 약….]

사령관의 보고가 끝나기도 전에 총리가 다시 한번 책상을 내리치며 소리를 질렀다.

"그게 말이나 되는 소립니까? 저 정도 크기의 군함이 어떻게 한강에 올라올 수 있단 말입니까? 철교는요? 수중보(洑)나 갑문은요? 배의 진입을 막을 수 있는 구조물이 정말 단 한 개도 없습니까?"

총리의 질문에 잠자코 있던 안보실장이 사령관을 대신하여 느릿느릿한 어조로 변명을 했다.

"아시겠지만… 지난 정권의 총통께서 한강에서 서해로 통하는 운하를 판다고 철교를 도개교로 개수하고 수중보를 대거 철거하는 바람에 현재는 배의 진입을 방해할만한 구조물이 없습니다."

안보실장이 지난 정권의 일을 들먹이자 총리는 말문이 턱 막혔다. 지난 정권에서 행정안전부 장관을 지낸 그에게 책임이 돌아올까 걱정스러웠기 때문이었다. 그는 헛기침을 하며 재빨리 화제를 돌렸다.

"으흠… 그렇다면 해경을 동원해서 어떻게든 배의 경로를 방해할 수는 없습니까?"

해경청장이 바로 고개를 가로저었다.

"군함의 크기가 크기인지라, 어중간한 크기의 해경정으로 밀어내기를 시도했다가는 오히려 이쪽이 전복되고 말 겁니다. 또 그렇다고 대형 해경함을 불러오기에는 시간이 촉박한지라…."

거대한 군함이 강에 진입한다는 초유의 사태 앞에서 해경도 무력하기는 마찬가지였다.

뾰족한 수가 나오지 않고 계속 의견이 겉돌자 각 부장들은 대책을 내놓는 대신 책임을 묻기 시작했다. 가장 먼저 불똥이 튄 곳은 역시 해상에서 적을 막지 못한 해군이었다. 총리는 해군총장을 바라보며 다그치듯 따져 물었다.

"사태가 이 지경이 되도록 해군은 무얼 하고 있었습니까? 아무리 해무가 짙었다고는 하지만 영해를 수호해야 할 해군이 배 한 척 막지 못합니까?"

"미상의 군함이 접근한다는 사실은 알고 있었습니다. 하지만 지난 밤 총통께서는 학회 군함과의 교전을 일절 금하라는 **명령**을 내리셨습니다. **충성스러운** 해군 장병들은 각하의 명령을 지키기 위해 아무것도 할 수가 없었습니다."

해군총장은 '명령'과 '충성스러운'이라는 단어에 힘을 주어 말했다. 상관에 대한 충성심을 어필하여, 자신을 향한 비난을 상관을 향한 비난으로 엮어버린다. 낡은 수법이었지만 총통의 눈치만 보며 살아가는 고관들에게는 그것만큼 두려운 것도 없었다.

"으음…."

총리는 분한 듯 입을 달싹이며 의장석의 손잡이를 만지작거렸다. 그럼 이 사태의 원인이자, 원래 NSC를 주재했어야 할 최천중 총통은 지금 어디에 있는가.

[총통 각하께서는 지금 어디 계시지요?]

작전사령관의 뒤늦은 질문에 비서실장이 변명을 하는 것처럼 더듬더듬 답했다.

"…각하께서는 금일 오전 7시에 예약하셨던 혈관 확장 수술을 받고 현재 회복 중에 계십니다. 완전히 의식을 찾으시려면 정오 즈음은 되어야 할 겁니다."

"설마 녀석들이 각하가 부재중이신 걸 알고 배를 몰고 쳐들어온 건가? 그렇다면 정말 큰일인데…."

"하지만 각하의 금일 수술 일정은 군사 2급 비밀에 준하는 기밀입니다. 녀석들이 그걸 어떻게 알 수 있겠습니까?"

"학회의 기술력이라면 알 수도 있지. 그리고 설령 그 사실을 알았다 하더라도 어느 정신 나간 놈이 적국의 수도에 군함을 몰고 온다는 발상을 하겠는가."

"…휴우."

누군가가 길게 한숨을 내쉬는 것과 동시에 다시 상황실 안에 깊은 침묵이 찾아왔다. 무슨 이야기를 하더라도 학회의 군함과 교전하지 말라는 총통의 마지막 명령이 발을 붙잡았다. 명목상으로는 총통이 부재중인 경우에는 총리가 그 권한을 이어받게 되어 있지만, 총리는 총통의 명령을 뒤집을 용기도 배짱도 없었다. 그저 총통의 의중을 가늠하며 한숨을 내뱉는 것밖에. 그러는 사이에도 군함은 서울을 향해 계속 다가오고 있었다.

분위기를 반전시킬 생각이었는지, 비서실장이 처음으로 낙관적인 의견을 조심스럽게 꺼냈다.

"총통께서 교전을 금하셨다면 무슨 생각이 있으셨겠지요. 그렇다면 저 군함도 해를 끼치기 위해 이곳에 오는 것은 아닐 겁니다."

하지만 성격이 불같은 것으로 유명한 육군총장에게는 그 말이 오히려 더 화를 돋우는 기폭제가 되었다. 그는 화통처럼 숨을 몰아쉬며 강경한 주장을 내세웠다.

"아무리 그렇다 한들 학회는 우리의 주적입니다. 공식적으로 종전 선언도 하지 않았는데, 적함이 수도 한복판을 안방 드나들 듯 오간다면 군의 사기가 어떻게 되겠습니까? 시민들은 또 어떻게 생각하겠고요? 군은 지금이라도 당장 저 배를 침몰시켜야 합니다."

해군총장이 빈정거리듯 말을 받았다.

"그럼 육군에서 포병을 동원해서 배를 침몰시키면 되는 거 아닙니까. 총통 각하의 명령이 떨어진 이상, 해군은 저 배를 먼저 공격할 수 없습니다."

"그 무슨 무책임한 소리! 육상에서 먼저 공격을 가했다가 저 배가 응사라도 한다면 서울 시내는 말 그대로 불바다가 될 겁니다! 그럼 총장께서 그 책임을 지실 겁니까?"

"그걸 왜 우리가 책임을 집니까?"

"그러니까 애초에 해상에서 저 배를 침몰시켰으면 좋았잖습니까!"

"총통의 명령이 있었다 하지 않았습니까!"

초로의 두 노장이 어린아이처럼 티격태격하며 싸우는 꼴을 보며 총리는 머리를 감싸 쥐었다.

결론이 나지 않는 이유는 이 방에 있는 사람들이 무능해서가 아니다. 여기 모인 고관들은 연방에서 제일가는 인재들이고, 명령만 주어진다면 유능하게 일을 처리할 수도 있었다. 하지만 이들에게는 권한이 없었다. 책임이 없었다.

모든 권한을 손에 쥐고 있는 총통이 사라지자, 이 유능한 인재들은 전지가 바닥난 로봇처럼 어찌할 줄 몰라 했다.

'최소한의 권한만이라도 나누어 놓았더라면 이런 촌극은 벌어지지 않았을 텐데…'

총리는 벽에 걸린 총통의 초상화를 쳐다보았다.

"각하는 무슨 생각을 하시는 건지."

그리고 화면 위의 군함을 보았다.

"저놈들은 무슨 생각을 하는 건지."

마지막으로 다시 한번 상황실을 둘러보았다.

상황실 안에 모인 고관들의 얼굴에는 수심이 가득했지만, 이상하게도 엷은 미소를 짓고 있는 사람이 하나 있었다. 말석에 앉아 있는 정보과의 소령이었다. 총리가 기억하기로 그는 총통의 직속 부하로 이름마저 알려지지 않은 요원이었다. 그라면 무언가 알고 있지 않을까- 하는 일말의 기대를 걸며 총리는 그의 코드네임을 불렀다.

"그쪽은… 체셔라고 했던가?"

"예, 총리님. 무언가 궁금하신 점이라도?"

"자네는 이 사태에 대해 무언가 알고 있는 것이 있는가? 학회의 최근 동향이라던가… 아니면 총통께서 따로 하신 말씀이라던가."

"…"

체셔는 잠시 생각했다.

분명 지금쯤이면 특전사령부의 박현준 대령이 원일을 붙잡아 취조를 시작했을 것이다. 잿빛 10월이 당초의 계획과 다르게 연방에 찾아온 이유도 이와 무관하지는 않으리라.

하지만 체셔는 말하기를 주저했다. 제공하기에 부적합한 정보라 판단되어 주저하는 것은 아니었다. 총리에게 현 상황을 보고하고 대령에게 협조를 구하면 현 상황을 해결하는 데 큰 도움이 될 것이다.

하지만 이들의 촌극을 보고 있노라니 **과연 이 상황을 해결할 필요가 있는지**, 더 나아가 **이 나라를 구해야 할 필요가 있는지** 근본적인 의문이 들었다.

체셔는 결국 모른 척 시치미를 떼었다.

"아뇨, 아무것도."

"그런가."

총리는 아쉽다는 표정을 지으며 다시 턱을 괴었다.

또다시 누군가가 언성을 높였다. 하지만 여전히 대책에 대한 언급은 나오지 않았고, 누군가에게 책임을 돌리기 위한 변명만이 계속되었다.

체셔는 자리에서 일어나 조용히 뒷문을 열고 상황실을 빠져나갔다. 그리고 오랜 시간이 흘렀지만 아무도 그의 부재를 알아차리지 못했다.

-6-

고려 연방, 서울 용산구 남영동
경찰청 특수수사 1과 대공분실

'감옥에 갇히는 건 이번이 두 번째인가.'
손목에 채워진 수갑을 잘그락거리며 생각했다.

이렇게 말을 하니 상습 전과범의 혼잣말처럼 들리기도 하지만, 나는 나름 모범적인 삶을 살아왔다고 자부하는 편이었다. 학교를 다닐 때도 지각 한 번 한 적 없었고, 거짓말로 사기를 친 적도 없었다.

물론 연방 보안법에 위배되는 이적 군사단체에 들어가 활동을 한 건 무기징역을 받을 수 있는 중죄이기는 하지만… 그래도 당시에는 고를 수 있는 선택지가 거의 없었다. 조금만 삐끗했더라면 지금의 나는 창관에서 남자를 상대로 몸을 팔고 있거나 아니면 물고기 밥이 된 지 오래였을 터니, 이만하면 나름 괜찮은 선택지를 고른 셈이다.

"그러면 뭐해. 또 이런 꼴이 되어버렸는걸."

간신히 해적에게서 도망쳐 자유를 얻나 싶었더니만, 1년도 지나지 않아 원점으로 돌아와 버렸다. 도대체 내 인생은 어디부터 꼬여 버린 걸까.

러시아에서 연방으로 돌아가지 않고 잿빛 10월에 남기로 결정했을 때? 아니면 카밀라 함장을 사살하라는 대령의 명령을 거부하고 전화를 끊어버렸을 때? 그도 아니라면 무진함이 침몰하고 해적들에게 붙들려 선택을 강요받았을 때?

삶의 중요한 순간들이 계속 주마등처럼 스쳐 지나갔지만, 이미 내린 결정을 바꿀 수는 없었다.

자, 현실을 직시하자.

나는 가볍게 뺨을 두들기고 주변을 둘러보았다. 내가 갇혀 있는 이 곳은 평범한 감옥이나 교도소가 아니었다. 지난번에 갇혔던 해적들의 고문실도 평범한 감옥은 아니었지만… 지금 내가 갇혀 있는 이 조그마한 방은 감옥과 비교해도 생활감이랄 게 거의 없는 공간이었다.

책상이나 의자는 물론이고, 생활에 필요한 가구가 전혀 없었다. 불거진 곳 없이 네모반듯하게 설계된 공간은 온통 소름 끼치는 흰색으로 칠해져 있었고, 어디선가 에어컨 바람이 흘러나오고 있는지 싸늘한 냉기가 느껴졌다.

가구는 없었지만 변기와 욕조는 하나씩 있었는데, 다른 건 몰라도 욕조는 무어에 쓰려고 설치된 것인지 상상이 잘 가질 않았다. …아니, 상상하고 싶지 않았다.

제일 괴로웠던 것은 창문이나 시계가 없어 시간의 흐름을 알 수가 없다는 점이었다. 밥이 세 번 나왔으니 하루는 지난 것 같은데, 식사를 끼니때에 맞추어 주고 있는지조차도 불명확했다. 식사 때를 제외하면 나는 문밖을 오가는 사람들의 발걸음 소리에 귀를 기울인 채 계속 생각만 했다.

그때 나를 납치해 온 이 사람들은 누구일까.

경찰은 아닌 것 같은데, 군이나 정보부의 사람들일까?

내게 원하는 게 무엇일까.

나는 이제부터 무슨 일을 당하게 될까.

해인은… 아직 잡히지 않은 걸까.

이런 일을 숱하게 겪어본 나라면 괜찮지만, 만약 해인이 나와 똑같은 상황에 처해 있다면. 아니, 더 나쁜 상황에 처해 있다면….

이런 생각이 들 때마다 나는 참을 수 없이 괴로워졌다. 누구라도 들으라는 듯 소리를 지르고, 벽을 두드렸지만 돌아오는 반응은 없었다. 하루 종일 쉴 새 없이 고문을 가했던 해적들의 경우와는 달리, 이번에 나를 붙잡은 자들은 그저 방 안에 나를 가둔 채 아무런 자극도 주지 않았다. 신체에 가해지는 고통은 조금도 없었지만, 어쩐지 그때보다 훨씬 더 견디기가 어려웠다.

생각은 생각을 낳고, 예상은 점점 불길한 쪽으로 기울어져 갔다. 시간은 점차 느리게 흘러갔고, 나는 상상 속에서 이미 스스로를 수십 번도 넘게 고문하고 처형했다.

식사의 횟수를 세는 것도 포기했을 무렵, 누군가가 문을 열고 나를 데리러 왔다. 처음 보는 낯선 사내였다.

"…"

사내는 말 없이 손짓으로 따라오라는 시늉을 해 보였다.

사복을 입고 있었지만, 다부진 체격이나 짧게 친 머리가 어쩐지 군 관계자 같다는 느낌이 들었다. 따라가지 않으면 어떻게 될까 하는 생각이 일순 들었지만, 몸은 저도 모르게 움직여 그 사내를 따라가고 있었다. 무엇보다 더 이상 이 을씨년스러운 방에 머무르고 싶지 않았다.

　사내를 따라 도달한 곳은 책상과 의자가 놓여있는 전형적인 심문실이었다. 이 방에도 창문은 없었지만 눈을 자극하지 않는 어두운 방에 앉아 있노라니 차츰 의식이 돌아오기 시작했다.

　사내의 얼굴을 다시 의식하게 된 것도 그즈음이었다.

　따라올 때는 몰랐는데, 다시 보니 사내의 인상은 눈을 마주하는 것만으로도 오금이 서릴 정도로 사납기 그지없었다.

　'지금부터 무슨 일을 당하게 되는 걸까?'

　나는 사내의 눈치를 살피며 쉴 새 없이 눈을 굴렸다. 그는 클립보드에 끼워진 서류 한 뭉치를 내게 보이지 않게 넘겨가며 읽고 있었는데, 서류가 넘어가며 팔랑팔랑 소리를 낼 때마다 자꾸 나도 모르게 몸이 움츠러들었다.

　한참의 침묵 끝에 사내가 입을 열었다.

　"이름."

　"…"

　그 말이 질문이라는 것을 알아차리는 데에는 약간의 시간이 필요했다. 내가 아무 말 없이 눈만 껌벅거리자 사내는 짜증스러운 어조로 다시 한번 같은 말을 반복했다.

　"이름!"

　"이원일… 입니다."

　천둥소리 같은 노성에 나는 고민의 여지도 없이 내 이름을 솔직하게 털어놓고 말았다. 순간 가명을 댔어야 했나- 하는 생각이 들기도 했지만, 나를 콕 집어서 끌고 온 걸 보면 이름 정도는 묻지 않아도 이미 알고 있었으리라.

"연방인인가?"

국적도 이름을 들으면 뻔히 알 수 있을 텐데 새삼스럽게 질문을 하다니. 나는 살짝 심기가 뒤틀려 짐짓 비딱한 투로 대답을 던졌다.

"연방인…이었죠."

"…이었다? 그럼 지금은 아니라는 소리인가?"

"아마 연방에서는 죽은 사람으로 처리되었을 테니까요. 기록상으로 저는 살아있는 존재가 아닙니다."

"말장난치지 마. 내가 그렇게 한가해 보여?"

전에 자루비노에서 만났던 군의관이 한 농담을 그대로 되돌려주었을 뿐인데, 사내는 질색을 하며 인상을 찌푸렸다. 정보부 간부라 해도 개그 취향은 다 다른가 보군.

내가 연방인이라는 것을 새삼 확인하자 사내는 무어가 또 마음에 들지 않았는지 서류철을 내려다보며 못마땅한 어조로 중얼거리기 시작했다.

"어처구니가 없군. 다른 나라의 사람도 아니고. 연방인이 고작 돈 때문에 테러리스트들에게 협력하고 나라를 위험에 빠트리려 하다니… 이 국가를 지키기 위해 희생해 온 영령들께 부끄러움도 없는 건가?"

나라를 지키기 위해 희생한 사람들에게 부끄러움이 없냐니. 정작 나부터가 나라를 지키기 위해 배에 승선했다가 어뢰를 맞고 죽을 뻔했는걸!

…이라는 말이 목구멍 끝까지 차올랐다 다시 내려갔다. 마음 같아서는 사내의 말이 끝날 때마다 따박따박 반박을 하고 싶었지만 그의

얼굴에서 뿜어져 나오는 험악한 인광을 보고 있노라면 나도 모르게 말을 아끼게 되었다.

그래, 지금은 목숨을 보존하는 것을 우선시하도록 하자.

비난과 같은 혼잣말이 끝나자마자 사내는 아직도 나에 대해 심문할 것이 남았는지 다시 질문을 던지기 시작했다.

"연방 해군 97전대의 잠수함, 최충헌 함을 침몰시킨 게, 네가 타고 있던 잿빛 10월 호 맞지?"

"예, 하지만 그건—"

"대답은 예, 아니오, 이외에는 듣지 않겠다."

"…예."

억지라고 생각했지만 사실은 사실이었기 때문에 나는 잠자코 고개를 끄덕여 긍정했다. 그러자 사내는 간사하게도 내가 한 말을 일반화하여 나를 무작정 악인으로 몰아가기 시작했다.

"그래, 같은 동포가 타고 있는 배를 침몰시키면서 죄책감 같은 건 느끼지 못했나?"

"아뇨, 그러니까 그쪽이 먼저 공격을—."

"예, 아니오, 로만 대답하라 했을 텐데."

"…"

'이건 억지야!'라는 말이 다시 한번 목구멍을 간질였지만 이번에도 입이 떨어지질 않았다.

이 자그마한 방 안에서 나는 철저하게 을(乙)이었다. 날 때부터 정해져 있었던 것처럼 사내는 자연스럽게 나를 핍박했고, 나는 감히 그에게 저항할 생각조차 하지 못했다. 그의 표정이 사나웠기 때문만은 아니었다. 흰색의 방에서 머물며 누적된 피로는 사고를 방해했고, 그냥 모든 것을 내려놓고 하염없이 고개를 끄덕이고 싶다는 욕망이 마음 깊은 곳에서 스멀스멀 피어올랐다.

질문은 계속되었다.
"군대는 다녀왔나?"
"예."
"어디서 복무했지?"
"해군 3함대 **무진함**에서 수병으로 복무했습니다."
"해군에서 복무했으면서, 감히 같은 전우를—!"
사내는 아까처럼 나에 대한 분노를 터트리려다 내가 한 말에서 무언가 이상한 점을 알아차렸는지, 멈칫하며 다시 똑같은 질문을 재차 던졌다.
"…어디서 근무했다고?"
"3함대 무진함이요."
나로서는 일말의 고민도 없이 솔직하게 한 답이었는데, 사내는 놀란 표정으로 한동안 나를 바라보더니 곧 미간을 찌푸리며 바로 주먹을 휘둘렀다.

쿠당탕!
요란한 소리와 함께 나는 바닥을 굴렀다.
…왜? 방금 왜 맞은 거야?
"거짓말 작작해. 무진함의 승조원은 모두 죽었어."
사내는 심한 모욕이라도 들은 것처럼 맹렬히 분개하며 나를 노려보고 있었다. 아마도 그는 내가 작전 중 산화한 연방의 영웅들을 사칭하여 그들의 명예를 더럽혔다고 여긴 모양이었다. 하지만 정말로 무진함의 유일한 생존자였던 나로서는 그의 오해가 억울해 미칠 지경이었다.

"여기 살아 있잖습니까!"

"거짓말하지 말랬지!"

내가 소리를 바득바득 질러가며 항변하자 사내는 내 멱살을 붙잡고 고개를 들이밀었다. 안 그래도 살기등등한 그의 표정이 얼굴 가까이 다가오자, 나는 정말 말 그대로 죽음의 공포를 느꼈다.

하지만 내가 무진함의 승조원이었다는 사실만큼은 부인할 수 없었다. 나는 눈을 질끈 감고 떠오르는 말을 닥치는 대로 입에 담았다.

"무진함 경의부 소속 의무병장 이원일! 사후 하사 계급 추서! 죽지 않고 살아서 해적들에게 끌려갔다고요!"

말을 마치기도 전에 주먹이 다시 날아올 거라고 생각했지만, 이번에는 아무런 반응도 없었다. 나는 눈을 감은 채 계속 말을 이어갔다.

"이후 노예로 끌려다니다가 학회 군함에 구조되어서… 잿빛 10월에서 머물고 있었습니다."

여전히 사내의 답변은 없었다.

나는 눈앞에서 무슨 일이 일어나는지 알기 위해 조심스레 눈을 뜨고 앞을 살폈다. 방금 전까지만 해도 살기등등한 표정으로 나를 노려보던 사내의 얼굴에 놀라움이 가득 떠올라 있었다.

"말도 안 돼. 자네가… 무진함의 생존자라고?"

멱살을 쥐고 있는 사내의 손이 조금씩 느슨해지더니, 곧 그가 손을 완전히 내렸다. 그는 여전히 혼란스러워 보였다.

"원치 않게 학회에 붙잡혔던 거라면… 어째서 도움을 요청하지 않았나? 자네는 영웅이 될 수도 있었을 텐데!"

"요청했습니다. 돌아가려는 시도도 했었지요."

나는 옷깃을 매만지며 씁쓸하게 과거의 일을 회상했다.

'군부는 복수를 원한다— 목격자 하나 없는 정체불명의 적을 향해서.'

마리아가 들려준 기록 속의 목소리는 아직도 방금 들은 것처럼 귓가에 생생했다. 우리를 공격해 온 그 잠수함의 함장은 내가 무진함의 유일한 생존자인 것을 알면서도 일부러 나를 모른척했다.

"…하지만 저의 조국은 제가 죽기를 바랐습니다."

그는 내게 영웅이 되라고 했다. 구차하게 밥을 빌어먹느니 깨끗하게 죽음을 택하라고 나에게 강요했다.

"잿빛 10월을 습격한 잠수함의 함장은 제가 무진함의 생존자인 것을 알면서도, 불명예스러운 생존보다는 명예로운 죽음이 낫다면서 저를 잿빛 10월과 함께 파멸시키려 했습니다."

사내는 내 말에 큰 충격을 받은 듯 보였다. 그는 초점 없는 눈으로 허공을 바라보며 몸을 파르르 떨더니, 손을 저으며 현실을 부인했다.

"선배님이… 그럴 리가 없어."

선배님? 누가 선배라는 말이지?

그의 말은 여전히 이해할 수 없었지만 다행스럽게도 나를 향한 사내의 적의는 제법 누그러든 것처럼 보였다. 그는 심문을 재개하지 않고 계속 혼잣말만 중얼거렸다.

"하지만 이 녀석은… 아니야. 말도 안 돼. 이런…."

그때였다.

갑자기 문이 벌컥 열리더니 비교적 젊어 보이는 또 다른 사내가 방 안으로 헐레벌떡 뛰어 들어왔다.

"대령님!"

"심문 중에는 들어오지 말라고 했을 텐데."

갑작스러운 방해를 받자 대령이라고 불린 사내는 오만상을 찌푸리며 불청객을 노려보았다. 그 어린 불청객은 대령의 시선에 주뼛거리면서도 이상한 소리를 계속했다.

"하지만… 큰일 났습니다. 학회 녀석들이… 한강에…"

"학회 녀석들이? 한강에? 그게 무슨 소리야?"

한강? 학회?

그의 보고는 내게도 충분히 이상하게 들렸다. 연방과 한창 전쟁을 치르느라 동중국해에 있어야 할 학회가 어째서 서울 한복판에 있단 말인가. 젊은 사내는 숨을 고르며 방 한구석에 위치한 TV를 가리켰다.

"뉴스로 확인해 보십시오."

대령은 주저 없이 바로 TV로 다가가 전원을 넣었다.

채널을 돌릴 필요도 없이 TV에서는 뉴스 특보가 흘러나오고 있었다.

한강, 그 위에 떠 있는 군함, 그리고 그 군함의 함교 위에서 확성기를 든 채 날뛰고 있는 금발의 미소녀.

…그 광경은 어쩐지 너무나도 낯이 익었다.

확성기를 든 인형 같은 외모의 미소녀는 걸쭉한 말씨로 욕설을 갈겨대며 가운뎃손가락을 치켜들고 있었다.

[야, 이 XX 새끼들아! 우리 의무장 돌려놔!]

당신이 왜 이곳에— 라는 생각에, 나는 심문 중이었다는 사실도 잊고 그 소녀의 이름을 넌지시 입 밖으로 흘리고 말았다.

"…엘레나 포술장님?"

-7-

고려 연방, 서울 마포구 망원동
한강, 성산대교 아래

엘레나 포술장은 국회의사당을 향해 10분째 쉬지 않고 계속 욕설을 내뱉고 있었지만, 돌아오는 반응은 아무것도 없었다. 군대가 시민들을 소개한 탓에 다리를 오가는 차량도 지나다니는 사람도 하나 없었고, 오로지 잿빛 10월을 향해 포구를 겨눈 전차들의 엔진 소리와 하늘에 날아다니는 취재용 드론의 새된 비행음 만이 그들이 이곳에 있음을 실감케 하고 있었다.

"좋아, 이렇게 나오겠다는 거지? 그럼 어디 한 번 갈 때까지 가 보자고—!"

포술장이 포기하지 않고 다시한번 확성기를 들고 욕설을 내뱉으려 하자 한참 전부터 이를 지켜보고 있던 함장이 그녀에게 다가가 확성기를 빼앗아 들었다.

"자, 자. 레나, 침착하게 말해. 그렇게 말하면 알아들을 수 있는 소리도 못 알아듣는다고.”

함장으로부터 **상식적인 충고**를 듣자 엘레나 포술장은 도리어 어처구니가 없다는 표정으로 그녀를 흘겨보았다.

“제가 살다 살다 함장님께 침착하게 행동하라는 소리를 듣게 될 줄은 몰랐네요.”

“평소 실컷 게으름을 부려 뒀으니 이럴 때라도 함장 노릇을 해야지.”

함장은 느긋한 표정으로 확성기를 들고 주변의 풍경을 둘러보았다. 강변에 자리 잡은 전차들은 여전히 잿빛 10월에 포구를 겨눈 채 숨을 죽이고 있었고, 지원을 나온 군인들도 만일의 사태에 대비하여 바리게이트에 몸을 숨긴 채 그들을 관찰하고 있었다.

연방군은 한 식경 동안 계속 이어지던 폭언이 갑자기 멈추고, 다른 사람이 함교 밖으로 나오자 무슨 일이라도 벌어질까 두려워하는 것처럼 보였다.

사방은 고요했지만, 분위기는 평화와는 거리가 먼- 폭풍이 몰려오기 전과 같은 일촉즉발의 상황이었다. 이 상황에서 함장이 취한 행동은⋯ 다름 아닌 평범한 인사였다.

“안녕하세요, 연방 시민 여러분. 반갑습니다.”

카밀라 함장의 명랑한 목소리가 울려 퍼지자 강변에 있던 군인들이 당황한 표정으로 다시 고개를 내밀었다. 그 목소리는 적대와는 거리가 멀었지만, 그래도 연방군은 방심을 거두지 않았다. 그들의 생각을 아는지 모르는지, 함장은 쾌활한 어투로 자기소개를 계속 이어갔다.

“저는 광명학회 해군 서태평양 사령부 91함대 소속의⋯”

함장은 습관적으로 학회에 있던 시절의 소속 부대 명을 입에 담으려다 멈칫했다. 잿빛 10월과 카밀라 함장은 이제 학회에 소속된 몸이 아니었다. 그녀는 간단명료하게 자신이 누구인지만을 상대에게 밝혔다.

"이 배의 함장인 카밀라 아미누딘입니다."

"…"

당연하지만 상대는 대답하지 않았다.

아니, 처음부터 그녀가 누구에게 말을 건네고 있는지 자체가 불확실했다. 서로 포를 겨누고 적대하고 있는 군인들을 향하여 말을 걸고 있는 걸까, 아니면 이 광경을 방송으로 지켜보고 있는 연방 시민들을 향해 말을 걸고 있는 걸까. 그도 아니라면 그저 혼잣말을 하고 있는 걸까.

누가 되었든 함장의 말에 쉬이 대답할 수 있는 상황은 아니었다. 하지만 카밀라 함장은 대수롭지 않다는 투로 계속 제멋대로 말을 이었다.

"그러고 보니 연방은 처음 방문하는 데 참 경치가 좋네요. 강을 따라 늘어진 마천루며, 아름답게 정비된 도로며, 아름다운 도시가…"

함장이 계속 헛소리를 늘어놓자 참다못한 엘레나 소교가 옆에서 큰 소리로 딴죽을 걸었다.

"저희가 여기 놀러 왔습니까!"

"레나도 참. 형식적인 인사잖아, 인사. 이래서 상식이 안 통하는 군인하고는 대화가 안 된다니까."

"당신도 군인이잖아!"

당연한 소리지만 두 사람의 만담 같은 대화는 확성기를 통해 대치하고 있는 연방군에게도 그대로 전달되었다.

'도대체… 이 녀석들은 뭐지?'

잿빛 10월을 요격하러 나온 방위사령부 참모장은 마치 꿈을 꾸는 것만 같은 기분이었다. 한강에 중무장 군함이 나타났다는 사실만으로도 현실감이 모자란데, 그 군함을 이끄는 장교들도 적전에서 만담이나 지껄이는 계집애들이라니. 갑자기 함교에서 카메라맨들이 우르르 튀어나와 '이 배는 정교하게 만들어진 세트장이며, 이 모든 상황이 잘 짜인 몰래카메라 쇼였습니다—' 라고 말해도 놀라지 않을 자신이 있었다.

하지만 상황은 여전히 변함이 없었고, 함장이라고 자신을 소개한 적발의 여인도 알기 어려운 소리를 계속하고 있었다.

"단도직입적으로 말씀드리자면, 저희는 이곳에 **대화**를 하러 왔습니다."

마침내 상대의 입에서 '목적'이 흘러나왔다. 참모장은 머릿속으로 교섭 수칙을 되뇌며 확성기를 들고 카밀라 함장의 말에 대답했다.

[타국의 영토에 중무장한 군함을 끌고 와서 무슨 대화를 한다는 거지? 귀관은 무장을 해제하고 즉시 투항하라.]

"…드디어 이야기를 할 마음이 생기셨나 보군요."

혼잣말을 시작한 지 반 식경 만에 대답을 듣자 카밀라 함장은 흥분했는지 아까보다 훨씬 더 높은 텐션의 목소리로 말을 하기 시작했다.

"이 군함은 저희를 보호하기 위한 최소한의 자위 수단일 뿐입니다. 오해가 없으셨으면 좋겠네요."

[…군함이 자위 수단이라고? 허튼소리도 작작해야지.]

"하지만 이 정도의 무장이 없으면 저희가 이야기를 하기도 전에 무턱대고 저희를 구속하려 하셨을 거잖아요?"

카밀라 함장의 질문에 참모장은 곧바로 대답을 하지 못했다. 상부로부터 무작정 군함을 저지하라는 명령을 받고 출동하기는 했지만, 지침

마저도 명확하지가 않았다. 이 배를 선제공격해도 되는지, 공격받았을 때 응사해도 되는지, 적이 항복해 왔을 때 구속을 한다면 어디로 연행해야 하는지… 모든 것이 불명이니 처우에 대해 확신을 하기도 어려웠다. 결국 참모장은 아까 했던 것과 같은 뻔한 투항 권고를 반복했다.

　　[…연방군은 무장을 해제하고 배에서 하선한다면 귀관과 이야기
　　를 할 용의가 있다.]

　　그의 목소리에 어렴풋이 섞인 자조의 색을 읽었는지, 카밀라 함장이 그를 비웃듯이 한바탕 신나게 웃었다. 그리고 그녀는 손사래를 치며 대화의 주체를 정면으로 부인했다.

　　"이런, 오해를 하셨나 보군요. 저희는 음침한 방 안에서 매뉴얼이나 답습하는 군부의 높으신 분들과는 이야기를 나눌 생각이 없답니다."

　　그리고 카밀라는 고개를 돌려 하늘에 떠 있는 취재용 드론을— 아니, 그 너머에 있는 모니터 앞의 시민들을 향해 명랑하게 손을 흔들어 보였다.

　　"저희가 대화를 나누고 싶은 상대는 군이 아닌 연방의 시민 여러분입니다."

　　[말장난을 할 시간은 없다. 다시 한번 말한다. 우리 연방군은 신
　　원 미상의 군함에게 무장을 해제하고 배에서 하선할 것을….]

　　형식적인 투항 권고가 계속되는 와중 함장의 옆에서 주변을 살피던 엘레나 포술장이 갑자기 눈살을 찌푸리며 그녀에게 귀엣말을 건넸다.

　　"함장님. 세 시 방향입니다."

　　함장은 포술장이 말한 곳을 곁눈질로 슬쩍 바라보았다. 세 시 방향에 위치한 고층건물의 옥상에서 인위적인 반사광이 일순 반짝였다가

사라지는 것이 눈에 들어왔다.

　당연하다면 당연한 조치일지도 모르겠지만… 연방군은 잿빛 10월의 사관들을 저격하기 위해 이미 주요 포인트에 저격수들을 깔아놓고 있었다.

　물론 관료주의적인 연방의 군인들이 총책임자인 총통이 깨어나기도 전에 무턱대고 발포 명령을 내리지는 않겠지만… 카밀라 함장은 어쩐지 뒤통수가 간지러워졌다.

　"…이렇게 사람을 못 믿어서야. **의도는 아니었지만** 우리도 실력 행사에 나서야겠는걸."

　함장은 히죽거리며 무전기로 부포를 운용중인 포반장을 불러낸 다음, 한강에 진입하기 전부터 **미리 목표로 점찍어 둔 어떤 건물**을 향해 포구를 조준하도록 명령을 내렸다.

　"41포 사격 준비. 타깃은 **예의** 노벰버 알파(NA)─. 준비 및 배치 끝나면 보고."

　[41포 준비 및 배치 끝.]

　"포반장. 정확하게 지붕만 노릴 수 있겠지? 불필요한 인명 피해가 나오지 않도록."

　[맡겨만 주십시오.]

　"좋아. 41포, 고폭소이탄(HEI) 일발 장전… 발포."

　조금의 망설임도 없이.

　카밀라 함장은 연방 수도의 한 가운데에서 발포 명령을 내렸다. 그리고 그 명령을 들은 포수들 역시 망설임 없이 함장의 명령을 그대로 수행했다.

쾅!

잿빛 10월의 40mm 부포가 불을 뿜고 포탄이 하늘을 가르자— 강변에 있던 병사들의 얼굴이 새하얗게 질렸다.

제아무리 속내를 알 수 없는 신원불명의 테러리스트라 하더라도, **상식적으로** 민간 구역에서 포를 쏘지는 않겠지. 그것도 포위된 한 가운데에서 적대 행위를 하는 자살 행위는 하지 않겠지— 병사들은 내심 그렇게 생각하며 낙관적인 결과를 기대하고 있었지만… **비상식적인** 잿빛 10월의 승조원들은 너무나도 뻔뻔스럽게, 그 기대를 단숨에 저버렸다.

　[정말로… 쐈다고?]

잿빛 10월에서 날아간 포탄은 한강을 거슬러 올라 여의도 한가운데에 위치한, 연방 입법부의 상징이라 할 수 있는 국회의사당의 돔 지붕에 직격했다. 그리고 곧 탄두에서 터져 나온 소이제가 그 위에 맹렬한 불을 지피기 시작했다.

의사당에 남아 있던 의원들은 잿빛 10월이 한강에 진입하기 전에 안전한 방공호로 모두 소개되었으니 인명 피해는 없겠지만… 정부의 상징이 불타는 꼴을 눈앞에서 지켜보게 된 참모장은 협상 수칙도 잊은 채 길길이 날뛰며 욕지거리를 내뱉었다.

　[미친년들…! 네 년들이 방금 무슨 짓을 한지 알고나 있나!]

"저는 분명히 경고했어요. 농담이 아니라고."

하지만 카밀라 함장의 태도는 이상하리만큼 평이했다.

그녀는 담담하게 매뉴얼을 읊는 것처럼 앞으로의 행동을 언급하며 상대를 위협했다.

"다음번에는 지붕이 아니라 본관을… 아니, 시민들이 거주하고 있는 주택가를 겨눌지도 모르죠."

방금 전까지만 하더라도 학회에서 온 저 붉은 머리의 젊은 함장이 무슨 협박을 하더라도 참모장은 믿지 않았을 것이다. 초연 냄새가 거의 나지 않는, 매끄러운 외모의 그 승조원들은 군인이라기보다는 소꿉놀이를 하러 온 소녀들처럼 보였기 때문이었다.

하지만 방금의 포격으로 잿빛 10월의 승조원들은 자신들의 존재감을 확실하게 각인시켰다. 우리는 이곳에 장난을 치러 온 여고생들이 아니다. 너희들이 감히 통제할 수 없는 진짜배기 테러리스트다— 라고.

참모장은 등에서 식은땀이 배어 나오는 것을 느꼈지만, 다시 한번 정신을 추스르고 상대를 향해 일갈했다.

[…허튼소리! 우리 사령부가 너희 같은 테러리스트들이 마음껏 날뛰도록 가만둘 줄 아느냐! 우리가 전력으로 공격한다면 너희는 한 식경도 버티지 못할 터—]

참모장의 협박은 단순한 블러프가 아니었다. 상대가 먼저 적대 행위를 한 이상, 현장 지휘관의 재량으로 잿빛 10월을 침몰시키는 것도 불가능하지는 않았다.

하지만, 어째서인지. 카밀라 함장은 그의 모든 심중을 꿰뚫어 보고 있다는 투로 담담하게 말을 받아쳤다.

"네, 맞아요. 연방군이 전력을 다해 공격한다면 잿빛 10월은 채 3분을 버티지 못하고 가라앉을 테죠."

그리고 그녀는 소름 끼치는 미소를 지어 보이며 다음 포격 지시를 내리기 위해 손을 들어 올렸다.

"저희가 3분 내에 얼마나 많은 사람을 죽일 수 있는지 시험해보고 싶으신가요?"

참모장의 관자놀이를 타고 전류가 찌릿하고 내달렸다.

그녀의 눈에는 진심이 담겨 있었다. 자신의 목숨을 내놓은 채 한 차례 포격을 가한 상대가, 두 번째 포격을 가하지 않으리란 법도 없다. 아무리 공군을 동원한다 하더라도 잿빛 10월과 같은 커다란 배를 침몰시키는 데에는 시간이 제법 걸린다. 그 사이에 잿빛 10월이 서울 시내에 포탄과 미사일을 난사하기 시작한다면… 수천, 아니 수만 이상의 사망자가 나올지도 모른다.

'나는… 나는 그런 결과를 감당할 수 없어…'

협상에서는 절대로 주도권을 빼앗겨서는 안 된다. 소수의 인질을 구하려다 더 큰 피해를 보았던 사례가 역사상에 얼마나 많았던가. 하지만 수만의 인명은 다르다. 그 속에는 참모장의 가족들도 포함되어 있다. 이들을 지금 당장 소개시킬 수도 없었다.

그 대가로 저들이 요구하는 것은 그저 **대화**.

참모장은 자존심이 깎여가는 것을 느끼면서도 비굴한 어조로 그들에게 애처롭게 물었다.

[자, 잠깐만 기다려. 원하는 게 뭔지 이야기해 보게. 이쪽에서 준비할 수 있는 것이라면 바로—]

"요구 사항은 아까 말씀드렸을 텐데요. 저희는 연방의 시민 여러분들과 대화를 나누고 싶을 뿐입니다."

함장은 유쾌한 어조로 억지웃음을 지어 보이며 손을 휘둘렀다.

"물론 그사이에 군인 여러분들이 수상한 행동을 보인다면… 그때는 저희라도 어쩔 수 없지요."

[…알겠다.]

참모장은 아랫입술을 깨물며 우선은 전차의 포구를 내리고 저격수를 철수시키도록 명령했다. 참모 중 몇이 당장 저 배를 침몰시켜야 한다며 시끄럽게 의견을 개진하기도 했지만, 서울 시민의 목숨이라는 무거운 책임은 그 누구도 짊어지려 하지 않았다.

상황이 어느 정도 정리되자 카밀라 함장은 슬레이트를 치듯 두어 번 박수를 치고 다시 방송용 드론을 올려다보았다. 아무런 방해도 없이 카밀라 함장의 얼굴은 선명하게 카메라에 녹화되어 연방 전역에 생중계되고 있었다.

함장은 반짝이는 드론의 렌즈에서 무수한 시선을 느꼈다. 수천, 수만의 연방 시민들이 그 렌즈를 통해 잿빛 10월과 카밀라 함장을 실시간으로 지켜보고 있으리라. 그 시선은 그녀의 피부에 날아와 부딪혀 허상의 따끔따끔한 통증을 불러일으켰다. 그리고 보면 전에 해커에 의해 잿빛 10월의 일상이 불특정 다수에게 중계되었을 때도 함장은 같은 느낌을 받았다. 하지만 지금은 다르다. 상황을 통제할 수 있는 칼자루는 함장에게 쥐어져 있었다.

"자, 방해꾼도 사라진 듯하니 느긋하게 이야기를 나눠 볼까요? 다시 한번 자기소개를 하지요. 저는 이 배의 함장인 카밀라 아미누딘입니다.”

　요란스러운 등장이었지만 환호도 야유도 없었다.

　그저 어디선가 피어오른 희미한 초연의 향이 '너는 아직 자유의 몸이 아니다'라고 그녀에게 경고 메시지를 꾸준히 보내고 있었다. 하지만 함장은 이를 못 들은 체 뻔뻔스러운 표정으로 계속 이야기를 이어갔다.

　“갑작스럽게 학회의 군함이 연방의 영해 내로 진입하는 것도 모자라, 수도의 한복판에 나타나서 불안해하시는 시민분들이 많으시리라 생각합니다. 심려를 끼쳐드려 죄송합니다. 하지만… 이 배는 더 이상 학회의 군함이 아닙니다.”

　당연하지만 드론으로부터의 대답은 없었다. 하지만 함장은 렌즈 너머로 흘러나오는 의문의 색을 똑똑히 느낄 수 있었다.

　잿빛 10월이 더 이상 학회의 배가 아니라니, 지난 전투 이후로 무슨 일이 벌어지기라도 한 건가? 적대하는 집단의 군함이 아니라면 이들은 연방 수도에 무슨 목적으로 온 건가? 혹시 학회도 연방도 아닌 제 3의 소속을 얻어 다른 목적으로 방문한 건 아닐까?

　여기저기서 피어오르는 가상의 질문들을 뒤로 한 채, 함장은 그녀와 잿빛 10월에게 벌어졌던 일들을 간략하게 설명했다.

　“물론 1주일 전만 하더라도 이 배는 광명학회 서태평양 전대의 기함이었습니다. 동중국해에서 초계 임무를 수행했고 당신네들─ 연방군을 상대로 소소하게 전과를 올리기도 했지요. 그 사실은 여러분들도 잘 알고 있을 겁니다.

　하지만 학회의 높으신 분들은 어째서인지 저희가 배신할 거라고 의심을 했고, 이 배를 처분하려 했습니다. 그래서 저희는 하는 수 없이 도망치듯 학회를 떠나왔습니다.”

[그 말인즉 귀관은 이곳에 망명을 하기 위해 온 것인가?]

카밀라 함장의 말에 참모장의 얼굴이 조금이나마 밝아졌다. 여전히 속내를 읽기 어려운 건 마찬가지였지만 만약 잿빛 10월이 망명을 목적으로 연방에 온 것이라면 싸울 필요도 없는 데다가 연방은 손 하나 대지 않고 최신식 군함을 손에 넣을 수 있게 되는 셈이었으니까.

하지만 카밀라 대교는 쓰게 웃으며 고개를 가로저었다.

"**일반적인 상황**이었더라면 그렇게 했었겠지요. 적의 적은 나의 동료라고 하잖아요? 학회와 적대하고 있는 연방이라면 학회에게 쫓기고 있는 우리의 편이 되어줄 수 있을지도 모르죠. 하지만 그 연방이 학회의 적이 아니라면? …사실은 내밀하게 내통하고 있는 사이였다면?"

카밀라의 말에 작전참모의 옆에서 잠자코 이야기를 듣고 있던 참모장이 발작하듯 화를 내며 소리를 내질렀다.

[말도 안 돼! 무슨 이득이 있다고 연방이 학회와 내통한단 말인가!]

"그러게 말이에요. 전쟁의 본질은 파괴이니, 이 전쟁으로 연방도 많은 것을 잃었는데 말이에요. 사회에 만연한 불안과, 막대한 전쟁 비용, 그리고 젊은이들의 목숨까지…"

함장은 비아냥거리듯 전쟁이 낳은 부정적인 것들을 입 밖으로 꺼내 나열한 다음, **그럼에도 불구하고 연방 정부가 전쟁을 지속하려 했던 진짜 이유**에 대해 말했다.

"반정부인사들을 진압하고 집권 여당의 지지율을 끌어올린 대가치고는 너무나도 비싼 것들뿐이죠."

[궤변이야. 모두 궤변이야…!]

참모장은 입 밖으로는 궤변이라는 말을 누차 읊조리면서도 한편으로는 초조함에 몸이 떨려오는 것을 스스로도 느끼고 있었다.

집권 여당의 정치 생명을 연장하기 위해 시민들을 희생시키고 사회 불안을 조장한다고? 이는 **부조리한 일**이었다. 하지만 **불가능한 일**은 아니었다. 현 연방 총통인 최천중 대장은 그런 일을 충분히 하고도 남을 만한 인물이었다. 하지만 그동안 그 누구도 그 가능성에 대해 입을 열지 못했다. 최천중 총통이 두려워서, 혹은 매국노라고 비난받는 것이 두려워서, 사람들은 숨을 죽인 채 정부의 말을 그대로 맹신해왔다.

그런데 갑자기 한강에 나타난 이 배는 그 견고한 믿음에 균열을 내기 시작했다. 그리고 곧 그 균열은 연방 곳곳으로 퍼져나가 작은 소란을 일으켰다.

"지난달 저희는 전자전을 수행하는 과정에서 꽤 흥미로운 정보 몇 가지를 입수하게 되었습니다."

함장은 마리아에게서 건네받은 태블릿 PC를 가볍게 두들겨 보이며 개구쟁이 아이처럼 씩 웃었다.

"저희의 추측이 궤변인지 아닌지는 이 파일을 보고 나서 직접 판단하시죠."

그리고 이어서 그녀는 나지막한 목소리로 인터넷을 통해 접속할 수 있는 일련의 프로토콜 주소를 또박또박 불러주기 시작했다. 간단한 숫자로 이루어진 그 주소는 카밀라의 다른 말들과 함께 방송 드론을 타고 연방 곳곳에 널리 퍼져나갔다. 참모장의 옆에 있던 또 다른 참모가 재빨리 그 주소를 받아 적어 사령관에게 내밀었다.

그 주소에 어떤 폭탄이 들어있을지, 참모장은 알지 못했다. 함장의 태도로 미루어볼 때, 아마도 연방을 통째로 뒤흔들고도 남을 만큼 위협적인 괴물이 도사리고 있으리라.

우리는 그 괴물이 풀려나도록 놔두어도 괜찮을까? 아니, 그보다 그 안에 있는 존재가 진짜 괴물이기는 한 걸까.

참모장이 쪽지를 든 채 그 자리에서 아무런 행동도 하지 못하자 옆에 있던 작전참모가 그의 결단을 독촉했다.

"참모장님, 저들이 유언비어를 유포하도록 그대로 두실 생각이십니까? 당장 저들이 하는 짓을 멈추지 않으면 무슨 혼란이 발생할지 모릅니다."

그 역시 이 주소 안에 있는 내용물이 대중들에게 공개된다면 돌이킬 수 없는 상황이 벌어질 거라는 것은 작전참모가 말하지 않아도 어느 정도 예상할 수 있었다. 하지만 그들에게는 잿빛 10월을 막을 수 있는 능력이 없었다.

"그럼 어찌하란 말인가."

참모장이 체념한 목소리로 중얼거렸다.

"확성기를 든 저 함장을 사살하면 그들이 말을 멈출까. 공군에 지원을 요청하여 저 배를 강 밑바닥에 침몰시키면 그들이 말을 멈출까."

지휘소 한구석에 위치한 휴대용 TV에서 드론이 중계 중인 카밀라 함장의 얼굴이 흘러나오고 있었다. 두려움 없이 당당하게 렌즈를 바라보는 그 여인의 표정은 짐짓 유쾌해 보이기도 했지만, 또 한편으로는 아무것도 담기지 않은 것처럼 공허해 보이기도 했다.

"나는 저 눈을 잘 알고 있네. 저들은 죽기를 각오하고 이 말을 하러 온 거야. 죽음을 각오한 자를 상대하려면 이쪽도 죽음을 각오해야지."

온몸이 으스러지고, 공포가 배를 가득 메우고, 최후의 1인이 남는다 하더라도 그들은 말을 멈추지 않을 것이다.

반면 그들을 상대하는 연방군은 어떠한가. 총통으로부터 책임을 추궁받을까 두려워 침입자를 배제한다는 단순한 결정 하나도 내리지 못하는 겁쟁이들뿐이다. 싸움의 승패는 이미 그들이 닻을 올렸을 때부터 정해져 있었다.

"대령. 자네는 목숨을 걸 준비가 되었는가?"

"…물론입니다."

참모장의 질문에 작전참모가 약간의 딜레이를 두고 굳은 표정으로 고개를 끄덕였다. 그가 어떤 마음으로 그 대답을 했는지 잘 알고 있었기에 참모장은 쓰게 웃으며 손을 내저었다.

"그렇다면 좀 더 가치 있는 것에 목숨을 걸게."

그리고 참모장은 핸드폰의 자판을 눌러 쪽지에 적힌 웹사이트로 접속을 시도했다. 페이지에 접속하자마자 제법 무거운 용량의 압축 파일 하나가 자동으로 다운로드 되기 시작했다. 파일이 다운로드 되는 동안 참모장은 곰곰이 생각했다.

한 국가의 군인으로서, 그는 이 안에 있는 정보들이 유언비어일 거라고 확신하고 있었다. 하지만, 만에 하나 이 정보들이 진짜고, 사실은 정부가 거짓말을 했던 거라면….

"이 변화가 나쁘지 않을지도 모르겠군."

참모장은 그 말만큼은 입 밖으로 내뱉지 않고 조용히 목 너머로 숨과 함께 삼켰다.

잠시 후, 다운로드가 끝나고 파일이 공개되었다.

-8-

■ VC 인사이드 : 군사-밀리터리 게시판
스레드 명 : [실황] 한강에 나타난 정체불명의 군함을 중계하는 스레드

▶ 망원경치 : 야, 저 녀석들 뭐야? 지금 도대체 무슨 소리를 하고 있는 거야?

▶ 고라니 : 연방과 학회가 사실은 내통하는 사이라고? 총통이 자신의 임기를 연장하기 위해 벌인 자작극이라고?

▶ 애보국수 : 그럴 리가 없잖아! 학회는 우리의 주적이라고. 적이 하는 말을 곧이곧대로 믿을 셈이야?

▶ 익명 1001 : 그래, 맞아. 분명 이건 우리를 분열시키려는 적의 술책이니까- 다들 현혹당하지 말라고.

▶ 익명 2499 : 그래, 이럴 때일수록 총통을 믿고 일치단결해서 싸워야 해.

▶ 밀면한그릇 : 그런데… 저 녀석들은 어째서 목숨을 걸고 여기까지 온 건데?

▶ 익명 3793 : 그게 무슨 소리야?

▶ 밀면한그릇 : 잘 생각해 봐. 단순히 유언비어를 뿌리기 위해서라면 이런 쇼를 할 필요도 없잖아? 그냥 인터넷을 통해 파일을 뿌리기만 하면 그만이라고. 적의 총구 앞에 모습을 드러내고, 목숨을 건 채 굳이 이런 쇼를 할 필요가 있을까?

▶ 고라니 : 그것까지 다 계획된 쇼의 일부지. 순진하게 이런 데 속아 넘어가다니, 너는 초딩이냐?

▶ 촉수수 : 그나저나 그 파일에는 뭐가 담겨 있었는데?

▶ 쾨니히스티거 : 분명 랜섬웨어나 해킹 파일 따위가 가득 들어 있겠지. 어떤 얼간이가 그걸 열어보겠어?

▶ 물곰 : 내가 그 얼간이다. 파일 따서 다시 올릴 테니까 보고 싶은 사람은 내 계정 클라우드로 와.

▶ 익명 3793 : 이렇게 계정 조회 수 높이는 거 보소.

▶ 마리포사 : 이런, 내가 먼저 유포할걸!

▶ 고라니 : 와… 진짜 웃기는 글 많네, 이건 어느 출판사 라이트노벨 출간 목록이냐?

▶ 오소리 : 라이트노벨 무시하지 마 새끼야

▶ 익명 4230 : 야, 이것 좀 봐. 무진함에 생존자가 있었다는데? 이원일 하사는 사실 죽지 않고 해적들에게 납치되었다가 학회에 의해 구출되었대. 그런데 연방은 전쟁을 계속하기 위해 그 사실을 고의적으로 은폐했다는 거야.

▶ 쾨니히스티거 : 어이구, 벌써부터 유언비어를 믿는 바보가 나오네.

▶ 애보국수 : 이래서 인터넷 종량제가 필요하다니까.

▶ 쿠로가네 : 잠깐, 그런데 이거 전에 타야라는 녀석이 스너프 쇼 방송했을 때 잠깐 나왔던 그 학회의 남성 승조원 아냐?

▶ 익명 5366 : 나도 기억해. 그때 허벅다리에 총을 맞고 쓰러진 그 녀석 말이지?

▶ 익명 7502 : 뭐야, 그럼 진짜로 이원일 하사가 살아있었단 말이야?

▶ 익명 3793 : 그럼 이 나머지 허무맹랑한 파일들도 사실은 진짜라고?

▶ 익명 3793 : 어조사 : 야… 자루비노에서 죽은 해병들, 사실은 신체 강화 약물을 투여받았대. 그래서 총상을 입어도 고통을 느끼지 못하고 돌격하는 괴물이 되어서 죽었다는데?

▶ 쾨니히스티거 : 그 해병 중 하나는 포항에 사는 내 친구였어. 체격은 좋았지만 벌레 하나 죽이지 못하는 심약한 녀석이었는데… 그 녀석한테 이런 시술을 했다고?

▶ 익명 0718 : 징병당한 군인을 뭐로 보는 거야? 총통은 국민들을 쓰다 버리기 편한 장기말 취급하는 거야?

▶ 익명 6847 : 야, 여기에 총통이랑 학회 요원이랑 통화한 보이스 파일도 있어!

▶ 촉수수 : 뭐야, 누가 변조한 거 아냐?

▶ 익명 1001 : 음문을 조회해 본 결과, 이 목소리가 총통일 확률은 99.98%.

▶ 익명 1214 : 최천중 이 자식… 자신의 정치 이력을 위해 국민들을 개돼지 취급하다니!

▶ 쾨니히스티거 : 가만두지 않겠어, 내 친구의 복수다!

▶ 익명 6679 : 모두 거리로 나와! 지금 집 안에 있을 때가 아니야!

▶ 익명 7307 : 야, 갑자기 인터넷 느려지지 않았어?

▶ 익명 4151 : 뭐야. 이제는 인터넷까지 통제하는 거야?

▶ 익명 8244 : 진짜 독재자가 여기에 있었군!

▶ 익명 6649 : 독재자는 물러나라! 연방에는 총통이 필요하지 않아!

─♀─

카밀라 함장이 확성기를 거두어 들고 다시 함교 안으로 돌아오자, 함교 안에 있던 승조원들이 야유하듯 휘파람을 불어대며 그녀를 놀렸다.

"멋져요! 방금은 **진짜 함장님** 같으셨어요."

"내일은 **해가 서쪽에서 뜨려나**, 그렇게 말을 잘하시는 줄은 몰랐네요."

"**함장님답지 않은** 좋은 연설이었습니다."

"꼭 한 마디가 많아, 한 마디가."

야유와 같은 환성에 카밀라는 쓰게 웃으며 승조원들을 돌아보았다. 다들 입으로는 평소처럼 허튼 농담을 지껄이고 있지만 승조원들의 얼굴에는 아직도 희미한 긴장의 빛이 남아 있었다. 그도 그럴 것이 방금 전까지 이들은 적의 수도 한복판에서, 함교를 단숨에 날려 버릴 수 있는 강력한 화력을 목전에 두고, 뻔뻔스럽게 블러프를 치고 있었기 때문이었다. 단순한 협박뿐이었으면 모를까, 위협이라고는 하지만 잿빛 10월은 국회의사당에 포격을 가하기까지 했다. 도중에 한 마디라도 뒤틀

렸더라면 이곳에 있는 사람 중 절반은 이미 이 세상 사람이 아니었으리라.

잿빛 10월의 승조원들은 물론이고, 방금 전까지 뻔뻔한 표정으로 협박을 늘어놓았던 카밀라 함장조차도 금방이라도 쓰러질 것 같은 극심한 피로감을 느끼고 있었다. 하지만 이런 때에도 용기를 북돋아 주는 것은 역시 허튼 농담이라.

"뭐, 확실히 나답지 않은 소리를 잔뜩 늘어놓기는 했지. 안 하던 짓을 하면 곧 죽는다던데… 나도 죽을 때가 되었나? 하하하!"

함장이 장난스럽게 불길한 농담을 지껄이자 기관전령석에 앉아 턱을 괴고 있던 포술장이 이골이 난다는 표정으로 손사래를 쳤다.

"그런 불길한 소리는 혼자 있을 때나 하시지요. 아직 이 배의 명운은 함장님과 함께하고 있으니, 지금 갑자기 죽어버리셔도 곤란합니다."

"정말… 레나까지 섭섭하게 그럴 거야?"

카밀라 대교가 본심을 절반 섞어 섭섭하다는 투로 투덜거리자, 엘레나 포술장이 옅게 웃으며 대답했다.

"함장님이 죽기를 바란다고는 한 마디도 하지 않았습니다. 애초에 목숨을 함께 할 생각이 아니었더라면 여기까지 오지도 않았습니다."

그녀의 말마따나 연방 수도 한복판에 돌입하여 학회가 연방과 내통하고 있다는 사실을 폭로하고, 연방의 내분을 유도하자고 제안한 것은 다른 누구도 아닌 엘레나 포술장 본인이었다. 그녀의 작전계획서는 분초 단위로 나눌 수 있을 만큼 세세했지만, 어째서인지 작전이 끝난 뒤에 복귀하는 방법에 대해서는 한 줄도 쓰여 있지 않았다.

그 말인즉, 애초부터 포술장은 **살아서 돌아간다는 선택지를 생각하고 있지 않았다.** 다른 승조원들이라고 이를 모를 리가 없다. 배가 출항

한 순간부터 그들은 죽음을 각오하고 함장과 함께하고 있는 것이다. 이제 남은 일은 사신이 자신들의 목숨이 걸린 칩을 가지고 노는 꼴을 지켜보는 것뿐. 범인이라면 비명을 지르고도 남았을 법한 중압감이 함 전체에 무겁게 내려앉고 있었지만, 승조원들의 표정은 이상하리만큼 호담했다.

한솥밥을 먹는 동지들과 함께 할 수 있다면, 죽음조차도 대수롭지 않다는 것처럼—.

"너희들, 바보구나."
카밀라 함장은 승조원들에게 똑같이 야유와 같은 찬사를 돌려주며 함장석에 털썩 주저앉았다.

손을 내뻗어 함장석 아래에 위치한 구급상자를 열어 보니, 먹다 남긴 포트와인 한 병이 굴러 나왔다. 전에 잠수함에 둘러싸여 희망을 잃었을 때도 이 술을 마셨었지. 피를 덥히는 달콤한 미주는 상황을 해결하는 데 아무런 도움이 되지 않았지만, 적어도 생각을 정리할 시간만큼은 벌어 주었다. 함장은 병의 주둥이에 입을 대고 병째로 와인을 들이키면서 상황을 살폈다.

이제 남은 일은 연방 시민들의 양심을 믿고 사태가 어찌 돌아가는지 지켜보는 일뿐이었다. 통신마저 차단된 지라 배 안에서는 밖의 상황이 어떻게 전파되고 있는지 알 겨를이 없었지만, 함장의 마음은 이상하게도 낙관론으로 가득 차 있었다.

"자, 그럼 이제 어찌한다…."
함장이 혼잣말처럼 중얼거린 소리에 샤오지에 갑판장이 의아하다는 표정으로 답문을 했다.

"저희가 연방에서 하려고 했던 일은 다 끝난 게 아닌가요?"

갑판장의 말은 준비한 정보 공작이 모두 끝났지 않느냐는 질문이었지만, 함장과 포술장은 무언가 다른 것을 떠올렸는지 서로의 얼굴을 쳐다보고 박장대소를 하기 시작했다.

"하하하! 갑판장, 정말로 잊어버린 거야?"

"갑판장님도 꽤나 매정한 소리를 하시네요."

"잊었다니 무엇을…."

샤오지에가 정말로 모르겠다는 표정으로 고개를 갸우뚱거리자 함장은 공석으로 남아 있는 전화수 자리를 가볍게 두들기며 원일의 부재를 상기시켜주었다.

"애초에 연방에 온 이유가 잡혀간 의무장을 구하기 위해서였잖아? 아까 전부터 레나가 의무장을 내놓으라며 계속 소리를 질러댔는데, 그 사이에 벌써 잊어버린 거야?"

"…아."

동료의 부재를 잊고 있었다는 사실을 상기하자 샤오지에 갑판장의 얼굴이 순간 빨갛게 달아올랐다.

"그, 그러니까 저는… 딱히 의무장을 잊고 있었다기보다는… 워낙 이래저래 일이 많아서…."

"뭐— 기억하시지 못하는 것도 이해는 합니다. 워낙 존재감이 옅은 녀석이었으니까요. 키는 멀대같이 큰 주제에 일하나 깔끔하게 처리하질 못하니, 기억나지 않을 수밖에요."

엘레나 포술장이 짓궂은 미소를 지으며 놀리듯 설명을 이어가자 갑판장은 아까보다 더욱 얼굴을 붉히며 원망하듯 포술장의 직책을 외쳤다.

"그만 하세요, 포술장님!"

삐삐—!

그때였다.

갑자기 함교 안에 새된 알림 소리가 울려 퍼지더니, 전투정보실에서 외부상황을 살피고 있던 마리아가 뚱한 목소리로 함장을 찾았다.

[함장.]

"무슨 일이야?"

[승함 요청이 들어왔어.]

그렇게 말을 하는 마리아의 목소리에는 어째서인지 엷은 웃음기가 서려 있었다. 그 웃음기 덕분에 함장은 밖을 내다보지도 않고 승함을 요청한 사람이 누구인지 단박에 알아맞혔다.

"후후… 이제야 도착했나."

혼잣말을 중얼거리며 창가를 바라보니 민간인 한 사람이 다리 반대 방향에서 군의 통제를 무시하고 잿빛 10월을 향해 다짜고짜 걸어오고 있었다. 사복을 입고 있었지만 곱게 땋아 내린 양 갈래 머리와 고집이 잔뜩 배인 특유의 그 얼굴은 멀리서도 한눈에 알아차릴 수 있었다.

잿빛 10월의 조리장, 해인이었다.

해인은 다리를 건너 배에 최대한 가까이 접근한 다음, 경례를 올려 붙이고 손나팔을 만들어 고함을 지르듯 복귀신고를 했다.

"경의부 조리장, 일등병조 이해인! 맡겨주신 임무를 마치고 방금 복귀했습니다!"

"어서 와, 조리장."

함장이 쿡쿡 웃으며 손을 들어 경례를 받아주었다.

"갑판장, 조리장이 넘어올 수 있도록 예식갑판에 잔교를 내려줘."

"네, 잔교 내리겠습니다."

다리와 배를 잇는 잔교가 내려가자 해인은 날렵하게 사다리를 건너 배에 승함했다. 그녀가 배에 승선하자마자 당직병이 장난스럽게 두 번 종을 울렸다.

땡, 땡.

[조리장, 승함!]

해인은 기다릴 틈도 없이 바로 함교로 뛰어 올라왔다. 오는 동안 계속 뛰어왔는지, 추운 날씨에도 불구하고 그녀의 이마에는 땀이 송골송골 맺혀있었다. 해인은 거칠게 숨을 몰아쉬며 함장에게 다시 한번 복귀를 신고했다.

"헉, 헉, 헉…. 본의가 아니었지만 복귀가 늦어져서 죄송합니다. 이 벌충은 나중에 꼭…."

"아냐, 괜찮아. 우리도 사과해야 할 일이 있었는걸."

함장이 갑자기 사과를 입에 담자, 해인은 이해가 가질 않는다는 표정으로 눈을 동그랗게 떴다. 카밀라는 누군가에게 들킬세라, 비밀 이야기를 하는 것처럼 작은 목소리로 해인에게 소곤거렸다.

"이걸로 냉동식품 몰래 먹은 건 봐주는 거다?"

"지금 그게 중요한가요?"

해인은 어처구니없다는 표정으로 혀를 찼지만, 생각해보면 그동안의 긴박한 상황에서 늘 음식 이야기를 고집했던 것은 정작 조리장 본인이었던지라.

　해인은 멋쩍게 웃으며 함장의 악수를 받아들였다.

　인사가 끝나자 함교에 있던 당직자들도 기다렸다는 듯 해인에게 달려들어 그녀를 반겼다. 다들 내색은 안 했지만 그동안 해인의 음식을 그리워하고 있었던 탓이리라.

　"조리장— 그동안 보고 싶었어!"

　"그동안 조리장의 음식이 얼마나 그리웠는지…"

　"수병들도 열심히 한다고는 했지만 역시 조리장이 해준 밥이 제일 맛있더라."

　"이제 식사로 냉동식품을 먹는 건 질렸어…"

　"아니, 간식으로도 모자라 배식에도 냉동식품을 내놨단 말입니까?"

　쏟아지는 환영 인사 속에서 불순한 소리를 들은 조리장이 견시를 보고 있던 칸나 수병장을 노려보자, 칸나가 손을 내저으며 황급히 변명을 했다.

　"저, 저희가 그런 게 아녜요! 그건… 무장관님께서 아침 식사로 크링클 컷 감자튀김이 드시고 싶다고 하시는 바람에…"

　"야, 칸나. 내가 언제 그랬어?"

　계급의 상하와 상관없이 막역하게 농담을 주고받는 승조원들을 보고 있노라니 해인은 그제야 정말로 집에 돌아왔다는 느낌을 받았다.

　최고급 식재료가 아일랜드마다 가득 쌓여있고 우수한 요리사들이 보조로 있는 일류 레스토랑에서 일하는 것도 좋지만… 이제는 이 불편하고 허름한 군함의 조리실이 그녀에게 가장 편한 공간이 되었다.

　'지상 식당에서 일하던 시절의 내가 봤더라면 어처구니없다는 표정

으로 혀를 찼겠지.'

하지만 함께 밥을 먹고 일상을 나눌 수 있는 사람과 함께할 수 있다면 장소가 무슨 상관이 있으랴. 그러나 이 장소가 완성되기 위해서는 아직 남은 일이 하나 더 있었다.

[아아, 그러고 보니 아까 교섭받을 **물건** 하나를 빼먹어서 말이야.
자세한 내용은 **물건 주인**인 우리 배 조리장에게 직접 듣도록 해.]

함장이 선외 방송용 마이크를 다시 켜고 방송을 재개했을 때, 해인은 동료들과의 재회로 인해 잠시 잊고 있던 한 남자의 모습을 떠올려 냈다.

자신과 함께 가짜 부부 행세를 하며 부끄러운 듯 수줍게 웃던 그 모습, 수병들로부터 짓궂은 질문을 듣고 어찌할 줄 몰라 하며 당혹스러워하던 그 모습, 평소에는 어딘가 나사 하나 빠진 것처럼 어수룩하기 짝이 없었으면서도 일을 할 때는 누구보다 진지했던 그 모습, 그리고 자신과 동료들을 위협하는 적을 향해서는 물러서지 않고 진심으로 분노를 드러내던 그 모습.

그 모든 순간의 기억들이 날카로운 감정의 편린이 되어 가슴에 날아와 꽂히는 바람에 해인은 갑자기 울컥 눈물을 터트릴 뻔했다. 하지만 울 수는 없었다. 해야 할 말이 있었다.

그녀는 마이크를 잡고 숨을 길게 들이쉬었다.

그리고 이 방송을 듣고 있을 연방의 모든 사람들에게, 한 마디로 선언했다.

[내 남자 돌려줘!]

"…."

순간 정적이 흘렀다.

대치하고 있는 군대의 병사들뿐만 아니라 잿빛 10월의 승조원들까지, 모두가 갑작스러운 해인의 고백에 놀라 숨을 죽이고 눈만 깜박거리고 있었다.

하지만 그것도 잠시.

"…큭, 크큭."

조금씩, 물 위에 떨어진 물감이 퍼져나가듯 함교의 승조원들이 하나둘씩 웃음을 터트리기 시작했다.

"이 상황에서 고백을 한다고? 진짜 대단하다, 대단해. 크크크…."

"그렇게까지 선언하지 않아도 의무장이랑 조리장이랑 그렇고 그런 사이라는 거 다 알고 있는데 말이지."

"정말? 언제부터? 나는 왜 몰랐지?"

"아— 나도 의무장 노리고 있었는데, 포기해야 하나?"

"너희는 눈치도 없냐. 매일 밤마다 조리실에서 깨 볶는 냄새가 진동을 했는데, 그걸 몰랐다고?"

승조원들이 하나둘씩 웃음을 터트리며 놀리듯 말을 얹기 시작하자 해인은 그제야 자신이 얼마나 부끄러운 소리를 했는지 깨닫고 얼굴을 붉히며 변명을 했다. 하지만 곧 그 항변도 함장이 그녀의 머리를 거칠게 쓰다듬는 바람에 막혀 버리고 말았다.

"하하, 잘 말했어, 조리장. 남자를 손에 넣으려면 그 정도의 박력은

보여줘야지! 옛말에 이르길 사랑은 쟁취하는 거라고 했다구?"

"우으…."

계속되는 가벼운 소란 속에서 엘레나 포술장은 미소를 유지하면서도 무언가 마음에 걸렸는지 함장에게 다가와 넌지시 귀엣말을 건넸다.

"저희의 의도는 충분히 전달한 것 같습니다만, 하지만 그런다고 저녀석들이 저희 말을 순순히 들어줄까요?"

"글쎄…."

함장은 어느새 다시 평소처럼 무책임하고 태연한 모습으로 돌아와 생글생글 미소를 지어 보이며 까치발로 창밖의 상황을 살폈다. 강변에 주둔하고 있던 군에도 갑자기 무슨 일이 생겼는지, 참모장이 소란을 피우며 허둥거리는 모습이 그녀의 눈에 들어왔다.

"뭐, 저쪽도 발등에 불이 떨어져 있을 테니 불을 끌 동안에는 느긋하게 기다려주자고."

그리고 함장은 남은 포도주를 단숨에 들이켰다.

-10-

TV에 아는 사람들이 나오고 있다.

그것만으로도 꽤나 당혹스러운 일인데, 그 아는 사람들이 나를 내놓으라며 소리치고, 이해가 안 되는 이야기를 마구 폭로하고, 난동을 부리고 있다.

상황이 이쯤 되니 나는 지금 취조를 받고 있다는 사실조차 잊은 채 대령과 시선을 교환하며 얼빠진 질문을 던졌다.

"저게… 뭡니까?"

하지만 얼빠진 질문에 돌아온 것은 얼빠진 대답뿐이었다.

"그건 내가 묻고 싶은 질문이다. 도대체 저게 뭐지? 저 녀석들이 왜 한강에… 아니, 그보다 지금 저들이 무슨 소리를 하고 있는 건가? 연방과 학회가 내통하고 있었다고?"

대령 역시 나와 마찬가지로 당황한 기색을 감추지 못하고 허둥거리고 있었다. 그 표정에서 짐작하건대 그가 나를 놀리기 위해서 고의로 가짜 뉴스 영상을 튼 것은 아닌 모양이었다.

그렇다면 지금 실제로 카밀라 함장과 잿빛 10월 승조원들이 한강에 모여 난동을 부리고 있다는 뜻인데… 도대체 저들은 무슨 생각을 하고 있는 걸까.

"저도 함장님이 하시는 일은 잘…."

내가 뾰족한 답을 내놓지 못하자 대령은 내게서 답을 얻는 것을 포기하고 여기저기에 전화를 돌렸지만, 죄다 불통이었는지 곧 욕지거리를 지껄이며 전화기를 내팽개쳐 버렸다.

"젠장, 빌어먹을 녀석들. 이럴 때 연락이 안 되고… 다 직무태만으로 처넣어야 돼!"

그는 길길이 성을 냈지만 상황은 여전히 바뀌지 않았다.

나도 대령도 할 수 있는 일이 아무것도 없었다.

내 이름이 계속 TV에서 흘러나오는데, 정작 장본인인 나는 관망자의 입장에서 이 상황을 지켜볼 수밖에 없다는 사실이 문득 우스꽝스럽게 여겨졌다.

상황을 중계하던 앵커가 엘레나 포술장의 말을 받아 내 사진과 약력을 화면상에 띄우자, 대령이 이를 번갈아 보고는 한숨처럼 말을 내뱉었다.

"…이 녀석이 정말로 무진함의 생존자였다니."

그제야 그가 내 말을 진심으로 믿어주는 것 같아 안도감이 드는 동시에, 또 한편으로는 '이 사내도 내 존재를 부정하고 싶어 하는구나-' 하는 생각이 들어 살짝 골이 났다.

"제가 살아있으면 곤란하십니까?"

성질을 긁어보기 위해 살짝 꼬아 던진 질문이었는데, 의외로 대령은 불쾌해하는 기색 하나 없이 내 질문에 순순히 답을 해주었다.

"…곤란하다고 해야 할까, 혼란스럽군."

"어떤 점이 혼란스럽습니까?"

"그래, 해가 뜨는 방향을 평생 동쪽이라고 불러왔는데, 어느 날 갑자기 사람들이 그 방향을 서쪽이라고 부르기 시작한다면 어떤 기분이 들겠나?"

"해가 뜨는 방향이 바뀐 것은 아니잖습니까."

"그에 준하는 혼란이 벌어지겠지."

내 생존여부가 해가 서쪽에서 뜨는 것만큼 믿기 어려운 일인가— 하는 생각이 들면서도, 한편으로는 나 역시도 비슷한 경험을 한 적이 있기에 그의 심정이 반은 이해가 갔다.

평생을 믿고 있었던 존재— 국가로부터 배신당했다는 것을 알았을 때의 충격은 아직도 내게 트라우마로 남아 있다. 이 사내에게도 국가가 믿을 수 없는 존재가 되었다는 것은 해가 서쪽에서 떠오르는 것과 같은 충격으로 다가왔겠지. 그래도 그는 최소한 나더러 죽으라고 강요하지는 않았다.

우리는 방금 전까지의 취조가 거짓말이었던 것처럼 사이좋게 앉아 TV를 시청하기 시작했다.

TV 속에서는 여전히 함장이 확성기를 들고 또박또박 말을 이어가고 있었다. 진지한 어투로 연설을 하는 카밀라 함장의 모습은 평소와는 사뭇 달라 보여, 위화감이 드는 것을 넘어 아예 다른 사람처럼 보일 정도였다.

'저렇게 멀쩡한 모습도 할 줄 알았더라면 진작 평소에도 잘 할 것이지.'

나는 나도 모르게 살짝 조소를 흘리다 대령이 볼 새라 황급히 입가를 가리며 그의 눈치를 살폈다. 하지만 그의 시선은 화면 속의 함장에게 고정되어, 내게는 조금의 관심도 없는 것처럼 보였다. 대령은 함장이 하는 말 한 마디 한 마디를 가슴에 새기듯 주의해서 경청하고 있었다.

그리고 곧 카밀라 함장이 연방의 비밀이 담긴 파일을 인터넷으로 배포했을 때, 대령은 조금의 고민도 없이 핸드폰에 프로토콜 주소를 입력하여 그 파일을 내려받았다.

내려받은 파일 안에는 갖가지 영상 자료를 포함한 연방정부의 군사 비밀이 들어있었다. 그는 그중에서도 특정한 파일 하나에 오랫동안 시선을 주었다.

"…최충헌 함과의 교신 기록? 게다가 이건… 선배님이 죽은 날의 기록이잖아."

그는 떨리는 손을 들어 조심스럽게 파일을 재생시켰다. 곧 대령의 핸드폰에서 딱딱한 군인의 목소리가 흘러나왔다. 그 목소리는 내게도 귀에 익었다.

[부탁하네. 이곳에 젊은 사관들이 살아 있어. 이 아이들은 연방의

미래야. 나는 어찌 되어도 좋으니 이 아이들만이라도 살려줘. 그 냥 구조신호를 타전해 주기만 하면 되네…]

　그 목소리의 주인공은 일전에 내게 투항을 권고했던 그 연방 잠수함의 함장이었다.
　하지만 내 기억 속의 목소리와는 달리, 핸드폰에서 흘러나오는 사내의 목소리는 비굴하기 짝이 없었다. 자신의 목숨을 구걸하기 위해서가 아니었다. 그는 자신의 부하들을 살리기 위해 자존심을 버리고 무전 너머의 상대에게 애걸복걸하고 있었다.
　하지만 우리는 그 결과를 알고 있다.
　구조는 없었고, 함장을 포함한 최충헌 함의 승조원들은 모두 바다 밑에서 죽고 말았다. 이 애절한 요청을 저버린 상대는 과연 누구이기에 그런 비정한 선택을 내린 걸까.
　궁금증이 채 떠오르기도 전에 상대가 입을 열어 답했다. 그리고 그 목소리 역시 귀에 익었다.

*　[…정말 너희가 살아 돌아가면, 총통이 좋아하리라고 생각해?]*

　목소리서부터 느껴지는 능글맞은 사내의 미소.
　이 역시 기억에 비해 말투가 다소 가볍기는 했지만, 이렇게 웃는 얼굴을 절로 연상시키는 목소리의 소유자는 내가 아는 한 단 한 사람뿐이었다.
　"체셔…"
　거의 동시에 대령이 내가 생각한 것과 같은 이름을 입에 담는 바람에 나는 놀라 그를 쳐다보았다. 대령 역시 체셔를 알고 있었는지 그의 얼굴에는 당혹감이 섞인 놀라움이 떠올라 있었다. 하지만 그 놀라움의 기저에는 옆에서 보는 것만으로도 소름이 끼칠 정도의 진득한 혐오가 배어 있었다.

"선배님이… 살아있었다고? 그런데 일부러 구출하지 않고 죽도록 놔뒀었다고?"

대령이 혼잣말을 중얼거리며 주먹을 세게 움켜쥐었다.

음성 파일은 계속 재생되었다.

[해적에게 진 패장들이 돌아오면 군의 분위기는 무거워지겠지. 하지만 자네들이 죽으면 어떨까? 패배는 잊혀지고, 사람들은 복수를 다짐하겠지.]

체셔는 아군의 죽음 앞에서도 즐거운 기색을 감추지 않고 생글거리며 상대를 조롱했다. 그가 즐거운 목소리로 이야기를 이어갈 때마다 대령의 표정은 점차 빛을 잃어갔다.

그리고 마침내, 함장이 절망에 찬 목소리로 신음을 내뱉었을 때.

[너희들… 사람이냐.]
[물론 아니지. 우린 그냥 말 잘 듣는 충견일 뿐이야.]

"빌어먹을 개새끼들!"

대령은 욕지거리와 함께 핸드폰을 벽에 힘껏 집어 던졌다.

콰직!

요란한 소리와 함께 핸드폰의 액정이 반으로 갈라졌다. 하지만 대령은 부서진 핸드폰에는 시선도 주지 않은 채 숨을 거칠게 내쉬며 억지로 분을 삭였다.

"처음부터 줄곧 놈의 손에 놀아나고 있었다니…. 복수? 하하하, 얼마나 우스웠을까! 원수를 바로 눈앞에 두고도 알아차리지 못하는 내 꼴이 정말 우스꽝스러웠겠지. 안 그래, 체셔? 하하하!"

그의 혼잣말을 전부 이해할 수는 없었지만, 그 또한 체셔에게 이용당했다는 것을 행간을 통해 대략이나마 알 수 있었다. 도대체 체셔라는 그 사내는 지금 누구의 편을 들어 움직이고 있는 걸까.

"저…."

내가 무어라 말을 걸기도 전에 대령은 문을 거칠게 걷어차더니 방 밖으로 성큼성큼 걸어가 사라져버렸다. '어라?'라는 생각이 들기도 전에 문밖에서 작은 소동이 일었다.

"…대령님, 이는 명백한 이적 행위이며 총통께서는…."

"…언제까지 총통 타령만 할 거냐! 귀관은 화장실에 갈 때도 총통께 보고하고 갈 셈인가!"

"…하지만 내려온 명령은 아직…."

대령이 부하들과 나누는 말이 불완전하게 띄엄띄엄 들려오더니, 곧 그마저도 끊기고 정적이 그 자리를 대신했다. 무슨 일이 일어나고 있는 걸까.

나는 다시 TV에 눈길을 주었지만, 어느새 잿빛 10월을 중계하고 있던 뉴스는 종료되고, '화면조정중'이라는 낯선 텍스트가 쓰인 컬러 영상이 흘러나오고 있었다.

갑자기 세상이 멈추어버린 것 같은 느낌도 들었다.

'혹시 도망칠 수 있는 기회가 아닐까?'

나는 엉덩이를 달싹거리며 문에 시선을 주었다.

이 정적을 틈타 건물을 빠져나갈 수 있을 거라는 생각과 어차피 도망쳐도 금방 또 잡히고 말 거라는 생각이 서로 얽혀 행동을 굼뜨게 만들었다.

마침내 움직여야겠다고 마음을 먹은 순간, 갑자기 문이 다시 열렸다. 문을 열고 들어온 것은 대령도, 아까의 사내도 아닌— 검은 옷에 선글라스라는 수상쩍은 차림의 남성들이었다.

"이원일 씨?"

그들이 내 이름을 불렀다.

"…네?"

"따라오시죠. 찾는 분이 계십니다."

그리고 사내는 내게 다가와 다짜고짜 수갑을 채우고 앞을 보지 못하게 안대를 씌웠다. 시야가 가려지자 어째서인지 처형이라는 단어가 머릿속에 떠올랐다.

"저기… 이건 도대체…"

"아무 말도 하지 마."

그리고 뒤통수에 서늘한 금속 막대가 닿는 게 느껴졌다.

절망감과 함께 다리가 휘청거렸다.

진작 도망칠 걸 그랬네.

하지만 모든 일이 늘 그렇듯이 뒤늦게 하는 후회는 아무짝에도 쓸모가 없는 법이다.

-11-

사내들은 내게 바로 총을 쏘는 대신 나를 건물 밖으로 데리고 나가 차에 태웠다. 눈이 가려져 있으니 어디로 가는지 알 수는 없었지만, 목적지에 도착하는 데에는 그리 오랜 시간이 걸리지 않았다. 아마 아직도 서울 시내를 벗어나지는 않았겠지. 하지만 차창 밖에서는 분노한 사람들의 고함 소리가 계속 들려오고 있었다.

"총통은 문건에 대해 해명하라!"
"국민은 정치의 도구가 아니다!"
"총통은 하야하라!"

옛날이었더라면 입에 담는 것으로도 잡혀갈 법한 불온한 말들. 확신은 할 수 없었지만 카밀라 함장이 폭로한 그 자료들이 시민들에게 큰 파장을 일으킨 게 분명했다.

"…"

무슨 일이 벌어지고 있냐고 묻고 싶어 입이 근질거렸지만, 아직도 옆구리에 총구가 겨누어져 있었기 때문에 나는 말을 아꼈다.

이윽고 차가 멈추고, 나는 또 다른 실내로 들어섰다. 멀리서 들려오는 성난 시위대의 목소리를 제외하면 건물 안은 고요함 그 자체였다. 걸어갈 때마다 매캐한 담배 냄새가 진해져 왔다. 이건 평범한 궐련의 향이라기보다는 훈연향이 진하게 배인 게 비싼 시가 같은데….

그때, 나를 끌고 온 검은 옷의 사내가 갑자기 멈춰 섰다. 그리고 이어지는 노크 소리.

똑, 똑.
"각하, 그 사내를 데리고 왔습니다."
중후한 중년 남성의 목소리가 답했다.
"들어오게."
각하? 이 나라에서 '각하'라고 불릴만한 직위를 갖고 있는 사람은 단 한 명뿐인데…. 의문이 가시기도 전에 나를 데려온 사내가 갑자기 안대를 벗겼다. 눈의 시력이 점차 돌아오며 눈앞에 있는 남성의 모습이 서서히 또렷해졌다.

잘 정돈된 카이저수염과 이마에 깊게 패인 일자 주름, 빳빳하게 잘 다려진 제복과 어깨에 달린 **원수 견장**. 이 모든 일의 책임자이자 연방의 만인지상인—

"어서 오게, 이원일 하사. 실제로 보는 것은 처음이군"
"최천중 총통… 각하."
그가 내 앞에 있었다.

9. 담배

철이 들었을 무렵부터 이 나라의 지도자는 줄곧 최천중 총통 한 사람뿐이었다. 오로지 그만이 이 나라를 이끌 수 있었고, 연방의 그 누구도 그를 의심하지 않았다. 때문에 최천중 총통은 형식적인 신임 투표를 반복하며 연임을 이어나갔고 지금에 이르러서 그의 이름은 총통이라는 직책과 동의어로 여겨지게 되었다.

생각해 보면 이상한 일이다. 그를 대체할 수 있는 유능한 인재가 없는 것도 아니었는데, 무엇이 그를 신성불가침의 존재로 만든 것일까.

연방의 참전 용사들이 수시로 입이 마르도록 찬양하는 그의 무공(武功)이? 아니면 전후 경제를 일으키고 젊은이들에게 새로운 일자리를 창출해주었던 그의 군수 사업이? 그도 아니라면… 소문만 무성하고 존재 자체도 의심스러운 그의 비밀경찰이?

대부분의 세상일이 그러하듯이 사람들이 그를 추앙하는 이유를 뾰족하게 하나만 꼽기는 어려웠다. 연방의 시민들은 저마다의 이유로 그를 사랑하고 신뢰했다. 그리고 그가 총통의 자리에 앉아 있는 한 모든 게 잘 될 거라는 근거 없는 믿음을 갖고 있었다.

나 역시도 그랬었다. 연방으로부터 배신당하기 전까지는.

"하고 싶은 말이 많은 눈치로군."

내 눈에 담긴 복잡한 심경을 읽었는지 총통이 너털웃음을 터트리며 담배를 새로 하나 꼬나물었다. 오만하기 짝이 없는 웃음이었다. 하지만 그 웃음을 보고도 어째서인지 나는 화를 낼 수가 없었다. 그는 나를 몰락시키고 죽이려 한 장본인이다. 그런 자가 내 앞에서 멀쩡한 모습으로 조소를 흘리고 있는데 어째서 화를 낼 수가 없는가.

…그것은 오랜 세월 동안 뇌리에 각인된 인식 때문이리라. 무릇 연방의 국민이라면 이 사내에게 범접해서는 안 된다—는 인식은 내 감정과는 상관없이 권위의 힘으로 나를 굴복시켰다. 그 결과, 나는 분노를 터트리기는커녕 그의 이름을 똑바로 부르는 것조차 어려웠다.

"총통 각하…. 아니, 최천중 총통… 각하."

"편하게 부르게."

내가 말을 더듬자 총통이 너그러운 미소를 지으며 손을 내저었다. 그 미소는 선거 때마다 그가 보여주었던 자비로운 아버지의 모습 그 자체였다. 그 표정에 홀려 나는 잠깐이나마 경계심을 풀 뻔했지만…

속으면 안 된다. 그는 이 미소로 사람들을 선동해 수백 수천의 인명을 소비시킨 사람이다.

"휴우…."

나는 숨을 가다듬고 오늘 몇 번째 하는지 모를 질문을 드디어 장본인에게 직접 던질 수 있었다.

"지금 무슨 일이 벌어지고 있는 겁니까?"

하지만 또 다른 질문이 답으로 돌아왔다.

"그건 내가 묻고 싶은 말이네. 자네의 그 유쾌한 친구들이 지금 한강에서 무슨 일을 벌이고 있는지 설명해 주지 않겠나?"

재빛 10월이 무슨 일을 벌이고 있냐니. 그건 묻지 않아도 총통 본인이 더 잘 알고 있지 않은가. 재빛 10월은 연방을 흔들어 무너트릴 셈이다. 그리고 그 균열이 내는 소음은 벌써부터 곳곳에서 들려오고 있었다.

[총통은…]
[우리는… 가 아니다!]

관저 밖에서 도란도란 들려오는 시민들의 목소리.

그 말은 똑똑히 알아들을 수 있을 만큼 크지는 않았지만, 음색에 잔뜩 가시가 돋아있었다. 나는 그 성난 함성을 곱씹으며 총통에게 다시 말했다.

"왜 저를 여기에 데려오셨는지 먼저 설명해 주십시오."

"아무래도 내 경호원들의 에스코트가 험했던 모양이군. 그들의 실수에 대해서는 내가 대신 사과하겠네."

하지만 그는 즉답을 주지 않고 다시 말을 돌렸다.

능청스럽게 미소를 지으며 사과를 하는 그의 모습을 보고 있노라니, 억누르고 있던 화가 왈칵 터져 나왔다. 내 앞에 있는 이 사내가 '내가 알고 있던 총통'이 아니었다는 배신감 때문이었다.

"…그렇게 쉽게 사과를 하실 수 있는 분이셨습니까?"

최천중 총통이 어떤 사람인가. 강직하고 굳센 이미지로 국민들에게 신뢰를 얻어온 군 출신의 정치인이 아닌가. 국가를 위해서라면 어떤 위협에도 굴하지 않고, 강대국의 정치인들 앞에서도 머리를 굽히지 않는다. 그것이 국민들이 떠올리는 총통의 모습이었다. 그런데 그 총통이 이해도 되지 않는 시답잖은 이유로 내게 사과를 하고 있다.

그 사실만으로도 나는 상식이 개변되는 듯한 충격을 느끼고 있는데, 정작 총통은 대수롭지 않다는 투로 어깨를 으쓱거렸다.

"나는 군인이기 전에 이 나라의 총통이라네. 정치인이라면 언제나 **국익**을 위해 머리를 조아릴 수 있는 법이지."

'국익'이라는 단어가 그의 말 속에서 도드라졌다. 국익, 국가의 이익. 총통의 말은 이를 위해서라면 뭐든지 할 수 있다는 것처럼 들렸다.

"설령… 그것이 옳지 못한 일이라 하더라도 말입니까?"

"설령 그것이 옳지 못한 일이라 하더라도."

그가 내 말을 따라 읊으며 고개를 끄덕였다.

"소수를 희생해서 다수를 살릴 수 있다면 나는 언제든 다수의 편을 택할 걸세."

다수결의 원칙. 총통은 어찌 보면 당연한 정론을 입에 담고 있었다. 3년 전의 나였더라면 여기서 고개를 끄덕이고 물러났을지도 모른다. 그때의 나는 다수였기에. 하지만 소수자가 되어버린 나는 목소리를 높여 신음했다.

"그 소수는 어째서 다수를 위해 희생해야 합니까?"

누군가를 살리기 위해 **누군가**가 희생해야 한다면 그 **누군가**는 어떤 기준으로 선발되는가.

"저는 이 나라에 줄곧 충성을 다해왔습니다. 나쁜 짓도 저지르지 않았고요. 오히려 모범적인 시민이었다고 자부할 수 있었습니다."

너무나도 평범한 인생이었다. 굴곡 하나 없는 평탄한 삶이었기에 나는 내가 사회의 희생양으로 선택될 거라는 상상조차 하지 못했다. 하지만 잔혹하게도 운명의 신은 나를 선택했고, 나는 평온한 일상에서 밀려나 소수가 되었다.

"그런데… 어째서 제가 그 희생해야 할 소수로 뽑힌 겁니까?"

내 질문에 총통은 처음으로 약간이나마 곤란해하는 기색을 얼굴에 내비쳤다. 하지만 직후 그의 입에서 흘러나온 대답은 너무나도 맥빠지는 것이었다.

"그건… 우연일세."

"우연이요?"

"우리도 처음부터 자네와 무진함의 승조원들을 희생양으로 쓰려고 계획하지는 않았네. 그저 **우연히** 장기 말로 쓰기 좋은 자리에 자네들이 들어간 것뿐이야."

"그건… 불합리합니다."

물론 세상에 우연으로 죽는 사람이 허다하다는 것은 이미 알고 있다. 하지만 거기에 사람의 의지가 개입되어 있다면, 최소한 합리적인 이유가 필요하지 않을까. 모두가 납득할 수 있는 최선의 이유가.

하지만 총통은 고개를 가로저었다.

"오히려 우연이기에 공정하다고 생각하지 않나? 납득할 수 없는 규칙에 의해 희생양으로 뽑힌다면 그편이 더 받아들이기 어려울 걸세."

"…궤변입니다."

그는 애초부터 이 선택을 국민들에게 납득시킬 수 없다는 전제를 깔고 있었다. 납득시킬 수 없는 이유라면 행해서는 안 된다. 더욱이 사회를 이끌어나가는 지도자라면, 국민을 납득시켜야 한다.

"애초에 총통께서는 공정하기 때문에 이 방법을 택한 게 아니시잖습니까. 편리하기 때문에, 자신은 그 도박판 위에 오르지 않을 거라는 걸 알고 있기에 택하신 거잖습니까.

국민의 입장에서 생각해보십시오! 언제든 자신이 희생양으로 뽑힐지도 모른다고 생각하면… 사회에는 불안이 만연하게 됩니다. 그 또한 국익을 위한 일입니까?"

"그럴 리가. 사람들은 이미 알고 있네. 심지어 과거의 자네도 이미 알고 있지 않았는가?"

"무엇을요…?"

"세계는 언제나 누군가의 희생으로 돌아가고 있다는 것을."

"그건…."

나는 그의 말을 즉답으로 부정하려다 말문이 막혀버렸다.

솔직하게 생각해보자. 다수에 속해있었을 때의 나는 정말로 소수의 희생을 인지하지 못했었던가?

아니다. 총통의 말처럼 나도, 사람들도 이 사회가 누군가의 희생으로 돌아가고 있다는 것을 이미 알고 있었다. 학교에서부터 이 사회는 경쟁 사회이며 누군가를 밟지 않으면 앞서가기는커녕 뒤떨어진다고 배워 왔었다. 내가 실패하지 않았다는 것은 누군가가 실패했다는 뜻이다. 무의식 속에서 나는 실패자가 되지 않은 것에 안도하고, 패배하지 않기 위해 발버둥 쳐 왔다.

'그런데 지금에 와서 몰랐었다고 시치미를 뗄 셈인가?'

내면의 목소리가 총통의 모습으로 나를 꾸짖었다.

하지만 내게도 할 말은 남아 있었다.

"…그것을 이해하는 것과 인정하는 것은 다릅니다."

"하하하!"

내가 변명처럼 기어들어 가는 목소리로 대답을 하자 총통이 파안대소를 터트렸다. 나는 그가 내 변명을 비웃기 위해 웃음을 터트렸다고 생각했다. 하지만 그는 비웃는 기색 하나 없이, 진심으로 감탄했다는 표정을 지으며 박수까지 쳐 주었다.

"자네는 올곧은 청년이군. 정치와는 어울리지 않아. 정말 자네가 희생양으로 뽑혀 유감이네. 내 사과하지."

그 목소리에 조롱의 색은 없었다. 그는 진심으로 내게 감탄하여 박수를 보내고 있었다. 하지만 내 기분은 더욱 비참해졌다. 차라리 비웃음이라도 당했더라면 납득할 수 있었으리라.

"사과를 하실 필요가 있었습니까?"

"다시 말하지만 정치인은 국익을 위해서라면 언제든지 머리를 굽힐 수 있는 존재들이니까."

국익, 그놈의 국익.

총통이 같은 말을 반복하자 화가 머리끝까지 치밀어 올랐다. 도대체 총통이 생각하는 그 국익이란 무엇이기에 사태를 여기까지 끌고 왔단 말인가.

나는 화를 억누르지 못하고 비아냥거리듯 창밖의 사람들을 가리키며 단도직입적으로 물었다.

"학회와 내통한 것도 국익을 위해서였습니까?"

"물론이지."

핑계를 대고, 잡아뗄 거라는 예상과는 다르게, 총통은 사실을 바로 순순히 인정해버렸다. 예상치 못한 대답에 다시 맥이 빠졌다.

"전쟁이 국가에 무슨 도움이 된단 말입니까."

"무슨 문제라도 있는가?"

"…사람이 죽었습니다."

전쟁이 나쁜 이유는 그것 하나만으로도 충분하다.

"누군가는 자식을 잃고, 누군가는 연인을 잃고, 누군가는 부모를 잃었습니다. 그 상실감은 사회에 스며들어 씻을 수 없는 상처를 남겼습니다. 그런데 총통께서는 무얼 얻으셨단 말입니까. 자원? 재화? 기술? 그 어떤 것도 목숨과 바꿀 수는 없단 말입니다!"

내 일갈에 한동안 말없이 창밖을 내다보던 총통이 한숨처럼 답을 흘렸다.

"…단합."

"단합… 이요?"

"국민들의 단합을 이끌어내는 것은 맨몸으로 적진에 뛰어들어 무공을 세우는 것보다 어렵다네."

총통은 골치가 아프다는 것처럼 손가락 끝으로 관자놀이를 꾹꾹 누르며 시가 케이스에서 새로운 여송연을 한 대 꺼내 입에 물었다. 그리고 성냥을 그어 불을 붙인다.

"국정을 운영하다 보면 문제가 생기지. 그런데 문제의 원인은 언제나 단수가 아니야."

"…콜록."

그의 담배 끝에서 흘러나온 연기가 너무나도 매캐하여 나는 기침을 했다. 하지만 총통은 내 반응은 조금도 신경 쓰지 않은 채 뻔뻔한 얼굴로 정치 이야기를 계속 늘어놓았다.

"예를 들어… 빈자는 왜 계속 가난할까? 일 할 의지가 없어서? 사회 제도가 도와주질 않아서? 아니면, 부자가 그들을 착취하기 때문에? 모두가 답일 수도 있고, 모두가 답이 아닐 수도 있지. 하지만 사람들은 **명백한 하나의 이유**를 원하네."

확실히, 그가 말한 것처럼 사람들은 복잡한 인과를 싫어한다. '실제로는 그렇지 않더라도' 세상 모든 일이 단순한 인과로 이루어지기를 희망한다.

…그리고 정치인들은 이 심리를 교묘하게 악용해왔다.

"내전 당시에는 이 말 한마디면 충분했지.

'이게 다 빨갱이 때문이다.'

얼마나 명쾌한가! 내가 가난한 것도, 세금이 높은 것도, 부당한 차별을 당하는 것도 다 공산주의자들 탓이다. 공산주의자들만 없어진다면 이 나라는 분명 좋아질 것이다─. 그렇게 생각하면 모두가 부당한 현실에도 그럭저럭 순응하며 살아갈 수 있었지. …하지만 통일 이후 사람들은 증오할 상대를 잃어버렸어."

우리 세대에서는 사어(死語)가 되어 버린 단어지만, 아버지 세대만 하더라도 '빨갱이'는 만악(萬惡)의 근원을 일컫는 말과 동의어로 쓰였었다. 현재의 북방관구를 지배하고 있던 공산주의자들과 오랜 전쟁을 벌여오며 사회의 증오는 자연스럽게 그들에게 흘러들었다. 하지만 문제는 전쟁이 끝난 뒤에 생겨났다.

"빨갱이는 더 이상 없는데 여전히 세금은 비싸고, 서민의 삶은 팍팍하지. 그럼 이제는 누굴 탓해야 할까? 사람들에게는 더 이상 생각을 할 여유조차 없었네. 그 결과… 사회에는 혐오가 만연하게 되었지."

전쟁 직후의 혼란은 나도 익히 들어 알고 있다. 일자리를 찾는 군인들과 전쟁으로 삶의 터전을 잃은 이재민들, 그리고 새로이 연방의 주민이 된 북방관구의 시민들까지. 사회에는 혐오가 넘쳐났고 폭력과 범죄가 일상처럼 일어났다. 그 혼란 속에서 정권을 잡은 자가 바로 지금의 총통, 최천중 대장이었다.

"성별, 세대, 지역, 인종, 직업… 국민들은 서로를 헐뜯으며 책임을 돌리기에 바빴어. 마치 그 상대만 없어진다면 자신의 모든 불행이 일소될 것처럼 말이야. 하지만 실제로는 그렇지 않았고, 애초에 같은 나라의 국민들끼리 서로 증오하는 것은 국익에 도움이 되지 않아.

…과거에는 그래서 증오의 화살을 국외로 돌렸지. 나치가 그랬고, 파시스트들이 그랬다. **나의 삶과는 상관없는 명쾌한 증오의 상대**가 국외에 있다면 국민들이 다시 단합할 수 있는 명분이 생긴다."

그가 말하는 '나의 삶과 상관없는 증오의 상대'가 누구를 말하는지는 뻔했다. 나는 가벼운 현기증을 느끼며 다시 한번 총통에게 물었다.

"그래서 학회와 손을 잡은 겁니까?"

"…"

어째서인지 총통은 바로 답을 하지 않았다. 표정을 살피려 해도 방 안을 가득 메운 짙은 담배 연기 탓에 그의 얼굴이 뚜렷이 보이질 않았다. 잠시간의 침묵. 그리고 담배 연기가 서서히 걷혔다. 그 너머로 보인 총통의 얼굴은… 희열로 일그러져 있었다.

"손을 잡다니? 아직도 눈치채지 못했나, 이원일 하사. **학회는 우리가 만든 거야.**"

"…!"

예상치 못한 답변에 시야가 아득해졌다. 지금 총통이 무슨 소리를 하고 있는 거지? 광명학회가 연방에 의해 만들어진 조직이라고?

"국가, 지역에 구애받지 않고 다양한 인종으로 구성되어 있으며, 사소한 이익이나 명예보다는 과학의 발전 그 자체에만 집착하는 비밀결사라. 이보다 더 **증오하기에 좋은** 악의 결사가 또 있을까?"

이해할 수가 없었다. 아니, 이해하고 싶지가 않았다.

분명 총통은 연방의 주적으로 학회를 지목하고, 학회를 무찌르기 위해 수많은 인명을 희생시켰다. 그런데 그 학회가… 사실은 정부가 만들어 낸 허수아비였다니!

"당신은… 거짓말쟁이입니다. 국민들을 속였군요!"

내 비난에도 불구하고 총통은 여전히 얼굴 가득 미소를 지우지 않고 있었다.

"속이다니? 나는 국민들이 원하는 증오의 상대를 적시에 제공했을 뿐이야. 증오와 혐오가 나라 밖으로 빠져나가지 않았더라면 국민의 태반은 아직도 배를 곯고 있을 걸세.

국민의 단합을 이끌어내고 전후 한반도에 남은 증오를 깨끗이 씻어낼 수 있었는데, PMC 하나를 운용하는 비용 정도야 저렴한 편이지."

그의 말은 일순 정론처럼 들렸다. 아니, 그의 말은 정론이었다. 정치인으로서 그가 내린 판단은 실제로 소기의 성과를 거두었으니까. 그는 이 방법으로 전후의 혼란을 정리하고 국민들을 단합시켰다. 그리고 경제를 부흥시켰을뿐더러 연방을 초강대국의 지위까지 올려놓았다. 국익의 시점에서 그는 지극히 옳은 판단을 내린 것이다.

하지만… 증오 그 자체는 여전히 해결되지 않았다.

"…궤변입니다."

내가 다시 한번 궤변이라는 말을 입에 담으며 그를 부인하자 총통은 미간을 찌푸리며 나를 노려보았다.

"궤변? 궤변이라는 말은 대안이 있을 때나 하는 소리지. 자네는 이보다 더 나은 방법을 찾을 수 있는가? 국민들이 서로를 증오하지 않고 단합하여 더 나은 미래로 나아갈 수 있는 방법이 또 있기라도 한단 말인가?"

"국익이라는 점에서 당신은 옳은 선택을 했을지도 모릅니다. 연방의 입장만 두고 보자면 최선의 선택이라고 할 수 있지요. 하지만 국민들이 갖고 있던 증오는 다른 사람에게 옮겨갔을 뿐이지, 조금도 해소되지 않았습니다. 작금의 사태를 보십시오."

[총통은 인체 실험에 대한 진상을 밝혀라!]
[독재자는 물러나라!]

관저 밖에서 들려오는 목소리는 점차 또렷해지고 있었다. 그동안 의심스러워도, 불만이 있어도, 전쟁 중이니 어쩔 수 없으니까- 모든 게 학회의 탓이니까- 하고 억눌러왔던 시민들의 분노가 이제는 총통을 향해 직접적으로 표출되고 있었다. 시민들의 분노는 사라지지 않았다. 그저 상대가 바뀌었을 뿐.

"증오를 돌리던 상대가 허상임을 깨달았으니, 이제는 누구에게 증오를 돌리실 생각이십니까?"

하지만 총통은 대수롭지 않다는 투로 손을 내저었다.

"증오를 돌릴 상대야 얼마든지 만들 수 있어. 자네와 자네의 친구들이 방해만 하지 않는다면 말이지."

그는 아직도 이 상황을 통제할 수 있을 거라고 믿는 모양이었다. 그래, 내가 돕는다면 가능할지도 모르지.

"국민들에게 떳떳이 밝힐 수 없는 더러운 뒷공작을 통해서 말입니까?"

"식탁 위에 오르는 돼지고기가 얼마나 잔혹하게 도축되는지 먹는 이가 알 필요는 없지."

총통은 담배를 들지 않은 손을 내게 내밀며 다시 한번 내게 권했다.

"자, 선의의 거짓말을 부탁하네. 연방 국민들이 그동안 보아왔던 환상이 꿈이 아닌 현실임을 자각할 수 있도록, 자네의 친구들을 설득해 주게."

그 목소리는 너무나도 부드러워 나는 일순 총통이 내게 **부탁**을 한다고 생각할 뻔했다. 하지만 그의 권유는 부탁이 아닌 **명령**이었다. 속을 읽어볼 것도 없이 그의 단호한 표정이 진실을 말해 주고 있었다. 거절하는 순간, 나의 목숨은 온전치 못할 것이다.

'전에도 이런 일이 있었는데.'

나는 2년 전 제도의 지저분한 창고에서 겪었던 일을 떠올리며 쓰게 웃었다. 그때도 순간의 잘못된 선택으로 수 개월간 후회를 반복했는데, 과연 이번에는 제대로 된 선택을 할 수 있을까.

고개를 들어 앞을 바라본다.

흐릿한 담배 연기 사이로 카이저수염을 기른 꼿꼿한 중년의 사내가 내 앞에 서 있는 것이 보인다. 이 사내는 연방의 만인지상, 체스판의 왕(King)이다. 본래의 규칙대로라면 나 같은 졸(Pawn)은 감히 그의 궁에 접근하는 것조차도 허락되지 않을 것이다. 그런데 그 왕이 나의 도움을 바라고 있다. 나의 말 한 마디로 전황을 바꿀 수 있다고 한다.

그렇다면 목숨을 바쳐서라도 왕의 의지를 수행하는 것이 졸의 책무인 법. 과거의 나였더라면 황송한 심정으로 그의 명령을 수행했을 것이다.

하지만 나는 더 이상 졸이 아니다.

연방의 충직한 졸이자, 추서 계급- 하사 이원일은 그 날 동중국해에서 전우들과 함께 장렬히 산화했으니까—

'이원일 일등병조'는 연방 총통의 말을 듣지 않는다.

"…아무리 국익에 도움이 되더라도, 설령 우매한 국민들이 잘못된 결정을 내릴 게 자명하더라도, 각하께서는 더 이상 거짓을 말해서는 안 됩니다."

내가 고개를 가로젓자 총통이 놀란 표정으로 손에서 담배를 떨어트렸다. 불붙은 시가의 끝이 바닥에 깔린 가죽 카펫을 눌러 태우며 고약한 향기를 자아냈다.

"어째서지?"

"이 나라가 민주주의 공화국이며, 이 나라의 주인은 각하가 아닌 국민이기 때문입니다."

총통은 이제 불편한 심기를 감추지 않고 얼굴 가득히 노기를 드러내고 있었다. 전에 한 번도 마주한 적 없는 무시무시한 사신의 표정이었다.

"그 주인이 파멸을 향해 걸어가고 있는 것을 알면서도 말리지 않는 것이 올바른 종자의 자세란 말인가?"

그 표정에서 도망치고 싶었다. 책임에서 자유로워지고 싶었다. 하지만…

"예, 잘못된 선택을 하더라도 그것은 국민의 몫입니다. 그리고 그 책임 또한 국민이 짊어져야 합니다."

나는 시선을 피하지 않고 답했다.

"누군가를 증오한다는 것은 또 누군가에게는 증오를 받을 수도 있다는 뜻입니다. 각하가 벗겨낸 책임의 무게는 증오가 확산되는 것을 오히려 가속화시켰습니다. 자신의 삶에 책임을 지지 않아도 되니 마음껏 상대를 증오할 수 있는 것이지요."

이 모든 일의 책임을 지기 위해서.

"우리는 우리의 선택에 책임을 져야 합니다. 책임을… 권리를 돌려주십시오."

정적.

총통은 내 답에 아무런 말도 하지 않았다.

조용히 한숨을 내쉬며 창밖을 바라보더니, 담담하게 혼잣말로 선고를 내렸다.

"함께하지 못해 유감이군."

그 선고가 의미하는 바는 단순했다. 죽음. 심장이 마구 요동치고 식은땀이 흘러내렸다. 이성은 지금이라도 말을 번복하라며 나를 다그치고 있었지만, 한 번 뱉은 말을 주워 담을 수는 없었다.

총통이 손가락을 퉁겨 누군가를 불렀다.

"체셔."

그 이름을 부르자마자 허공에서 갑자기 사람 하나가 튀어나왔다. 연방군 특유의 휘장이 그려진 암녹색 베레모, 미형의 얼굴 위에 사선으로 난 큰 흉터, 그리고 특유의 기분 나쁜 미소까지… 그 불쾌한 얼굴을 마지막 순간까지 마주하게 될 줄이야.

체셔는 담담한 목소리로 답하며 총통에게 경례를 올렸다.

"부르셨습니까."

"지금 바로 이원일 군을 처리해주게. 그리고 처리가 끝나는 대로 잿빛 10월에 가 그 승조원들 또한 마찬가지로…"

총통의 말이 채 끝나기도 전에 체셔는 품에서 권총 한 자루를 꺼내 탄환을 재기 시작했다. 그리고 탄환이 모두 장전된 것을 확인하자, 그는 자연스럽게 격철을 당기고 상대를 향해 총구를 겨누었다.

"…"

내가 아닌, 총통을 향해.

그의 갑작스러운 행동에 총통은 상황을 이해하지 못하고 미간을 찌푸리며 되물었다.

"무슨 짓인가?"

체셔가 답했다.

"각하."

"어둠이 없는 장소에서 다시 만납시다."

탕, 탕!

두 발의 탄환이 허공을 가르고 날아가 총통의 가슴에 박혔다. 그와 동시에 총통의 입에서 울컥하고 진득한 피거품이 흘러나왔다. 그의 표정에는 이해할 수 없다는 당혹감이 가득 떠올라 있었다.

옆에서 지켜보고 있는 나조차도 상황을 이해할 수 없는데, 총을 맞은 당사자인 그의 충격은 더했으리라.

"어… 째서…?"

총통이 단말마의 유언처럼 띄엄띄엄 의문을 표하자 체셔는 냉혹한 미소를 지으며 그에게 가까이 다가갔다.

"이런, 처음부터 머리에 쏠 걸 그랬군."

그리고 총통의 머리에 총구를 겨누고 다시 한번.

탕!

그가 방아쇠를 당기자, 총통의 머리 뒤쪽으로 뇌수가 퍽하고 터져 나왔다. 더러움을 모르는 흰색의 대리석 바닥 위에 핏방울이 흩뿌려 졌다.

그 일격으로 총통은 절명했다.

"……윽."

한편, 나는 평생 맡아본 것 이상의 피비린내를 단번에 들이킨 탓에 정신을 차리지 못하고 비틀거리고 있었다. 눈앞이 어질어질하고 금세라도 토할 것만 같았다.

어째서 체셔는 내가 아니라 총통을 쏜 거지?

쿠데타? 아니면 단순한 변덕? 그럼 이제 나는 어떻게 되는 거지? 머릿속으로 수십 가지의 생각이 휙휙 지나갔지만 무거워진 발은 도통 떨어질 생각을 하지 않고 있었다.

그 사이 체셔는 총신에 묻은 피를 대충 닦아내고, 나를 향해 걸어와 총구를 겨눈 다음, 방아쇠에 손가락을 걸치더니…

"빵!"

갑자기 울려 퍼진 큰 소리에 비명을 지를 뻔했지만, 내 몸은 여전히 상처 하나 없이 건재했다. 체셔는 총을 쏘는 시늉을 해 보인 다음 낄낄거리며 홀스터에 권총을 꽂아 넣었다.

"쥐가 든 상자라도 마주한 모양이군요."

그 말이 영국의 오래된 고전을 인용한 농담이라는 걸 알아차리는 데에는 오랜 시간이 걸리지 않았다. 하지만 대놓고 놀림을 당했다는 불쾌감보다 목숨을 부지했다는 안도감이 더 큰 탓에 화를 낼 생각이 좀처럼 들질 않았다.

"……"

잠깐의 침묵. 나는 바닥에 쓰러진 총통의 시체에서 억지로 눈을 돌리며 입을 열었다.

"어째서, 총통을 쏘셨습니까?"

"어라, 총에 맞는 걸 바라고 계셨습니까? 자살 희망자라는 이야기는 듣지 못했는데요."

"그런 것은 아니지만, 당신은…"

당신은… 누구인가?

머리를 굴려 봐도 그 다음에 이어질 단어가 좀처럼 떠오르질 않았다. 애초에 나는 체셔- 그가 누구인지조차도 명확하게 알지 못했다. 그저 그가 총통에게 충성을 다하는 연방군의 일원이라는 사실만 알고 있을 뿐. 게다가 괜스레 말실수를 했다가 그의 기분을 상하게 해서 총에 맞는 일만큼은 사양하고 싶었다.

하지만 체셔는 그런 내 속내를 읽었는지 노골적인 표현까지 써가며 자신의 위치를 확실하게 정의해주었다.

"**국가의 개**가 어째서 주인을 물었느냐, 그게 궁금하신 게지요?"

나는 조심스럽게 고개를 끄덕였다. 체셔는 바닥에 너부러진 총통의 시신을 쓰레기를 다루는 것처럼 옆으로 밀어놓으며 질문에 대한 답을 해주었다.

"그 이유는… 그가 더 이상 **이 나라의 주인**이 아니기 때문입니다."

그리고 언제나처럼 가벼운 농담을 곁들이는 것도 잊지 않았다.

"애초에 저는 개도 아니고, 고양이지만."

하지만 나는 그의 농담에 차마 웃지 못했다.

농담이 실패했다는 것을 깨닫자 체셔는 머쓱한 표정으로 쓴웃음을 지어 보이며 방금 전까지 총통이 앉아 있던 의자 위에 털썩하고 걸터앉았다. 의자에 앉은 그의 모습은 난간 위에 올라앉은 고양이처럼 위태로워 보였다.

그는 곧 손을 위로 쭉 늘여 기지개를 켜고선 갑작스레 내게 뜬금없는 질문을 던져왔다.

"원일 군, 제 능력이 무엇인지 알고 계십니까?"

"순간이동… 말입니까?"

그동안 그는 동화 속의 체셔 고양이처럼 허공 속에서 나타나서 허공 속으로 사라지며 나를 여러 번 놀라게 했다. 그래서 나는 그의 질문을 그가 갖고 있는 초능력이 무엇인지 맞추어보라——는 뜻으로 이해했다.

하지만 체셔는 오히려 예상치 못한 대답을 들었다는 것처럼 모호한 표정을 지으며 다우트(Doubt)를 선언했다.

"아… 물론 **그것**도 있지요. 사지에서 죽음과 맞바꿔 온 묘한 능력이지만, 이런 시답잖은 잔재주는 연회의 흥을 돋우는 것 이외에는 별 쓸모가 없습니다."

누군가는 평생 꿈꿀법한 신비한 초능력을, 그는 시답잖은 잔재주라 평했다. 그렇다면 순간이동이 잔재주로 보일 정도로 대단한 능력은 또 무엇인가.

나는 감히 예상조차 하지 못하고 조용히 입을 다물었다. 하지만 체셔가 곧바로 입에 담은 것은 예상과는 달리 아주 평이한 재주였다.

"저는 사람을 보는 눈을 가지고 있습니다."

"눈이요?"

"몇 마디 대화만 나누어도 사람이 가진 가능성을 꿰뚫어 볼 수 있는 능력. 이 살벌한 난세에서 여태까지 살아남을 수 있었던 것도 그 능력 덕분이지요. 물론 판단이 틀렸을 때 재빨리 도망치는 것 또한 귀한 재주라 할 수 있겠습니다만…"

사람을 본다고 하기에 무언가 특이한 재주인가 했는데, 듣고 보니 사람의 됨됨이를 판단하는 인상견의 능력을 말하는 모양이었다.

나는 당혹스러웠다. 사람의 가능성을 보는 눈이야 그 날카로움의 정도가 다를 뿐이지 누구나 갖고 있는 것이 아닌가. 하지만 체셔가 운을 떼고 진짜 말하고자 했던 이야기는 총통의 가능성에 관한 것이었다.

"총통은… 제가 보았던 사람들 중에 가장 큰 가능성을 지니고 있던 사람이었습니다. 실제로도 그랬지만."

그는 아주 잠깐 쓰러져 있는 총통의 시신을 흘겨본 다음, 먼 옛날의 일을 상기하듯 아련하게 중얼거렸다.

"나는 한때 그가 이 나라를 더 좋은 방향으로 바꾸어놓을 수 있을 거라 믿었습니다."

말이 과거형으로 끝나는 것으로 보아 더는 그렇게 생각하지 않는 모양이었다. 체셔는 깊게 숨을 내쉰 다음, 특유의 생글거리는 낯을 하고서는 내게 질문을 던졌다.

"원일 군, 당신과 같은 젊은이가 보기에 이 나라는 좋은 방향으로 바뀌고 있습니까?"

여전히 그의 속내를 읽을 수가 없었다.

아직 그의 총구에서 흘러나온 초연의 향은 방 안을 어스름히 메우고 있었고, 바닥에 쓰러진 총통의 시신도 아직 완전히 식은 상태가 아니었다. 여차하면 그가 나를 똑같은 꼴로 만들지도 모르겠다는 생각이 들자, 나는 나도 모르게 움츠러들었다.

"…그렇게 생각하는 사람도 많지요."

주어를 애매하게 흐린 모호한 대답이었지만, 체셔는 그것만으로도 만족했는지 고양이 같은 웃음을 지으며 고개를 끄덕였다.

"그렇지요, 여전히 많은 사람들이 총통이 있었기에 이 나라가 이토록 부강해질 수 있었다고, 그에 대한 찬양을 아끼지 않고 있습니다만… 부정하진 않겠습니다. 저 역시 그를 믿었기에 스스로 망령이 되는 길을 자처한 것이니까요."

순간, 내 앞에 있는 체셔의 모습이 흐릿해지더니, 그의 모습이 미소만 남기고 연기처럼 사라졌다. 그리고 곧 그는 아까와 마찬가지로 등 뒤에서 미소와 함께 솟아났다. 마치 망령처럼…. 정신을 차리고 보니 체셔의 옷에 튄 핏자국은 어느새 깨끗하게 표백되어 있었다.

"하지만 오늘 당신이 하는 말을 듣고 확실히 깨달았습니다. 그는 더 이상 이 나라의 주인이 아닙니다. 그는 더 이상 과거의 총통이 아닙니다."

체셔는 바닥에 쓰러져있는 사내가 보이지 않는 것처럼 의도적으로 시선을 피하며 내 어깨를 가볍게 두들겼다.

하지만 눈에 뻔히 보이는데, 아직 비릿한 피 냄새가 채 가시지도 않았는데, 그를 모른척할 수는 없었다.

손을 들려 했지만 떨림으로 인해 팔이 좀처럼 움직이질 않았다. 그래서 나는 대신 턱 끝으로 바닥에 쓰러진 총통의 시신을 가리키며 체셔에게 대꾸했다.

"그래서… 그를 죽인 겁니까?"

"예. 망령은 과거에 머무르고 있으니, 바뀐 주인을 알아보지 못하는 법이지요."

체셔는 여전히 내게서 시선을 떼지 않고 있었다.

"…애초에 고양이는 주인을 가리지도 않지만."

예의 농담도 빼놓지 않고.

"……."

총통이 죽었다.

눈앞에서 그가 피를 뿜으며 죽는 모습을 직접 목도했음에도 불구하고 그의 죽음을 실감하는 데에는 약간의 시간이 필요했다.

그동안 무너지지 않는 거목 같은 이미지로 세간에 알려져 있어서 그랬을까. 체셔의 말마따나 내가 알고 있는 연방의 총통과, 납 탄을 맞고 바닥에 쓰러져 피를 뿜어내고 있는 저 사내의 시신은 각기 다른 사람처럼 느껴졌다.

'이 사내가 쓰러지면 모든 게 끝날 거라 생각했는데.'

연방의 군인이었던 시절에는 그가 쓰러지면 이 나라가 끝날 거라고 생각했었고, 그로부터 버림받은 이후로는 마음속에 갈 곳 잃은 공허감이 끝날 거라고 생각했었다. 하지만 실제로는 아무것도 끝나지 않았다.

사람 하나의 죽음은 아무것도 바꾸지 못했다.

"잠시 한 대, 실례하겠습니다."

총통의 책상에서 그가 미처 피우지 못한 여송연을 발견한 체셔는 내게 양해를 구하며 담배에 불을 붙였다. 그리고 깊게 한 모금. 담배의 향을 모르는 내게 그 연기는 방 안을 어스름히 메우고 있는 초연과 그리 다르지 않았다.

나는 숨을 멈추고 고개를 들었다.

그럼 이제 남은 건 무엇이지? 복수를 할 상대도, 미래를 맡길 지도자도 사라져 버린 이 땅에서 나는 앞으로 무얼 해야지? 체셔는 아무 말 없이 계속 나를 바라보고 있었다. 예의 그 기분 나쁜 미소를 흘리며.

생글생글.

나는 문득 그의 시선에서 위화감을 느꼈다. 말로는 다할 수 없는 시선의 대화를.

"…제게 무얼 바라십니까?"

내가 먼저 운을 떼자 체셔는 기다리고 있었다는 것처럼 화색을 띠며 손을 휘저었다.

"무얼 바라시냐고요? 무엇이든 바라고 있지요, 위대한 폰(Pawn)이여."

그의 손끝에서 여송연 연기가 하늘에 흩뿌린 물감처럼 멋지게 호를 그었다. 그는 갑자기 나를 폰이라 불렀다.

폰, 체스의 졸(卒). 이가 의미하는 바는 명확했다.

"이 집무실은 체스판의 끝입니다. 적장의 본거지이자, 당신 같은 졸은 더 나아갈 수 없는 세계의 끝— 동시에 무엇이든 할 수 있는 무한한 가능성의 땅."

문득 오랫동안 잊고 있었던 체스의 룰이 어렴풋이 떠올랐다. 체스의 폰은 좌우로 움직일 수 있는 장기의 졸과는 다르게 앞으로 전진하는 것밖에 할 수 없지만, 마지막 칸에 도달하면 새로운 능력을 하나 얻는다. 바로 다른 말로 클래스를 바꾸는 승격(Promotion)이다.

"당신은 이제 승격을 할 수 있습니다. 당신을 가로막는 장애물을 단숨에 뛰어넘을 수 있는 나이트가 될 수도 있고, 앞길을 가로막는 자를 모조리 섬멸할 수 있는 룩이 될 수도 있고, 사선에 선 모든 이들의 목숨을 앗을 수 있는 비숍도 될 수 있습니다.

아니면… 이 모든 권능을 가진 퀸이 될 수도 있지요."

그제야 나는 그가 나를 살려둔 진짜 원인을 알게 되었다. 그는 체스판의 새로운 기물로 나를 꼽은 것이다.

체셔가 내게 손을 내밀었다.

"당신의 마음속에 응어리진 그 공허감을, 주인을 잃은 연방을, 함께 그려보지 않겠습니까?"

"…진심이십니까?"

"물론이고말고요."

긴장이 풀리며 실소 섞인 한숨이 흘러나왔다.

그동안 나는 그의 '체셔'라는 코드네임이 단순한 별명이라 생각했었는데… 지금에 와서 보니 그는 진짜 고양이와 같은 존재였다.

온갖 그럴싸한 이유를 가져다 붙이긴 했지만, 그가 나를 장기판의 새로운 기물로 꼽은 이유는… 아마도 **그게 가장 재미있어 보였기 때문**이리라. 내 아둔한 머리로 생각해 봐도 지금 내가 정체를 드러내고 전면에 나선다면 '혼란'이라는 말로도 부족할 정도의 대소동이 벌어질 것이다. 국가의 존속이 걸린 이 중대한 상황에서 체스를 예시로 드는 것만 보아도 그는 이 상황을, 사람들의 목숨을, 단순한 오락으로만 생각하고 있는 게 분명했다. 나를 치켜세워 준 것도 단순한 유희의 연장선이겠지. 마치 고양이가 새로운 장난감을 가지고 놀기 전에 침을 담뿍 발라 놓듯이.

생각해보라. 나의 인생이 영화로 만들어지고, 모두가 나를 연호하며 애정 어린 시선을 보내주는 세상. 호화로운 시설 속에서 훈장을 치렁치렁 단 채 거들먹거리며 뻔뻔하게 살아가는 인생을.

그건 너무나도…

"…우스운 일이지."

그 질문에 대한 답은 이미 2년 전 동중국해의 바다 위에서 어느 잠수함 함장에게 돌려준 지 오래였다. 나는 그가 내민 손을 외면하며 천천히 고개를 가로저었다.

"저는… 폰으로 남겠습니다."

체셔는 이해할 수 없다는 표정으로 나를 쳐다보았다.

마치 내가 말도 안 되는 고집이라도 부리는 걸 본 듯한 표정이었다.

"그럼 당신은 앞으로 **아무것도 하지 못할 텐데요**."

그의 말을 이해하는 데에는 조금 시간이 걸렸다.

아무것도— 라니, 무엇을 할 수 없단 말인가?

"이곳은 판의 끝입니다. 당신은 앞으로 나아갈 수 없습니다. 멍청히 체스판의 모서리를 바라보며— 설령 등 뒤에서 죽음이 엄습해오더라도 대처하지 못하는 쓸모없는 폰이란 말입니다."

아아, 그 뜻이었군. 나는 그와 똑같이 미소를 지어 보이며 경쾌하다 못해 유쾌하기까지 한 목소리로 체셔를 불렀다.

"체셔 씨."

그리고 집무실의 창 너머, 밖을 가리켰다.

"왜 세상이 판의 모서리에서 끝난다고 생각하십니까?"

아직도 창밖에서는 분노한 민중의 고함소리가 간간이 들려오고 있었다. 체셔의 말처럼 그들을 통제할 수 있는 사람은 이곳의 주인이지만, 그렇다고 그들의 삶이 오롯이 이 집무실의 주인에게 귀속되지는 않는다.

민중의 삶은 민중의 것이다.

"그렇지요. **당신이 말하는 세상**은 이곳에서 끝납니다.

대중을 통제하고 국가를 뒤흔드는 강력한 힘을 얻으려면 이곳에서 벗어나서는 안 됩니다. 하지만 인생의 목표는 꼭 입신양명에만 있는 건 아니잖습니까? 예를 들자면… 맛있는 밥이라던가."

고개를 들어 더 먼 남쪽을 바라본다. 이곳에서 육안으로 보이지는 않지만, 분명 저 너머에 잿빛 10월이 있으리라.

"맛있는 밥, 그리고 저를 언제나 아껴주는 사랑스러운 반려는 이 집무실에 없거든요."

　나의 집은 이곳이 아니다. 나는 총통과 같은 재목이 아니다. 나의 심지는 너무나도 가늘고 얄팍하다. 언제나 그랬던 것처럼, 미풍도 이기지 못하는 나약한 억새풀처럼, 시대의 흐름에 흔들리며 살아가야 한다.

　내 선언에 체셔는 아쉬운 표정으로 권총의 개머리판을 만지작거리며 작게 중얼거렸다.

　"제 새로운 주인이 되어주실 거라 기대했는데… 유감입니다."

　진심으로 아쉬워하는 듯한 그의 표정을 보고 있노라니, 문득 소박한 의문이 고개를 치켜들었다.

　"그건 당신 또한 마찬가지가 아닙니까? 당신은 신묘한 재주를 가지고 있습니다. 그 능력과 함께라면 어디든지 갈 수 있고, 어디든지 닿을 수 있습니다. 그런데 꼭 **목줄을 쥐어야 할 주인**이 필요할까요?"

　"……"

　내 말에 체셔가 눈을 크게 치켜떴다.

　처음으로 그의 얼굴에서 미소가 사라졌다. 그는 갑자기 웃는 얼굴을 잊어버린 사람처럼 손가락으로 입가를 매만지더니, 헉 하고 숨을 길게 들이켰다.

　그리고 천천히… 표정을 일그러트리며… 체셔가 웃었다.

　"하하, 하하하… 하하하하!"

　그의 웃음은 계속되었다. 체셔는 폐부에 담긴 숨을 모조리 내뱉으려는 것처럼 요란스럽게, 경망스럽게 웃음을 터트렸다. 끝내는 웃음을 참지 못하고 기침까지 내뱉을 정도였다. 얼마간의 시간이 흘렀을까, 간신히 웃음을 억누른 체셔가 끅끅거리며 소회를 밝혔다.

"…큭큭. 그래, 내 목줄을 쥐고 있었던 건 나였었군요."

그게 그렇게 우스운 일인가 싶었지만, 묘하게도 지금의 체셔가 짓고 있는 미소는 그리 불쾌하지가 않았다. 마음속 깊은 곳에서부터 우러난, 진심이 담긴 미소였다.

체셔는 바닥에 쓰러진 총통의 시신을 쳐다보며 소매를 툭툭 털었다.

"어느 정도 **청소**는 해 두겠지만, 지금에 와서 소시민의 삶으로 돌아가기는 쉽지 않을 겁니다."

그건 굳이 그가 말하지 않아도 예상하고 있던 일이었다. 하지만 체셔는 이상하리만큼 다정한 목소리로 내 미래에 대한 조언을 건네주었다.

"그래도 당신은 언젠간 도착하게 될 겁니다. 계속 걷다 보면 결국은 어딘가에 닿게 되는 법이니까요."

"그건 루이스의 소설에 나온 말이던가요?"

"당신만의 지도를 완성하기를."

그리고 체셔는 베레모를 벗어 인사를 건네고 허공 속으로 점차 사라져갔다.

그의 몸은 희뿌연 연기 속에 묻혀 금세 보이지 않게 되었지만, 미소만큼은 한동안 그 위치에 머무르며 오랫동안 사라지지 않고 남아 있었다.

생글생글.

10. 디저트

-1-

사건으로부터 3주 후.

고려 연방, 서울 마포구 망원동
한강, 잿빛 10월 내 조리실

실내를 가득 메운 후텁지근한 수증기.
개수대 위에서 피어오르는 달착지근한 비누 거품의 향.

전쟁 같았던 식사가 끝나고, 손님들이 빠져나간 식당이 깨끗이 정리된 이후로도 주방은 한동안 바쁘다. 식사와 조리에 사용되었던 어마어마한 양의 설거짓감이 기다리고 있기 때문이다. 흔히들 설거지야말로 요리의 피날레라고 말할 정도니… 이는 군함의 주방이라고 해서 예외는 아니다.

오늘도 점심 식사가 끝나자마자 수병들은 마감이 완료된 파트부터 식기와 조리도구를 세척하느라 여념이 없었다. 그 광경을 지켜보며 주방의 헤드 셰프인 해인은 조리병들이 마무리 작업에서 실수라도 하지 않을까 걱정이 되었는지 집기를 꺼내 들기도 전에 잔소리부터 먼저 늘어놓았다.

"칸나, 아까 사용한 스테이크용 스킬렛은—"

"세제를 사용하지 않고 뜨거운 물로 세척했습니다. 이미 물기도 잘 말려서 기름을 먹여 놨고요."

하지만 웬일일까. 수병들은 해인이 지시를 내리기도 전에 이미 뒤처리를 완벽하게 끝내놓은 상태였다. 해인은 미심쩍은 표정으로 트레이를 면밀히 살폈지만, 건조된 조리도구의 상태는 완벽했다. 이번에는 콜드 파트로.

"…투이, 드레싱을 담는 소스 접시는 따로—"

"설거지 후에 발사믹 식초를 섞은 마무리용 설거지 세제로 한 번 더 씻어 물기를 제거해 두었습니다. 나쁜 냄새가 배면 안 되니까요."

역시 완벽하다. 물론 그동안 매번 실수를 했다는 건 아니지만, 이렇게 모든 파트가 한 번에 합격점을 받은 적은 없었다. 이만하면 후드도 제대로 닦아두었겠지.

"…트리샤? 후드의 상태는?"

"이미 가스레인지를 청소하기 전에 닦아 두었습니다. 기름때가 떨어지면 큰일이니까요."

트리샤가 기다리고 있었다는 듯이 답했다.

해인은 만족스러운 표정으로 -약간의 비아냥거림을 곁들여- 수병들을 칭찬했다.

"제가 말하기도 전에 할 일을 모두 끝내두었다니, 내일은 해가 서쪽에서 뜰 모양이로군요."

칭찬도 솔직하게 하지 못하는 것이 해인의 성격임을 잘 알고 있는 조리병들은 진심으로 기뻐하며 서로 웃음을 주고받았다. 개수대의 물기를 닦고 있던 칸나 수병장도 히죽거리며 해인에게 들리지 않을 만큼 작은 목소리로 농담을 중얼거렸다.

"그러게요. 일전에 셰프님이 갑자기 공개 회선으로 고백을 하셨을 때는 해가 북쪽에서 뜰 줄 알았죠."

그녀의 농담을 들은 조리병 몇이 억지로 웃음을 참으며 고개를 푹 숙이는 것이 보였다.

그 날 방송용 드론으로 전 세계에 생중계되었던 해인의 고백은 함 내부로나, 외부로나 큰 파장을 불러일으켰다.

두 사람의 로맨스를 알 길이 없는 외부의 인터넷에서는 '목숨을 건 상황에서 이루어진 감동적인 고백'이라고 호들갑을 떨어대기도 했지만, 일각에서는 도대체 저 둘이 얼마나 대단한 커플이기에 국가가 전복되려는 세기의 상황에 고백을 했느냐며 냉소적인 시선을 보내는 이도 있었다. 함 내부에서는… 대부분의 시선은 우호적인 편이었다.

애초에 두 사람이 부부처럼 행동하는 것을 승조원들이 알고도 모른 척해주고 있었던 데다가, 진전 없이 서로 수줍어하는 게 꼴 뵈기 싫었다며 이참에 대놓고 사귀게 되어서 속이 시원하다는 수병도 있었다.

물론 커플을 좋아하지 않는 독신주의자 수병이나 남몰래 의무장에게 연심을 품고 있었던 일부 수병은 그 광경을 보고 한동안 가슴앓이를 했다는 풍문도 간간이 전해지고 있었다.

차설, 칸나가 한 농담을 듣지 못한 해인은 태평하게 잘 마른 아일랜드를 쓰다듬며 혼잣말을 중얼거렸다.

"앞으로도 이렇게… 아니, 이제는 할 일이 없겠지요."

"…"

그녀의 혼잣말에 주방이 갑자기 숙연해졌다.

그렇다. 이 주방에서 해인과 조리병들이 일하는 것도 오늘이 마지막이었다. 조리병들을 포함한 잿빛 10월의 승조원들은 오늘부로 배를 내려 군적에 소속되지 않는 자유인으로 살게 될 예정이었다.

함장이 연방군의 비밀을 폭로했을 때, 시민들은 해명을 요청하며 총통의 집무실로 몰려갔지만 놀랍게도 그는 이미 이 세상 사람이 아니었다. 공식 발표에 의하면 총통은 책임의 무게를 이기지 못하고 자신의 관저에서 권총 자살을 했다고 하는데… 그 과정에 여러 가지 의혹이 많아 아직까지도 그의 죽음을 인정하지 않는 시민도 있는 모양이었다.

이 과정에서 잿빛 10월은 새롭게 수립된 연방 정부에 망명을 요청했다. 총통의 정적들로 구성된 새 연방정부는 잿빛 10월에게 호의적이었고, 그리고 오늘 그 망명 요청이 최종적으로 받아들여져 승조원들은 배를 나올 수 있게 되었다.

수병들은 학회의 추적을 피해 안전한 삶을 유지할 수 있게 되었다는 점에는 안도를 표했지만, 해인의 맛있는 요리를 더 이상 먹지 못하게 된다는 점에는 하나같이 아쉬움을 표했다. 그리고 그 아쉬움은 요리를 해주는 해인 입장에서도 마찬가지였다.

벽에 걸린 청수 펌프와 조리대, 개수대, 그리고 자잘한 조리 도구까지… 그 어느 곳에도 해인의 손길이 닿지 않은 곳은 없었다. 해인은 정리된 조리도구들을 쓰다듬다 말고 갑자기 떠올랐다는 것처럼 조리병들을 돌아보며 짐짓 유쾌한 어투로 등을 떠밀었다.

"오늘 중으로 배를 나가려면 준비해야 할 일이 많겠죠? 바닥 청소는 제가 대신해둘 테니 먼저 내려가서 씻고 쉬도록 하세요."

"하지만…."

바닥 청소의 고됨을 알고 있는 트리샤가 걱정스러운 표정으로 해인을 만류하려 했지만, 칸나가 뒤에서 트리샤의 옷소매를 살짝 잡아당겼다. 이 주방의 안주인으로서 단둘이 마지막을 함께할 시간을 갖고 싶은 것이겠지.

칸나는 대답 대신 모자를 벗고 고개를 숙여 그동안 자신을 줄기차게 괴롭혀 온 악덕 상관에게 경례를 올렸다.

"수고하셨습니다."

그러자 다른 수병들도 칸나를 따라 모자를 벗었다.

"수고하셨습니다!"

조리병들의 갑작스러운 경례에 해인은 아주 잠깐 놀란 표정을 짓더니, 곧 엷게 웃음을 터트렸다.

"…다들 수고 많았어."

...

조리병들이 하루 대부분의 시간을 보내는 장소는 주방 말고도 또 있었다. 바로 샤워실이다.

더운 불 앞에서 조리를 하고 있노라면 쉬이 땀투성이가 되어버리는 데다가, 청결한 상태를 필수로 하는 경의부의 특성상 조리병들은 하루에도 몇 번씩 이 샤워실에서 샤워를 하곤 했다.

칸막이도 없이 몸을 돌리면 옆 사람과 등이 닿을 정도로 협소한 군함의 샤워실을 처음 보았을 때에는 동성과 함께 목욕을 하는 데 익숙한 칸나조차도 거부감이 들 정도였으니… 다른 문화권의 수병들은 오죽했으랴. 하지만 막상 이 배를 떠나려 하니 이 샤워실조차도 아쉽게 느껴졌다.

"…이 지긋지긋한 샤워실과도 안녕이구나."

벽에 고정된 샤워기에서 쏟아지는 물을 맞으며 칸나가 중얼거리자 몸을 씻고 있던 수병들이 고개를 끄덕이며 서로 화답하듯 말을 이어갔다.

"그러게. 처음 왔을 때는 이렇게 좁은 곳에서 어떻게 몸을 씻나 했는데. 막상 나오려니 아쉽네."

"인간은 적응의 동물이라니까요. 저도 처음에는 이렇게 다 함께 목욕을 한다는 것에 익숙지가 않아서 자꾸 움츠러들었는데… 지금은 화기애애해서 오히려 더 좋네요."

"후후, 실은 남에게 알몸을 보이는 데 익숙해졌다거나… 노출증 같은 게 생긴 거 아냐?"

"우웃, 그거 성희롱이에요! 자꾸 그렇게 말씀하시면 헌병대에 신고해버릴 거예요!"

"헌병이라니… 이제 우리는 군인도 아닌걸. 신고를 할 거면 경찰서로 가야지."

"그리고 보니 게다가 잠수함 승조원 애들은 이것보다 더 좁은 공간에서 샤워도 제대로 못 한다던데?"

"정말? 으으, 수상함 파트에 지원하길 잘했다."

"잠수함 파트 애들은 잘 지내고 있으려나."

수병들은 즐거운 듯 담소를 나누며 계속 몸을 씻었지만, 정작 말을 먼저 꺼낸 칸나 수병장은 한동안 생각에 잠겨 손을 움직이지 못하고 있었다.

　　고향을 뛰쳐나온 이후로는 학회에 몸을 의탁하고 누군가가 던져준 일을 묵묵히 수행하며, 그렇게만 살아왔는데… 막상 스스로가 일을 계획하고 직업을 찾으려 하니 앞날이 막막하게만 느껴졌다.

　　주위를 둘러보니 자신을 제외한 다른 수병들은 배를 내리게 되었음에도 불구하고 다들 마냥 천진하고 즐거워 보였다. 무언가 뾰족한 계획들이라도 갖고 있는 걸까.

　　칸나는 머뭇거리며 다른 수병들에게 질문을 던졌다.

　　"다들… 배를 나가면 무얼 하려고 해?"

　　"글쎄요… 딱히…."

　　"해가 중천에 뜰 때까지 늘어지게 늦잠이나 잔다던가?"

　　"맞아! 배에 있을 때는 매일 새벽에 일어나야 했으니까. 간만에 늦잠을 잘 수 있겠네. 후후…."

　　"칸나 수병장님은 뭔가 계획이 있으신가요?"

　　하지만 다른 수병들도 특별한 계획은 없었는지 같은 질문이 돌아왔다. 신원도 불확실하고 연고도 없는 계집아이가 사회에서 할 수 있는 일은 많지 않다. 그건 학회에 몸을 의탁하기 전에 겪었던 방랑 생활을 통해 뼈저리게 느꼈었다. 그때의 칸나와 지금의 칸나가 다른 점이 있다면… 약간의 요리 실력이 늘었다는 점, 뿐일까.

　　문득 혼잣말처럼 계획이 입 밖으로 흘러나왔다.

　　"고향에 돌아가서 작은 요릿집이나 열까."

"요릿집이라… 멋지네요! 어떤 종류의 요리를 주력으로 내실 건가요?"

"으음, 내 고향은 맛있는 명란이 많이 나니까. 그걸 기반으로 일식 백반을 내도 좋겠지만…"

무의식적으로 흘린 꿈이었지만, 그 꿈을 이루기 위해서는 아직 칸나는 한참 부족했다. 물론 범인(凡人)이 맛있다고 느끼는 요리를 만드는 것이라면 어렵지 않지만, 이왕이면 최고를 노리고 싶었다. 그래, 마치 이 해인 셰프처럼….

"…사실은 양식이든, 중식이든, 요리에 대해서 좀 더 전문적으로 공부해보고 싶어. 그래서 요릿집을 열기 전에 한 번 요리학교에 다녀보려고. 이왕이면 이해인 조리장님이 밟았던 코스를 제대로 따라가 보고 싶어."

즉흥적으로 뱉은 계획이었는데, 수병들이 놀란 표정으로 눈을 동그랗게 뜨며 그녀의 이야기에 동감했다.

"수병장님도요? 저도 마침 그 생각을 하고 있었어요."

"어? 나돈데!"

주위를 둘러보니 거진 대부분의 조리병들도 밖에 나가서 제대로 된 요리를 배우려고 했던 모양이었다. 누구의 영향인지는 말하지 않아도 뻔한 것이다.

"하하, 당분간은 헤어지지는 않겠구나."

배를 내려도 주방에서 함께 했던 전우들과 같이 있을 수 있다고 생각하니 얼음을 삼킨 것처럼 냉랭했던 속이 조금이나마 따뜻해졌다.

그때, 샤워실의 문이 열리더니 기관부의 루나 일등수병이 뾰로통한 표정으로 고개를 내밀었다.

"언제까지 샤워를 하고 계실 건가요? 뒤에서 기다리는 기관부 수병들도 좀 생각해주시지요."

아차, 잡담을 떠느라 너무 시간을 오래 쓰고 말았다. 칸나는 부산스럽게 손에 비누 거품을 내는 시늉을 해 보이며 루나에게 사과를 했다.

"미안, 루나! 깜박했었어. 모처럼의 나들이라, 공들여서 몸을 씻다 보니 그만."

"깨끗이 몸을 씻는 건 좋지만, 너무 오래 걸리면 저희도 기다리지 않고 난입할 거라고요?"

"으윽, 안 그래도 좁은 샤워실인데… 그건 봐주라."

칸나는 싫은 표정을 지으며 서둘러 씻으려 했지만— 곧 기름때를 잔뜩 묻힌 기관병들이 샤워실에 난입해오는 바람에 조리병들의 샤워 시간은 부득이하게도 조금 더 길어지고 말았다.

···

구름 한 점 없이 맑은 하늘 아래에서 한강은 잔잔히 흐르고 있었다. 기상이 맑은 날에도 쉴 새 없이 요동치는 바다와는 달리 강은 조금의 파고도 없이 부드럽게 흘러가고만 있었다.

한강에는 군함이 접안할 만한 부두가 없었기에 잿빛 10월은 강둑에 긴 가교를 내렸고, 승조원들은 그 앞에서 함수기를 바라본 채 횡대로 길게 집합해 있었다. 함장을 제외한 모든 승조원들이 이렇게 사열을 하는 것은 오랜만에 있는 일이었다. …아마 이제 앞으로도 없을 테지.

칸나는 뒷짐을 진 상태로 난생 처음 마주하는 서울의 풍경을 두리번거렸다. 이렇게 연방에 오게 될 줄은 몰랐지만… 서울은 사흘 전까지 모처에서 폭동이 일어났던 도시라고는 생각하기 어려울 정도로 깨끗한 모습이었다.

'국가 원수가 죽고 나라가 뒤집어져도 자기 할 일을 묵묵히 계속하는 사람은 있는 법이지.'

칸나는 전투 중에도 부산히 밥을 만들던 자신의 기억을 떠올리며 쿡쿡 웃었다.

새로운 연방 정부는 세계의 이목이 몰리는 게 부담스러워 언론에 알리지 않고 잿빛 10월의 퇴역식을 조용히 치르려 했지만, 벌써부터 곳곳에 민수용 중계 드론이 날아다니는 게 보였다.

아무렴. 하루 만에 국회의사당을 날려버리고 연방 정권을 뒤집어놓은 소녀들이니, 어떤 존재인지 전 세계가 궁금해하고 있겠지. 드론이 이쪽을 촬영하는 것을 알아차리자 수병 중 한 사람이 작게 불평을 하며 툴툴거렸다.

"촬영을 한다는 말은 없었잖아. 이럴 줄 알았으면 화장을 하고 나올 걸 그랬어."

"걱정 마. 너 충분히 예쁘거든."

"아무렴, 나라를 기울게 만든 경국지색의 소녀들인데 예쁘지 않을 리가 있겠어?"

누군가가 농담처럼 경국지색이라는 말을 담자 수병들이 고개를 끄덕이며 깔깔거렸다. 나라를 기울게 하는 매력적인 여색이라. 의미는 조금 다를지언정, 사람들에게 그녀들은 그 누구보다 매력적으로 보이리라.

승조원들이 모두 배 밖으로 나온 것을 확인하자 카밀라 함장은 고물 위에 올라서서 기운찬 목소리로 외쳤다.

"자, 빠진 사람 하나 없이 다 모였지?"

"예!"

그에 화답하는 소녀들의 우렁찬 함성 소리. 함장은 만족스러운 표정으로 짧게 소회를 밝혔다.

"다들 알고 있겠지만 2주 전, 우리는 잿빛 10월의 이름으로 연방 정부에 망명을 신청하였고- 바로 어제, 무장을 해제하고 군적을 박탈하는 조건하에 망명 허가가 떨어졌다. 축하한다. 다들 전역이다. 나는 이제 더 이상 귀관들의 상관이 아냐. 그동안 무능한 상관 밑에서 애쓰느라 수고가 많았다."

함장답지 않은 진지한 연설. 마지막인 만큼 체면을 살려서 인사를 하려는 걸까.

…하지만 잿빛 10월의 짓궂은 승조원들은 이마저도 허락하지 않았다.

"어휴, 당연하죠! 함장님 때문에 얼마나 고생이었는데."

"일은 떠넘기기 일쑤지, 중요할 때는 보이지도 않지. 마음 같아서는 퇴직금을 두 배로 신청하고 싶다니까요."

"지금에 와서 묻기도 우습지만… 함장님, 대교 계급장은 어떻게 다신 겁니까? 그거 돈 주고 산 거 맞죠?"

승조원들이 야유를 보내며 한 마디씩 비아냥거림 같은 농담을 던지자, 함장은 불쾌해하는 기색도 없이 파안대소를 터트리며 허리에 손을 짚었다.

"이 계집애들이… 분위기를 잡으려고 해도 꼭 초를 치고 있어요. 거짓말이라도 칭찬 한 마디 해주면 어디가 덧나나? …하지만 잿빛 10월다워서 좋다! 앞으로도 어딜 가든, 그렇게 권위에 굴하지 말고 당당하게 살길 바란다."

"네!"

승조원들이 씩씩하게 대답을 하자 카밀라는 고개를 끄덕이며 애틋한 표정으로 그들의 얼굴을 다시 한번 둘러보았다. 교관급 사관부터 이등 수병까지. 모르는 얼굴이 하나도 없었다. 부하고 상관이기 전에 모두가 함께 한솥밥을 먹고 생사고락을 함께해 온 전우다. 그 전우들과 헤어지려 하니 감정 표현에 인색한 함장도 아쉬운 건 어쩔 수가 없었다. 함장은 아쉬운 마음을 담아 승조원들의 이름을 하나씩 호명했다.

"엘레나 포술장."

"네."

"그동안 가장 가까이에서 내 뒤치다꺼리하느라 수고가 많았다. 다만 그 성격 죽이지 않으면 새 남자친구 사귀는 건 어려울걸."

"누가 누구에게 할 소리인지."

농담이 잔뜩 섞인 장난 같은 덕담, 그리고 이를 되받아치는 포술장의 독설까지. 평소의 잿빛 10월과도 같은 모습에 다른 승조원들이 깔깔거리며 웃음을 터트렸다.

호명은 계속되었다.

"가브리엘라 기관장."

"네."

"그동안 무리한 요구도 다 들어주고, 우리 배의 기관을 책임져줘서 고마워. 다만 그 귀는 성형하지 않고 그대로 둘 거야? 어째 오타쿠들에게 인기가 많아질 것 같은데."

"신경 끄시죠, 함장님."

"취향이라면 어쩔 수 없지. 그리고 다음은⋯."

그렇게 얼마의 시간이 흘렀을까.

모든 승조원들의 호명이 끝나자, 함장은 정모의 챙을 푹 눌러썼다. 거기에 해의 위치가 바뀌며 역광까지 비쳐들자, 승조원들의 시점에서는 안 그래도 흐릿했던 그녀의 얼굴이 더욱 보이지 않게 되었다.

함장이 말했다.

"⋯현 시간부로 전역을 명한다. 총원, 신고."

방금 전까지 떠들썩하니 주고받았던 농담이 거짓말처럼 느껴질 정도로, 함장은 웃음기 하나 없는 담담한 목소리로 퇴역을 선언했다. 그 앞에 사열한 승조원들도 함장이 말하려는 바를 이해했는지 그 순간만큼은 웃음기를 거두고 진지하게 경례를 올렸다.

"필승!"

"필승."

군악은 없었지만 함장과 승조원들은 한동안 경례를 계속하고 있었다. 마치 그 순간이 영원히 지속되기를 바라는 것처럼⋯ 하지만 함장은 끝내 손을 거두었고, 승조원들도 아쉬움을 거두듯 경례한 손을 하나 둘 씩 내리기 시작했다.

이것으로 모든 퇴역의 절차가 끝났다.

이제 승조원들은 연방 정부의 면담을 거쳐 사회로 돌아갈 것이고, 잿빛 10월은 연방군의 손에 의해 함생을 마감하리라. 완벽하진 않지만 이만하면 해피엔딩이다.

"…"

하지만 어째서인지, 엘레나 포술장만큼은 무언가 석연치 않은 구석이 있었는지 한동안 턱을 매만지며 깊은 생각에 잠겨 있었다. 그리고 곧 그녀는 손을 들어 함장을 불렀다.

"마지막으로 한 가지 질문드려도 되겠습니까, 함장님?"

"뭐지, 포술장. 보는 눈이 많으니 부끄러운 개인사에 관한 질문은 아니었으면 좋겠는데."

여전히 함장의 얼굴은 보이지 않았다. 하지만 그 목소리만큼은 유난히 높게 들떠 있었다. 포술장은 그 태도가 수상쩍었다.

"…함장님은 퇴함하지 않으십니까?"

"…이래서 눈치 빠른 녀석은 싫다니까."

한숨.

카밀라 함장은 긴 한숨을 내쉬고, 다시 억지로 말장난을 건네려 했지만….

"원래 함장은 배와 함께 목숨을 같이 하는 법—"

"그건 이유가 되지 못합니다."

엘레나의 표정은 진지했다.

평범한 상관과 부하의 관계라면 모를까. 수년간 그녀를 커버해 오며 생사고락을 함께해 온 사이인데, 무슨 꿍꿍이가 있는지 없는지는 목소리만 들어도 알 수 있었다.

엘레나가 고집을 거둘 기색을 보이지 않자, 함장은 다시 한번 한숨을 내쉬며 속내를 털어놓았다.

"기껏 전쟁을 하나 끝냈는데, 이 배 때문에 새로운 전쟁이 일어나면 곤란하잖아."

카밀라는 미채 도료가 발린 잿빛 10월의 갑판을 손으로 매만지며 천천히 말을 이어갔다.

"이 배는 학회의 최신 기술로 건조된 군함이야. 연방은 물론이고 세계의 모든 나라들이 탐낼만한 기밀이 통째로 이 배에 묻혀있지. 잿빛 10월을 온전히 두고 내린다면 곧 배의 소유권을 두고 치열한 싸움이 벌어질 거야."

총통이 사라졌다지만, 사람의 욕망 자체가 사라진 것은 아니었다. 인류는 자신의 편리를 위해서라면 얼마든지 잔혹해질 수 있다. 멀리 갈 것도 없이 학회의 연구에 현혹되었던 자들의 최후가 이를 증명하지 않는가.

그리고 이 배— 잿빛 10월은 학회 기술의 총람이다. 이 배가 존재하는 한 사람들은 반지에 홀린 난쟁이들처럼 끊임없이 무의미한 싸움을 반복할 테고, 사회에 나간 승조원들 역시도 끊임없는 위험에 노출될 것이다. 함장은 이를 염려하고 있었다.

"마음 같아서는 배를 자침시키고 싶지만 강 위에서 배에 구멍을 낸들 침몰은커녕 바닥에 착저하는데 그칠 거야. 그래서 내가 이 배에 남기로 했어."

"무얼 어찌하시려는 겁니까."

함장은 짐짓 유쾌한 어조로 말했지만, 엘레나는 조금도 웃을 수가 없었다. 그녀의 목소리는 엷게 떨리고 있었다. 사실 묻지 않아도 대강은 알 수 있었다. 지금부터 함장이 하려는 것이 무엇인지.

"마침 여기에 이 배를 통째로 없애 버릴 수 있는 장비가 준비되어 있거든. 그래, 학회가 설치해 준 **대규모 질량 전이 장치** 말이야."

그게 어떤 장치인데. 엘레나는 저도 모르게 혼잣말을 중얼거렸다.

학회가 실험을 핑계로 잿빛 10월과 그 승조원들을 제거하기 위해 만든, 기동에 성공한다 하더라도 목숨을 담보할 수 없는 모르모트의 쳇바퀴가 아닌가.

그런데 그 쳇바퀴에 직접 들어가겠다니. 엘레나의 목소리가 점차 높아져 갔다.

"그런 짓을 했다가는 함장님의 목숨도 안전하지 않잖습니까!"

"이 배가 앞으로 초래할 위험에 비하면 값싼 편이지. 또 운이 좋으면 어디 경치 좋은 남국의 무인도 근처에 표류하게 될지도 모르고…."

하늘을 지나던 조각구름이 해를 가리자, 역광에 가려져 있던 카밀라 함장의 표정이 그늘 아래 드러났다. 그녀는 승조원들을 따스한 표정으로 내려다보며 환하게 웃고 있었다.

"지금 뭘 하려는 거야?"

다리 너머에서 사람들을 물리고 있던 연방군인 몇 사람이 이변을 알아채고 이쪽을 향해 뛰어오기 시작했다.

여전히 엘레나는 아무 말도 할 수가 없었다. 마음 같아서는 카밀라를 향해 떼를 쓰고, 그만두라며 실컷 욕을 퍼붓고 싶었지만… 그녀의 애정 어린 미소를 마주하고 있노라니, 차마 말릴 수가 없었다.

"끝까지 제멋대로라니까."

어느새 함장은 전이 장치를 가동시키는 스위치를 손에 들고 있었다. 그리고 조금의 고민도 없이 함장은 버튼을 눌렀다.

"다시 한번 인사할게. 다들 수고 많았다."

"잠깐, 기다려—!"

군인들의 외침이 무색하게도, 함장이 버튼을 누르자마자 요란스러

운 굉음이 울려 퍼지더니 잿빛 10월을 둘러싼 수면이 마구 요동치기 시작했다. 그리고 구불텅하고 주변의 풍경이 왜곡되더니— 잿빛 10월은 곧 가장자리부터 타고 남은 재처럼 아스러지기 시작했다.

시야에서 완전히 사라지기 전에 함장은 손을 흔들어 승조원들에게 마지막 인사를 건넸다.

"다음에 또 보자."

그리고 카밀라 함장의 몸은 잿빛 10월과 함께 허공으로 사라져 버렸다. 뒤늦게 도달한 군인들이 주변을 열심히 수색해 보았지만, 배가 정박했던 자리에 덩그러니 남겨진 가교 이외에는 아무것도 찾지 못했다.

2

사건으로부터 3달 후.

러시아 연방, 극동 연방관구, 프리모리예
블라디보스토크 시, <성 마르가리타와 흉포한 용>

[…전임 총통의 사망으로 인해 조기에 치러졌던 연방의 총통 선거에서 ○○○ 후보가 압도적인 표차로 당선되며 제 1 야당이었던 자유노동당이 54년 만의 정권교체에 성공하였습니다. 이는 지난 정권에서 폭로된 연방 정부와 학회의 내통 의혹이 사실로 밝혀지며, 분노한 민심이 선거에 반영된 결과로 보입니다.
한편 연방 정부와 국제 경찰은 퇴역 직후 갑자기 사라져 버린 학회의 군함, '잿빛 10월'의 행방에 대해―]

메그는 감자 껍질을 깎다 말고 일어서 TV를 껐다.
사건이 일어난 지 3개월이나 지났음에도 불구하고 언론은 아직도 연방과 잿빛 10월에 관한 이야기만 하고 있었다.
물론 한 나라의 총통이 의문사를 당하고 군함이 통째로 증발해버렸으니, 한두 달로 들뜬 민심이 가라앉을 거라고 생각지는 않았지만… 메그로서는 자신의 실패를 상징하는 배가 계속 언론에 오르내리는 꼴을 보기가 괴로웠다.
하지만 요새는 채널을 불문하고 다들 잿빛 10월의 이야기만 하고 있는지라, 가끔은 TV를 켜는 것 자체가 무섭게 느껴질 때도 있었다.

'그러고 보면 내가 어떻게 목숨을 건졌는지 아직도 이해가 가질 않는다니까.'

농담 같은 전문을 남기고 먼 바다로 떠나가는 잿빛 10월을 보았을 때는 정말이지 문자 그대로 목이 달아날 각오를 하고 있었는데… 이렇게 살아서 다시 요리를 만들게 된 걸 보면 정말 사람 일이란 모르는 법인가 보다.

그런 생각을 하고 있는데, 갑자기 현관문에 달아놓은 종이 딸랑거리며 소리를 냈다. 영업시간을 착각한 손님일까. 메그는 시선을 감자에 고정한 채 소리를 쳐 손님을 쫓았다.

"아직 장사 안 합니다—"

"미안해요. 러시아어는 잘 못 해서."

약간의 미국식 악센트가 섞인 **유창한 러시아어.**

그 목소리는 어쩐지 메그의 귀에 익었다. 고개를 돌려 문가를 바라보니 동양계 여인 한 사람이 손을 흔들어 메그에게 인사를 하고 있었다. 그 얼굴을 확인하자마자 메그의 얼굴이 벌레를 씹은 것처럼 확 찌푸려졌다.

"…소련이 진짜로 망하기는 했나 보군요. 랭글리의 개가 대놓고 앞문으로 드나드는 걸 보니."

메그의 폭언에도 불구하고 여인은 미소를 흘트리지 않고 가게 안으로 들어와 넉살 좋게 테이블에 앉았다. 메그는 다른 손님들에게 하는 것처럼 냅킨과 물을 따라주며, 다른 한편으로는 목소리를 죽인 채 여인의 꿍꿍이를 캐물었다.

"무슨 일로 찾아온 거죠?"

"정말 아무 일도 아니에요. 수프나 한 접시 얻어먹자고 온 것뿐이지. 어디 보자…"

　여인은 테이블 위에 놓인 메뉴판을 한동안 열심히 읽은 다음, 자연스럽게 보르시치 한 접시를 주문했다. 여인이 계속 시치미를 떼자 어쩔 도리가 없었는지. 메그는 주문을 호명하며 낮게 욕지거리를 중얼거렸다.

　"…능글맞은 개 같으니라고."

　"선배한테 하는 말이 너무 심한 거 아닌가요, 메그."

　"요리학교에 다니던 시절을 제외하면 외국인 선배를 둔 기억은 없는데요."

　"이래 봬도… **같은 CIA** 출신이잖아요?"

　여인의 살벌한 농담에 메그가 코웃음을 치며 눈을 흘겼다.

　"그것도 농담이라고…."

　하지만 여인은 여전히 수상한 기색은 하나도 없이, 맛있는 음식을 기대하는 손님처럼 발을 구르며 콧노래까지 흥얼거렸다.

　'정말 개인으로 찾아온 건가?'

　메그는 걱정을 반 푼 섞어 커다란 들통에서 보르시치를 한 접시 떠내 사워크림을 얹어 여인에게 내주었다. 여인은 음식을 받자마자 의심하지 않고 숟가락을 들어 바로 수프의 맛을 음미했다.

　"역시 메그 셰프의 솜씨는 여전히 각별하네요~."

　"은퇴했다고 들었는데요."

　이번에는 메그가 질문을 던질 차례였다. 메그가 음식에는 시선도 주지 않은 채 집요하게 시선을 마주치려 들자 여인은 어깨를 한 번 으쓱이고는 그녀의 질문에 답했다.

"네. 나이도 있고, 결혼도 했으니까요. 공식적으로는 은퇴를 선언하고 대사관 직원으로서 얌전히 데스크 업무만 보기로 했었죠."

"그럼 지금 하고 계신 건 뭐죠?"

메그가 턱 끝으로 그녀의 재킷을 가리키자 여인이 아차-하며 자신의 옷을 살펴보았다. 그녀의 재킷 겉감은 그 안 쪽에 요원용 권총 따위를 숨기고 있었는지 부자연스러운 모양으로 불거져 있었다. 개인으로 찾아왔다는 변명도 더 이상 할 수 없게 되어버리자 여인을 한숨을 푹 내쉬며 피로해 보이는 표정으로 중얼거렸다.

"잔업… 이라고 할까요."

"역시 자본주의 국가의 노동환경은 끔찍하군요. 합리적인 노동을 중시하는 소비에트 연방에는 잔업 같은 불합리한 근로 문화는 없는데."

"그래요, **없었겠죠.**"

메그가 그녀를 놀리자 여인도 다소 사나운 어투로 그녀의 농담을 받아쳤다. 하지만 여인이 이곳에 온 이유는 메그 셰프와 기 싸움을 하기 위해서가 아닌지라. 그녀는 곧 솔직하게 자신이 이번 일에 끼어든 이유를 털어놓았다.

"아들이 귀찮은 일에 휘말려서 말이죠. 남의 손을 더럽히기도 그래서, 좀."

"아들…?"

의외의 인물을 소개받은 메그의 눈이 동그랗게 커졌다. 곧 그녀는 자신의 기억 속에서 여인의 묘사와 부합하는 사내를 하나 떠올려내고는 신음을 흘렸다.

"으엑, 그 곱상한 멀대 녀석이 아들이었어요?"

"역시 알고 있었군요."

세상이 좁다고는 하지만 자신의 계획을 틀어버린 그 가증스런 사내가 설마 지인의 아들이었을 줄이야. 메그는 한숨을 내쉬며 자신의 지난 실패를 새삼 곱씹었다.

"그런 줄 알았으면…"

"그런 줄 알았으면?"

역사와 선택에 만약이라는 단어는 없다지만, 지난 실패의 아쉬움이 컸던 탓일까. 메그는 저도 모르게 또 다른 가능성을 점쳐보며 혼잣말을 중얼거렸다.

하지만 그 곱상한 외모의 사내가 이 여인의 아들이라는 것을 알았다고 해서 메그의 선택이 달라졌을까. 고민 끝에 내린 대답은 부정(否定)이었다.

"…뭐, 바뀌는 건 없었겠지요."

"인생이라는 게 다 그렇죠."

어느새 여인은 메그가 내준 보르시치를 깨끗이 비우고 있었다. 여인의 입에서 본론이 쉬이 나올 기색이 보이질 않자, 메그는 찬장에 아껴두었던 보드카 한 병을 꺼내 여인의 눈앞에 흔들어 보였다.

"한 잔 하실래요?"

"네, 크바스로 주세요. 오랜만에 한 잔 마시고 싶네요."

"그건 술이 아닌데… 뭐, 상관없으려나."

메그는 여름에 담가둔 크바스를 꺼내 여인의 잔에 따라주었다. 도수가 낮은 술이라고는 하지만 숙성이 오랜 시간 진행된 탓에 알코올의 향이 제법 강하게 피어오르고 있었는데… 여인은 음료수를 들이켜는 것처럼 호쾌하게 크바스를 마셨다.

'저런 점만 보면 꼭 공화국 사람 같다니까.'

여인이 잔을 내려놓는 것과 동시에 메그가 운을 떼었다.

"그래서, 본론이 뭔가요."

"…광명학회는 어디로 간 거죠?"

…처음부터 직구가 날아올 거라고는 생각지도 못했다.

메그는 모르는 말을 들은 것처럼 눈을 말똥말똥 뜬 채 고개를 갸웃거리더니, 곧 무언가가 떠오른 듯 손뼉을 치며 탄성을 내질렀다.

"아하, 그거 말이죠? 사진에 점 세 개를 찍어서 1달러 지폐 뒷면에 있는 피라미드 모양을 만드는 놀이."

그리고 메그는 손가락으로 삼각형을 만들고는 카드 게임에서 거짓을 선언하듯 장난스럽게 속삭였다.

"일루미나티!"

하지만 이는 여인이 원했던 답이 아니었는지, 여인은 미간을 가볍게 찌푸리며 고개를 가로저었다.

"시치미 떼려고 해도 소용없어요. 이미 당신들이 현시대의 수준을 아득히 뛰어넘은 과학기술을 보유하고 있다는 건 매체를 통해 세상에 드러났으니까."

그리고 여인이 핸드폰을 꺼내 메그에게 보여준 것은 3개월 전 한강에서 촬영된 뉴스 영상이었다. 그 영상에는 거대한 군함 한 척이 순식간에 허공으로 사라지는 모습이 찍혀 있었다. 메그도 그 사건을 모를리 없건만, 그녀는 여전히 시침을 떼며 모르쇠로 일관하는 것이었다.

"와, 정말 훌륭한 특수 효과네요. 누가 보면 **진짜로 배가 허공에서 증발했다**고 생각하겠어요."

"이건 조작 영상도 아니고, 엄연히 뉴스에 보도된 공식 영상이에요.

게다가 이 광경을 목격한 사람만 해도 수천 명이 넘죠. 그러니 모른 척하는 건 이제 그만두세요."

간만에 주도권을 잡았다는 생각에 웃음이 흘러나오는 것을 참으며 메그는 가볍게 손가락을 퉁겼다.

"왜 그렇게 초조해하시나요, 랭글리에서 온 아가씨."

그녀의 농담을 듣고 나서야 여인은 자신이 일순 평정을 잃고 있었음을 깨닫고 쓴웃음을 지었다.

"아가씨 소리를 듣기에는 나이를 꽤 먹었지만… 초조한 건 제가 아니라 제 상사죠."

하지만 사태의 중대함은 여러 번 강조해도 달라지지 않는다.

"허공으로 사라진 배가 갑자기 백악관 한복판에 떨어지기라도 하면 큰일이니까."

하지만 메그는 태연한 표정을 유지하며 여인이 제시한 가능성을 부정했다.

"아마… 그럴 일은 없을 거예요."

그 대답에 순간, 여인의 눈이 날카로워졌다.

"그 말인즉… 당신이 아직도 그 배나 순간이동 기술에 대한 정보를 제공받고 있다는 뜻으로 이해해도 될까요?"

하지만 또다시 부정하는 메그.

"그럴 리가요. 잿빛 10월에 대한 정보는 고도로 암호화되어 있기 때문에 감히 저 따위가 접근할 수는 없답니다. 그리고 앞으로 **그 누구도… 접근할 수 없겠죠.**"

여인은 메그의 마지막 말에 신경이 쓰이는 눈치였지만 채근하지 않고 조용히 그녀의 다음 말을 기다렸다. 메그는 컵에 보드카를 따르며 자신이 알고 있는 학회의 기술들에 대해 솔직히 털어놓았다.

"학회의 주요 기밀들은 온라인상에 파편화되어 저장되어 있습니다. 운 좋게 그 조각 중 하나를 손에 넣는다 하더라도 퍼즐을 완성시키기 전까지는 그저 의미 없는 문자들의 나열처럼 보일 뿐이죠."

그리고 그녀는 하늘을 가리키듯 검지를 펴 높게 치켜들었다.

"그 조각들이 참인지 거짓인지 가려낼 수 있는 유일한 키는 **학회의 가장 높으신 분**이 쥐고 계세요. 그분의 허가가 없으면 학회의 간부라 하더라도 인사 자료조차 열람할 수가 없지요. 그런데…."

"그런데?"

"갑자기 그 높으신 분이 사라졌어요."

"그분이 누군데요?"

"그걸 모르니 앞으로 그 누구도 접근할 수 없다는 것 아니겠어요."

메그는 그리고 끝에 한 마디를 덧붙였다.

"덕분에 저는 목숨을 건질 수 있었지만."

학회가 수뇌부터 붕괴한 탓에 목숨을 잃을 뻔했다가 목숨을 건지게 되었으니, 메그 입장에서는 기뻐해야 할지 슬퍼해야 할지 모를 상황이었다.

최근에는 요리사의 삶도 나쁘지는 않겠다는 생각이 슬슬 들던 참이었다. 어쩌면 내심 속으로는 이런 결말을 바라고 있었을지도 모른다. 소련이 망했을 때부터.

"그 말이 거짓이 아니었으면 좋겠군요. 누군가 그 퍼즐을 완성하는 순간… 세계 대전이 일어날지도 모르니까."

한껏 걱정을 하고 멀리서 달려온 랭글리의 아가씨에게는 미안하게 됐지만, 메그는 당분간 그럴 일은 없을 거라 생각했다.

"무서운 소리를 하시네요."

"농담이 아니에요."

"하하, 그래요. 우리는 농담의 세계에 살고 있으니까요."

메그는 아까 여인이 틀어준 잿빛 10월의 영상을 턱 끝으로 가리키며 농담처럼 지껄거렸다.

"저렇게 커다란 군함이 한강을 거슬러 들어오는데 아무도 막지 않았다니, 그게 말이 되는 소리인가요."

그 말에 여인의 시선이 아주 잠깐 동안 아득히 흩어졌다가… 다시 눈에 초점이 생겨났다. 여인은 스스로가 생각해도 우습다는 것처럼 킬킬거리며 고개를 끄덕였다.

"…그러게요. 말이 안 되는 소리죠."

말이 안 되는 세상의 말이 안 되는 소리.

학회고, 연방이고, 너무나 이상한 이야기를 많이 들은 탓에 모두 정신이 이상해져 버렸을지도 모른다. 이런 때일수록 **국가 차원에서 국민들의 정신을 다잡는 게** 중요하다.

"군함을 없었던 것으로 하는 것보다… 사람의 기억을 없었던 것으로 하는 게 훨씬 더 간단하려나."

여인의 입에서 무서운 소리가 흘러나오기에 메그는 퍼뜩 고개를 들어 그녀의 얼굴을 쳐다보았지만, 여인의 표정은 그늘 하나 없이 맑았다. 아니, 오히려 그녀는 유쾌한 듯 미소까지 짓고 있었다. 생글생글.

그 미소를 보고 있노라니, 메그의 머릿속에 최근 이 가게에 오지 않게 된 한 단골손님의 얼굴이 떠올랐다.

체셔, 그 사내는 지금쯤 무얼 하고 있으려나?

그러고 보면 사소한 호기심일지도 모르지만, 이번 사건에 수상쩍은 사실은 하나 더 있었다. 총통의 죽음.

그는 밀실에서 총상을 입고 죽었기 때문에 자살로 처리가 되었지만, 메그가 개인적으로 입수한 정보에 따르면 그는 총을 세 발이나 맞았다고 한다.

상식적으로 자살을 하는 사람이 고통을 참아가며 자신의 몸에 총알을 세 발이나 쏠 수 있을까? 차라리 **순간이동이 가능한 고양이 사내가** 총통을 저격했다고 하는 게 더 상식적이지 않을까?

이와 같은 자신의 추리를 들려주자 여인은 시큰둥한 표정으로 고개를 가로저었다.

"글쎄요."

그리고 메그가 더 묻기도 전에 그녀는 관심 없다는 듯 그 화제에 대해서는 단호히 못을 박아버렸다.

"저희는 **그런 사소한 일**에는 관심이 없습니다."

3

사건으로부터 3년 후.

고려 연방, 경남 창원시 진해구
비스트로, <잿빛 10월>

흔히들 군부대 근처에는 맛집이 없다고 하지만, 어디를 가나 사람 사는 곳이라면 숨겨진 맛집이 하나둘쯤 있는 법이다. 연방의 수병들이 기초군사교육을 받기 위해 전국서 모여드는 해군 교육사령부 근처에도 세간에 잘 알려지지 않은 맛집이 하나 숨어있다.

진해루에서 소죽도를 향해 해안도로를 죽 따라 내려가다 보면 해양공원 맞은편에 '잿빛 10월'이라는 팻말이 걸린 작은 음식점 하나가 보일 것이다. 이름에서 눈치를 챈 사람도 있겠다만, 이 음식점은 3년 전 서울에서 화제가 되었던 그 군함 습격 사건의 승조원 부부가 운영하는 비스트로로, 개업 초기에는 언론에 그 이름이 자주 오르내리기도 했었다. 하지만 가게의 접근성이 좋지 않고 규모도 크지 않아 손님들은 점차 줄어들어 이제는 아는 사람만 찾아오는 숨겨진 맛집 취급을 받고 있었다. 이렇듯 여러모로 구설에 자주 오르내리는 음식점이지만 조리장이 직접 내어오는 특선 요리의 맛만큼은 탁월하다는 평가를 받고 있었다.

그런데 그 <잿빛 10월>이 오늘은 어찌 된 영문인지 사람으로 가득 차 붐비고 있었다. 주변에 특별한 행사나 이벤트가 벌어진 것도 아니었다.

오늘의 잿빛 10월이 붐비는 까닭은 다름 아닌 주인 부부의 옛 전우들—군함 <잿빛 10월>의 승조원들이 초대를 받고 가게를 찾아왔기 때문이었다.

하나같이 여성으로만 이루어진 옛 승조원들은 자리에 앉자마자 서로의 안부를 물으며 이야기꽃을 피웠다. 누군가는 새로운 직장을 구하고, 누군가는 새로운 가정을 꾸렸지만 다들 인상만큼은 3년 전과 비교하여 거의 바뀌지 않았다. 그래서였을까, 잿빛 10월의 소녀들은 엊그제 헤어진 벗을 다시 만나는 것처럼 어려워하지 않고 서로 정답게 인사를 나누었다.

한편, 가게를 개점한 이래 처음으로 수백인 분의 요리를 하게 된 주방 안에서는 해인이 옛 조리병들과 실랑이를 벌이고 있었다.

"조리장님, 정말 저희가 도와드리지 않아도 괜찮으신가요? 사람이 이렇게나 많은데…."

머리를 길게 풀어 내린 트리샤가 아일랜드 위에 산더미처럼 쌓인 식재료를 보며 걱정스러운 목소리로 물었다. 하지만 해인은 가볍게 손사래를 치며 옛 조리병들을 다시 테이블로 돌려보내려 했다.

"트리샤 일등 수병, 오늘 모임의 주연은 저희 부부입니다. 손님을 불러놓고 손님에게 일을 시키면 주연의 체면이 어찌 되겠습니까?"

그리고 해인은 짐짓 옛날의 엄격한 표정을 흉내 내며 허리에 손을 짚었다.

"게다가 저는 더 이상 **여러분의 조리장**이 아닙니다."

"하지만, 셰프…."

그러자 트리샤와 마찬가지로 그 광경을 지켜보고 있던 칸나가 손을 들고 반론했다.

"저희도 더 이상 **셰프님의 수병**이 아닌걸요."

칸나의 지적에 해인은 아차- 하는 표정을 짓더니, 곧 쓴웃음을 터트리며 항복을 선언하듯 양손을 높게 들어 올렸다.

"어휴, 하는 수 없지요. 그럼 전채로 나갈 콜드 푸드의 준비만 부탁드리겠습니다. …시간이 지났다지만 가드망제의 역할을 잊지는 않았겠지요?"

"예, 셰프!"

해인의 말이 떨어지자마자 조리병들은 앞치마를 두르고 바로 정해진 위치로 달려갔다. 3년이라는 시간이 지났지만 몸에 밴 습관은 무섭게 과거의 기억을 되살려냈다. 게다가 수병들도 그동안 놀고만 있었던 건 아닌지라.

사각, 사각….

칸나가 능숙한 솜씨로 무의 껍질을 깎아내는 걸 보며 해인은 눈썹을 치켜떴다. 내가 없어도 다들 알아서 성장하고 있구나, 그런 생각을 하며 해인은 배시시 떠오르는 웃음을 목 너머로 삼켰다.

한편, 다이닝 룸에서는 접객을 맡은 원일이 손님들을 상대하느라 쩔쩔매고 있었다. 단순히 수가 많아서는 아니었다. 옛 승조원들에게는 두 사람의 결혼 이후 처음으로 마주하는 자리였던지라, 원일이 조금만 발길을 옮겨도 질문이 소낙비처럼 쏟아졌다.

특히 제일 불만이 많았던 사람은 루나였다.

"…정말 실망이에요."

루나는 입을 비죽 내밀고서는 원일과 해인이 다른 승조원들에게는 연락도 없이 조용히 결혼식을 치렀다는 것에 누차 불만을 터트렸다.

"혹시나 축의금 돌려받기가 어려울 거라 생각하셨는지는 모르겠지만, 두 분의 결혼식처럼 **재미있어 보이는 일**에 저희를 쏙 빼놓으시다니… 실망했어요!"

"그, 그러니까 축의금 때문이 아니라… 그보다 재미있어 보이는 일이라니, 사람의 경조사를 뭐라고 생각하는 거야?"

"그것도 아니라면 저희가 내뿜는 방사능 때문에 하객이 피폭될지도 모른다고 생각하신 건가요? 저도 실망이에요."

옆에 앉아 있던 가브리엘라 전 기관장도 루나가 시선을 돌리자 짐짓 슬퍼하는 흉내를 내며 원일을 놀리는 데 동참했다. 같은 직장에서 일하게 되었다고 들었더니만… 어느새 루나의 장난기가 상관인 가브리엘라에게도 옮겨간 모양이었다.

퇴역 후 루나와 가브리엘라는 군과 관련된 직업을 택한 다른 승조원들과는 달리 미국에서 함께 패스트푸드 식당을 열었다. 서버를 보는 두 사람의 외모가 출중했던 덕도 있었지만, 식당에서 판매되는 두툼한 햄버거와 어둠 속에서도 형광 빛으로 은은하게 빛나는 누카 사이다가 큰 인기를 끈 덕에 최근에는 체인점까지 낼 정도로 번성했다고 한다.

'누카 사이다라… 마셔보고 싶은 이름은 아니군.'

원일로서는 부디 FDA의 마수가 그 식당에는 닿지 않기를 바랄 뿐이었다.

수병들의 놀림이 점차 심해지자 원일은 구석에 앉아서 소주를 홀짝이던 엘레나에게도 도움을 요청했다.

"…포술장님, 보시지만 말고 좀 한마디 해주시죠."

하지만 역시나 포술장답다고나 할까.

엘레나는 원일이 말을 걸어오자마자 거친 욕설을 섞어가며 그를 지지해주는 척하다가― 다시 비난을 가했다.

"뭐, 이 반편이가 축의금이니 방사능이니 하는 걸 신경 쓸 리가 있었겠어? 그냥 멍청히 살다가 우리의 존재를 까먹은 게 분명하지. …그보다 누가 네 포술장이야?"

"아차차, 입에 익어서 또 직책을…."

원일은 황급히 입가를 가리며 예전과 변함없이 인형처럼 우아한, 하지만 행동거지만큼은 아저씨 같은 엘레나의 모습을 힐끗 쳐다보았다.

엘레나는 억류기간이 끝나자마자 제일 먼저 본국으로 돌아간 승조원 중 하나였다. 본국에서 무슨 일이라도 찾았나 싶었는데 나중에 알고 보니 본인이 그렇게 사랑해 마지않던 이즈마쉬 사에 주임으로 입사했다고 했다. 주된 업무는 신형 총기의 테스트 및 교관 업무로, 실제로 회사의 공식 홈페이지에는 가끔 그녀가 총을 쏘는 영상이 참고 자료로 올라오기도 했다.

그중 일부는 '미소녀 총기 교관'이라는 이름으로 컬트적인 인기를 끌기도 했는데… 그 영상에 댓글을 단 사람들이 목숨을 잃었다는 뉴스가 나오질 않는 걸로 보아 엘레나는 아직도 그 영상들에 대해 알지 못하는 게 분명했다.

원일은 엘레나가 앞으로도 그 영상- 특히 댓글란을 보지 않기를 기원하며 그녀의 잔에 다시 술을 채워주었다.

　"여하튼… 저는 승조원 여러분들을 잊어서 부르지 않은 게 아니란 말입니다. 이 가게를 세우는 데에도 얼마나 고생이 많았는지 아십니까?"
　"그러게요. 이해인 셰프라면 좀 더 좋은 레스토랑에서 일을 할 수 있을 거라고 생각했는데…"
　처음으로 원일의 말에 공감을 표하며 대화를 받아준 것은 배에 있을 때부터 언제나 친절했던 샤오지였다.
　느슨한 드레스를 입고 다른 갑판사들의 부축을 받으며 차를 즐기는 그녀의 모습은 -원래도 그랬었다만- 확실히 '귀족가의 아가씨' 다운 귀티가 넘쳐흘렀다.
　"후후… 역시 남편과 함께 있고 싶어서 이런 작은 비스트로를 선택한 걸까요. 해인 양도 로맨티스트네요."
　"셰프님의 생각을 제가 어떻게 알겠습니까. 그래도 입에 풀칠할 정도로 운영은 됩니다."
　원일은 능청스럽게 대답을 받으며 샤오지에와 그녀의 주변에 앉아서 다구를 손질하는 갑판사들을 바라보았다.

　샤오지에도 엘레나처럼 억류기간이 끝나자마자 중국인 식솔들과 함께 본국으로 돌아갔었다. 들리는 소문에 의하면 그녀는 그곳에서 내전으로 부모를 잃은 고아들을 보살피고, 이재민들에게 구호물자를 전달하며 귀족가의 영애로서 노블리스 오블리제를 실천하고 있다고

했다.

예상 밖의 행보를 택한 다른 승조원들과는 달리 퍽 그녀다운 행보라는 생각이 들어 원일은 흐뭇한 마음이 일었다.

"그래서 2세 소식은 언제 들려줄 거야? 점잔 떨지 말고, 어차피 매일 밤마다 야한 짓 열심히 하고 있을 거 아냐?"

"군의관님… 아니, 쇼우코 박사님은 어쩜 그렇게 변하시질 않으십니까?"

군의관이었던 쇼우코는 모두의 예상을 깨고 고향의 어촌 마을로 돌아갔다. 매일같이 해산물이 싫다, 바다가 싫다, 노래를 불러대던 사람이었던지라 어딘가 내륙의 연구소에 취업할 거라 생각했었는데… 그녀는 쏟아지는 러브콜을 거절하고 고향의 보건소에서 사람들을 치료하며 살기로 했다. 더 이상 생물을 상대로 한 실험은 하고 싶지 않다나.

최근에는 해산물도 조금씩 먹을 수 있게 되었다지만, 음담패설을 늘어놓는 특유의 버릇은 여전히 고쳐지지 않았다.

"요리 나왔습니다!"

잠시 후, 명랑한 목소리와 함께 옛 조리병들이 음식을 하나씩 들고 나왔다. 그 익숙한 모습을 보고 있노라니, 다시 잿빛 10월로 돌아왔나 하는 착각이 들 정도였다.

조리병들은 대부분 퇴역한 이후에도 요리를 포기하지 않고 전문 요리 학원에 다니거나, 대형 레스토랑에서 일하며 스타지에로서의 경력을 차차 쌓아가기 시작했다.

처음 이 소식을 들었을 때, 해인은 "왜 그렇게 힘든 일을 자처하려 하는지…" 라며 툴툴거렸지만, 내심 기쁜 표정을 숨기지 못했었다. 노력을 인정받지 못하는 데에는 익숙하다며 입버릇처럼 말하던 해인이었지만, 후학들에게 뿌린 씨앗이 순으로 움터 나오는 것을 보는 것은 그녀에게도 순수한 기쁨이었겠지.

그러고 보면 해인도 많이 바뀌었다. 아니, 원일이 보기에 제일 많이 바뀐 사람은 그 누구도 아닌 이해인 조리장 본인이었다.

그녀는 여전히 요리의 길에 몸을 담고 있었고, 하루 일과도 거의 바뀌지 않았지만… 신경질적이었던 말투는 꽤나 부드러워졌고, 심지어 최근에는 가끔씩 정크 푸드를 입에 대기도 할 정도였다. 예전의 해인에 비하면 정말 상전벽해라는 말이 절절히 느껴질 정도의 변화였다.

"그나저나 조리장님… 아니, 셰프. 듣자 하니 요새는 가끔 라면도 끓여 드신다는 게 정말인가요?"

원일의 말만으로는 해인의 변화를 믿기 어려웠는지, 루나가 접시에 음식을 덜며 해인에게 조심스레 질문을 던졌다. 하지만 해인은 불쾌해하는 기색도 없이 쾌활하게 고개를 끄덕였다.

"네, 가끔은요. 손이 바쁠 때는 간단한 음식도 괜찮더라고요."

"간단한 음식이라니… 전에는 음식물 쓰레기 그 자체— 라고 말하신 적도 있잖아요?"

루나가 예전의 해인을 흉내 내며 짐짓 못된 표정을 지어 보이자 해인이 얼굴을 붉히며 손을 내저었다.

"그, 그때의 일은… 미안했어요. 자꾸 무안하게 옛날 일을 가지고 사람을 놀리기예요?"

"그만큼 예상치 못했다는 소리겠지. 솔직히 나는 조리장이 가장 먼저 결혼을 할 거라고는 상상도 못 했어."

"저도요."

"나는 아예 평생 독신으로 살 줄 알았는데…"

"잠깐, 다들 말이 심하잖아요! 제가 조금 깐깐했기로서니 그렇게까지 말할 것까지는…"

"큭큭, 자루비노에서 채소 떨어졌다고 중식도 들고 돌격하려 했던 건 기억나?"

"포술장님까지!"

원일은 승조원들이 해인과 토닥거리는 것을 흐뭇하게 지켜보다가, 여기서 더 나갔다가는 자신의 저녁이 고달파질 거라고 생각했는지 중간에 끼어들어 화제를 돌렸다.

"자자, 식기 전에 음식부터 드시죠."

다들 표정만으로는 하고 싶은 말이 많은 눈치였지만, 먼 곳에서 찾아오느라 모두 시장하던 참이었던지라. 승조원들은 테이블에 삼삼오오 둘러앉아 해인이 내온 요리를 맛보기 시작했다.

그동안 못 내왔던 요리들을 한 번에 선보이려는 것처럼 식탁은 풍성하고 화려했다. 제철을 맞은 채소는 싱그러움을 가득 머금고 있었고, 육수가 깊이 우러난 국물 요리는 입에 넣자마자 온몸에 은은하게 스며들었다.

"…"

다들 정신없이 음식을 맛보느라 한동안 다이닝 룸에 긴 침묵이 머물렀다. 하지만 불쾌하거나 초조함을 자극하는 그런 침묵은 아니었다. 소리 내어 말을 나누는 것보다 훨씬 더 많은 교감을 나눌 수 있는 무언의 대화.

즐거운 식사에는 으레 그런 침묵이 뒤따르는 법이다.

어느덧 식사가 무르익고 얼굴에 훈훈한 온기가 돌기 시작하자 손님들은 하나둘씩 입을 열어 감상을 늘어놓기 시작했다.

"오랜만에 먹어서 그런가? 전보다 훨씬 맛있는 것 같아."

"확실히. 배에 있을 때보다 기합이 확 들어간 게 느껴져. 셰프님이 간만에 전력을 다해서 그런 걸까?"

"무슨 소리십니까. 저는 언제나 전력을 다했다고요."

"노력의 차이도 아니라면… 이게 바로 그 사랑의 맛이라는 걸까?"

이야기가 또 해인을 놀리는 방향으로 틀어지려 하자 해인은 울컥하며 요리가 더 맛있어진 이유에 대해 변명하듯 말을 늘어놓았다.

"저도 쉬는 동안 놀고만 있었던 건 아니라고요! 요리도 맛도… 계속 연구해서 발전시켜야지요."

"알고 있으니까 너무 기분 나빠하지 마. 다른 사람이라면 몰라도 네가 노력가라는 건 배의 모든 승조원들이 다 알고 있던 사실이거든…."

도란도란.

그렇게 이야기를 주고받고 있노라니, 문득 승조원들의 머릿속으로 한 여인의 얼굴이 스쳐 지나갔다. 언제나 이쯤이면 **헛소리를 늘어놓으며 분위기를 망치던 사람**이 한 명 있지 않았던가.

"함장님도 같이 드셨더라면 좋았을 텐데…."

트리샤가 혼잣말처럼 함장님의 이야기를 입에 담자, 봇물 터지듯 승조원들의 입에서 함장에 대한 화제가 흘러나왔다.

"에이… 있어봤자 재미없는 농담이나 던지며 분위기를 망쳤었겠지. 식사 자리에서만큼은 절대로 함께하고 싶지 않은 상관이야."

"게다가 식사 예절도 엉망이었어. 사관실의 식사 군기는 다른 사람도 아니고 함장님이 본인이 다 망쳐놓았지."

"…그래도 같이 있을 때는 최소한 심심하지는 않았어."

"카밀라 함장처럼 안심하고 등을 맡길 수 있는 상관을 내 생에 또 만날 수 있을까."

대부분은 흉이었지만, 그래도 모두가 그녀를 그리워하고 있는 것만큼은 분명했다. 아직도 잿빛 10월과 함께 허공으로 사라지던 카밀라 함장의 모습은 승조원들의 뇌리 속에 어제 일처럼 생생하게 각인되어 있었다.

"함장님은 어디로 가신 걸까?"

"잿빛 10월은 또 어디에 있을까?"

세간의 사람들은 카밀라 함장이 죽었을 거라 확신하고 있었다. 그도 그럴 것이 카밀라 함장이 사용한 대규모 질량 전이 장치의 성공률은 지극히 낮았던 데다가, 설령 전이에 성공하여 어딘가에 떨어졌다 하더라도 그곳이 사람이 살 수 있는 공간이라는 보장이 없었기 때문이었다.

"그건 알 수 없지만… 함장님은 살아계실 거야."

하지만 잿빛 10월의 승조원들만큼은 함장이 죽지 않고 살아있다고 굳게 믿고 있었다. 이유는 단순했다. 그녀가 '돌아오겠다'고 그들에게 약속했기 때문이다.

엘레나는 넉 잔째의 소주를 들이켜며 장난스럽게 가게의 문을 가리켰다.
"어쩌면 또 모르지, 이렇게 말하는 순간 저 문을 열고 짠하고 나타날지도—."

딸랑.
순간, 가게의 문에 걸어둔 차임이 울렸다.
그리고 오늘 모임에 초대받지 않은 한 여인이 문을 열고 안으로 들어왔다. 하지만 아무도 그녀를 내치지 않았다.

"하하… 내가 눈치가 없었나?"
장난스러운 목소리에 입가에 가득 서린 개구쟁이 같은 미소. 허리까지 풍성하게 흘러내린 적발의 곱슬머리와 건강하게 그을린 카페오레 빛의 피부. 그리고 어깨와 가슴에 달린 지휘관 표장까지…. 카밀라 함장이 <잿빛 10월>의 문을 열고 안으로 들어서고 있었다.
엘레나가 황급히 자리에서 일어섰다.
"아뇨, 함장님. 기다리고 있었습니다."
그녀의 목소리는 꼭 금방이라도 울음을 터트릴 것처럼 들렸다. 하지만 그녀는 입술을 앙다문 채 힘겹게 미소를 유지하며 자신의 전 상관을 맞았다.
"내가 말했잖아. 다음에 보자고."

"…네."

승조원들이 하나둘씩 일어나 경례를 올렸다.

무슨 말을 먼저 해야 할지는 서로 묻지 않아도 잘 알고 있었다. 서로 시선을 교환한 다음… 소녀들은 양팔을 내뻗으며 다 함께 큰 목소리로 외쳤다.

"잿빛 10월에 어서 오세요!"

빠여메트리 *fin.*

후기

정말 오랜만에 인사드립니다. 오소리입니다.

<마리얼레트리 5 - 멋진 신세계>를 구매해주셔서 감사합니다. 이번 권도 즐겁게 읽어주셨는지요.

<멋진 신세계>는 올더스 헉슬리가 쓴 디스토피아 SF 소설의 제목으로, 감시 사회를 언급할 때 빼놓지 않고 언급되는 고전 명작입니다. 작중의 연방을 구상할 때 여러모로 영향을 받았던 작품인 만큼 부제로 한번 인용해보고 싶었는데, 이렇게 마지막 권에 붙일 수 있게 되었네요.

미소녀가 잔뜩 나오는 해군 소설을 쓰고 싶다는 생각을 처음 한 것이 2011년, 해군에 입대한 직후였으니, 진짜 10년에 걸쳐 글을 쓴 셈입니다. 감회가 새롭네요.

그사이에 정말 많은 일이 있었지요. 저만 하더라도 군을 전역하고, 대학을 졸업하고, 취업을 하고…… 또 해군 예비역 중사가 되었습니다. 이런저런 일을 겪으며 1권을 쓸 때와는 달리 사회에 대한 생각도 많이 바뀌었지만, 그래도 이 시리즈만큼은 저의 20대를 오롯이 담은 작품이라 생각하여 처음에 생각한 결말을 지키고자 노력했습니다. 젊은 날의 제가 내린 결론이 부디 거슬리지 않고 마음에 드셨으면 좋겠습니다.

연재 초기와는 달리 요즈음은 라이트노벨이라는 장르 자체가 언급되는 일도 거의 없고, 여러 가지 악재가 겹쳐 완결권을 낼 수 있을까 불안했는데…… 편집자님을 포함한 여러분들이 도와주셔서 다행히 시리즈를 마무리 지을 수 있었습니다. 이 자리를 빌려 짧은 감사의 인사를 드립니다.

먼저 이번 권에는 참가하지 못하셨지만, 그간 마리얼레트리의 일러스트를 맡아주셨던 유나물 작가님. 5권의 일러스트를 맡아주신 Fluf. P 작가님과 팀 모후의 매니저님. 그리고 언제나 많은 도움을 주셨던 해군 관계자 여러분과 이미지프레임 편집부의 여러분들…… 정말 모든 분께 큰 빚을 지었습니다.

저는 생계 문제로 당분간 소설을 쓰지는 못하겠지만, 그래도 글은 꾸준히 쓸 예정입니다. 언젠가 서점에서, 온라인에서 제 이름을 보시게 되거든 그때도 잘 부탁드리겠습니다. 감사합니다.

2021년 09월
오소리 올림

마리얼레트리 5

초판 1쇄 발행   2022년 4월 15일

저자 오소리
삽화 Fluf. P

발행인 원종우
발행처 (주)블루픽

주소 (13814) 경기도 과천시 뒷골로26, 2층
전화 02-6447-9000   **팩스** 02-6447-9009
메일 edit01@imageframe.kr   **웹** vnovel.kr

ISBN 979-11-6769-078-4 02810   **(세트)** 978-89-6052-432-3

Mariolatry 5
© 2014 osori
Published in Korea